KB253025

현대시의 예술 수용

현대시의 예술 수용

김병택

새미

책머리에

최근 몇 년 동안, 내가 글쓰기의 대상으로 삼았던 분야는 '시의 예술 수용' 쪽이다. 어떤 대단한 글을 쓰고자 하는 의도로 그러했던 것은 아니다. 짐작건대, 거기에는 필시, 예술의 여러 분야에 걸친 이제까지의 독서 내용을 활용하면 '시의 예술 수용'에 대해서는 어렵지 않게 논의할 수 있으리라는 생각이 작용했을 터였다.

'시의 예술 수용' 쪽에 관심을 가지면서부터, 나는 매번 주제를 부각시키는 세부 계획에 맞추어 자료를 수집했고, 자료를 다 수집하면 곧바로 글쓰기에 돌입하곤 했다. 이런 식으로 글쓰기에 돌입하고 마무리 짓는 작업은 최근 몇 년 동안 여섯 번이나 반복되었다.

그러나 그것은 누구나 경험하는, 글쓰기의 표면적 과정에 불과하다. 글쓰기의 이면적 과정은 또 나른 형식으로 존재한다. 책상 앞 벽에 붙여 놓은 세부 계획은 조금의 차질도 없이 실천해야 할 견고한 객체로 다가오면서 수시로 나를 압박했고, 당연히 수반되는 현상이긴 했지만, '어렵지 않게 논의할 수 있으리라'는 생각은 점차 사그라졌다.

한마디로 말하면, 예상과는 다르게 '시의 예술 수용' 쪽에 대한 글을 쓰는 일은 쉽지 않았다. 글쓰기를 시작할 때나 지금이나 그 점에는 변함이 없다. 제1부의 내용을 구성하는 「시의 그림 수용」「그림의 공간과 시의 공간」

「시의 무용 수용」「시의 영화 기법 수용」「시의 음악 수용」「시의 건축 공간 수용」 등은 모두 그러한 과정을 거쳐 이루어진 작업의 구체적 결과물인 셈이다.

제2부에 수록된 「시론에서의 반발 양식과 새로운 시론의 전개 양상」과 「문예사조에서의 반발이론에 대한 연역적 논증」에서는, 반발이론(Reaction Theory)을 도구로 삼고 1920년대의 한국 시론과 서구 문예사조의 발생·소멸을 해명하는 데에 그 목적을 두었다. 그 밖의 「지역문화예술사의 서술방법론」은 지역문화예술사 서술에 이르기까지의 여러 단계를, 「변시지 그림의 대상 선정과 화법」은 변시지 그림의 기교적 측면을 각각 구체적으로 살펴 본 글이다. 이러한 방면에 관심을 가지고 있는 분들의 고견을 기대해 마지않는다.

끝으로, 흔쾌하게 이 책의 출판을 맡아주신 새미의 정구형 사장께, 그리고 원고를 편집하고 교정하는 데에 애쓰신 새미의 편집부 여러분께 두루 감사드린다.

2009. 9
아라동 연구실에서 저자

차례

제1부

시의 그림 수용

― 매개를 통한 수용을 중심으로

Ⅰ. 서론

리처즈는 1920년대에 이미 여러 예술의 비교에 대한 자신의 견해를 밝힌 바 있다. 그에 의하면, 실제로 여러 예술을 비교해 보는 것은 특정 예술이 지니고 있는 다양한 기법이나 수단을 이해하는 최상의 방법이다. 이 경우, 비교해서는 안 될 특징을 비교하는 것, 공상적일 정도의 희박한 근거로 비교하는 것, 여러 예술의 구조를 지나치게 유사한 것으로 또는 지나치게 동떨어진 것으로 판단하는 것 등은 모두 매우 위험하다.[1]

프랑스학파의 비교문학론에서는, 문학의 비교 대상을 한나라의 문학과 다른 나라의 문학으로 한정한다. 그러나 레마크(Henry H. H. Remark)는 비교문학에서의 비교 대상을 확대한다. 그는 비교문학을, "한편으로는 문학 상호간의 관계에 대한 연구이며, 다른 한편으로는 문학과 예술……철학, 역사, 사회과학, 과학, 종교 등 지식과 신념이 다른 여러 분야의 관계에 대한 연구"[2]로 정의한다. 즉, 비교문학을 특정한 국

---

1) I. A. Richards, *Principles of Literary* Criticism(Routledge, 1924), p. 114.

가의 경계를 넘어서는 문학의 연구로 보는 것이다.

단도직입적으로 말해서, 비교문학에서 그림이 시에 어떻게 수용되었는지를 살펴보는 것은 더 이상 생소한 작업이 아니다. 1997년 8월에 네덜란드의 라이던 대학교에서 열렸던 제15차 국제비교문학회(1997. 8. 16-22)의 제8분과 주제가 '문학과 그림의 비교 연구'였음은 그것을 증명한다.

그림, 또는 '시에 수용된 그림'을 이해하거나 평가하는 기준으로 삼을 수 있는 항목들로는 의미, 느낌, 선·색·형태의 조합, 구도, 공간, 색을 통한 감정 표현, 화가의 개성과 그림의 역사성, 시대 상황 등을 들 수 있다.[3] 물론 이 여덟 가지 항목이 모든 그림을 이해하거나 평가하는 데에 적용되는 것은 아니다. 그러나 이 여덟 가지 항목 중 대부분이 지금까지 그림을 평가하는 데에 필요한 항목으로서의 기능을 수행해 왔음은 확실하다.

수용(Rezeption)은 네 가지 유형[4]으로 구분할 수 있는데, 개인적으로 그림을 감상하는 단순한 수용, 특정한 그림의 수용 과정을 자기의 고유한 생산으로 다시 변화시키는 생산적 수용, 그림을 연구·평가한 글을 수용하는 분석적 수용, 그림의 분석내용을 다시 생산적 수용으로 연결하는 분석·생산적 수용 등이 그것이다. 그러나 이 글에서는 '수용'을 '생산적 수용'의 의미로 사용하고자 한다.

이 글의 의도는 비교문학의 관점에서, 그림이 무엇의 매개[5]를 통해

---

2) Ulrich Weisstein, *Comparative Literature and Literary Theory*(Indiana University Press, 1973), p. 23에서 재인용.

3) 야자키 요시모리·나카무라 겐이치, 『그림을 보는 법』, 이수민 역(아트북, 2005), pp. 9~27 참조.

4) 차봉희 편, 『수용미학』(문학과지성사, 1985), pp. 29~30 참조.

시에 수용되었는지를 살펴보는 데에 있다. 이를 위해 필자가 미리 설정한 수용의 두 범주는 '기억의 매개를 통한 수용'과 '유사성의 매개를 통한 수용'이다.

II. 기억의 매개를 통한 수용

기억은 인간이 과거의 일을 조직하고 확인하며 과거 속에 자리 잡을 수 있도록 해주는 기능들의 집합을 뜻한다. 아스만에 의하면, 진정한 기억이라고 할 수 있는 회상은 예전부터 문학과 서로 밀접하게 관련된다. 상상은 활발한 인지력으로 회상기억을 선행한다. 상상은 그 회상기억을 되가져올 때 나타나서 도움을 주는 감각적 힘이다. 메모리아는 순수한 저장 능력을 말한다. 그것은 살림을 꾸릴 줄 알고 자신의 물건들을 규모에 맞게 출납할 줄 아는 상인과 비교된다. 시인들은 저장기억과 상상을 잘 조합하는 전문가로 볼 수 있다.[6]

---

5) 매개는 두 가지의 구별되는 뜻을 가질 수 있다. 그것의 하나는 서로 다른 두 가지 사이에 존재하는 것이라는 뜻이다. 매스 미디어 연구에서 매개는 메시지를 수용자에게 전달하는 어떤 것(혹은 사람)을 의미한다. 리포터는 사건과 수용자를 매개한다. 또 허구 속의 형사는 수용자와, 경찰과 범죄에 대한 수용자의 이해 사이를 매개한다. 다른 하나는 좀 더 기술적인 용법으로서의 '구성' ─ 정확히 말하면 '구성에 가깝다'이다 ─ 이라는 뜻이다. 마르크스주의에서 주체가 객체에 의해 매개됨을 관찰하는 것은 인간 주체(개인 또는 사람)가 실질적으로 창조되는 것인지 아니면 그에게 작용하는 객관적인 힘 ─ 그것이 생물학적 법칙이든 아니면 사회적 압력의 강제력이든 ─ 에 의해 구성되는 것인지를 관찰하는 것이다. 마찬가지로 사회 세계에 대한 우리의 주관적인 이해는 이데올로기적이고 문화적인 틀에 의해 형성되고 구성된다. 이런 틀은 우리의 경험과 지각을 매개한다 (앤드류 에드거 · 피터 세즈윅 공편, 『문화 이론 사전』, 박명진 외 역(한나래, 2003), p. 144에 의거). 이 글에서 사용되는 '매개'는 후자의 뜻을 지닌다.

6) 알라이다 아스만, 『기억의 공간』, 변학수 · 백설자 · 채연숙 역(경북대학교 출판부, 2003), pp. 130~131.

그림은 기억의 매개를 통해 시에 수용된다. 그러나 이렇게 수용되는 경우에도, 그림이 단순히 수용되는 것 자체에 그치고 만다면, 그것은 별다른 의미를 지니지 못한다. 시에 수용되는 그림은 시의 논리 속에서 새로운 의미를 획득할 때에만 의미를 지닌다. 그것은 그림이 시에 수용되는 모든 경우에 예외 없이 적용되는 원칙이다.

1. 「이제 소는」에 나타난 「노을을 등지고 울부짖는 소」·「흰 소」의 수용

이중섭의 그림에서 소가 차지하는 비중은 매우 크다. 그것은 그가 「노을 앞에서 울부짖는 소」(圖 1)·「싸우는 소」·「흰 소」(圖 2)에서 시작하여 「웃는 소」에 이르기까지 다양한 소를 그린 사실을 통해서 확인된다. 그리고 소와 관련된 다음의 일화[7]들은 모두 그의 그림에서의 '소'가 어떤 의미를 지니고 있는지를 말해 준다.

이른 아침에, 이중섭이 스케치북을 들고 송도원 일대에 나갔다가 밤에 들어올 때, 그의 스케치북에는 많은 황소와 암소의 온몸 또는 대가리, 뒷발, 꼬리 부분 따위가 그려져 있었다. 그러나 어떤 날은 스케치북이 백지 상태였다. 소를 관찰하다가 하루를 다 소모해 버렸기 때문이다. 여러 증언에 의하면, 송도원 부근의 농부들은 날마다 나타나서 하루해가 저물도록 소를 보고 있던 그를 처음에는 소도둑인 줄 알고 고발하기도 했고, 어떤 농부는 그를 미친놈으로 취급하면서 쫓아내기도 했다. 그에 대해서는 '아마도 소도둑이나 소백정이 미쳐서 소 옆에만 나와 있을 것'라는 소문도 떠돌았다.

---

7) 이 일화들의 출처는 고은, 『이중섭 평전』(향연, 2005)이다.

이중섭의 소 그림은 대부분 1950년대 초에 주로 통영에서 그린 것들이다. 대표적인 그림들로는 「흰 소」·「노을 앞에서 울부짖는 소」·「떠받으려는 소」 등을 들 수 있다. 이성운에 따르면, 그는 "제주도에서 본 소가 평안해 보여서 소를 많이 그렸는데, 소 그림은 통영에서 완성했다"고 말한 적이 있다. 그는 서귀포에서 그렸던 수많은 소의 습작을 토대로 드디어 통영에서 맘에 드는 소 그림을 완성한 것이다. 그는 그 그림들을 득의의 작품으로 생각할 만큼 자신감에 차 있었다.[8]

화가 김영주는, 1950년대에 송혜수가 마련한 부산 범일동 골짜기의 단칸방에서 이중섭·송혜수와 어울려 살았음[9]을 밝히면서 다음과 같이 회고하고 있는데, 이를 통해 우리는 이중섭의 그림에 등장하는 소가 "우연하게 탄생한 것이 아니라 그의 오랜 삶의 편력과 함께 태어난 것임"[10]을 알 수 있다.

> 살아있는 선을 찾아내려고, 겨울철에는 앙상한 나뭇가지와 그 위에 앉거나 날아가는 까치와 까마귀를 또 닭의 움직임이나 소의 표정들을 열심히 관찰했다. 1956년 9월에 한국일보에다 이렇게 그렸다. "황소는 눈이 곱다고 중섭이는 말한 적이 있다. 사슴뿔이며 연꽃에다 꿈을 싣고 낭만을 가슴에 담았다. 검은 나뭇가지에 흰 눈이 차곡히 얹힐 때 이름 모를 새들이 날아든다. 바닷가에서 황혼에 물든 금빛 파도 가락을 줄기던 계절도 있었다. 흰 닭은 노란 발목이 고와서…"[11]

---

8) 최석태, 『이중섭 평전』(돌베개, 2002), p. 210.

9) 김영주, 「이중섭을 회고하면서」 『이중섭 미공개 작품전』(카탈로그)(동숭미술관, 1985. 5. 10~6. 9)

10) 박용숙, 「이중섭의 '역사적 감성'에 대한 논고 - 그의 소를 중심으로 - 」 『동덕여대 논총』 제23집, p. 407.

11) 김영주, 앞의 글.

김영주는 또한 같은 글에서, 이중섭은 웃옷 호주머니 속에 들어 있는 온갖 잡동사니들을 매만지면서 "옆구리에 때 묻은 스케치북을 꼭 끼고 다녔다. 틈만 있으면 그리고, 생각나면 그렸다. 그리고는 지우고, 지우고는 다시 그려서 끝까지 다듬어 나갔다"고 회고한다. 그의 그림들 중에서 「흰 소」는 이런 과정을 거친 그림들 중에서 대표적인 그림이다.

「노을 앞에서 울부짖는 소」에 대한 여러 해석 중, 비교적 설득력이 있는 것은 최석태의 해석[12]이다. 그는, 이중섭이 이 그림에서, 소가 고개를 들면서 울부짖는 순간을 포착하고 화면의 왼쪽으로 향한 얼굴과 오른쪽으로 향한 눈이 화면 양쪽 모두를 지배하도록 한 점, 소리를 표현하기 위해 소의 안면과 목 주위를 유달리 주름지게 한 점, 또한 코와 입을 노을만큼 선명한 붉은 색으로 칠하고 소의 머리를 중심으로 노을을 방사형으로 층지게 붓질함으로써 소리가 퍼지는 듯한 느낌을 더욱 강화한 점 등에 주목한다. 결국, 그는 노을을 배경으로 울부짖는 소와, 노을이 아름다운 고향(평원군)에 대한 간절한 그리움을 지닌 채 가족으로부터 떨어져 있는 이중섭은 서로 닮았다고 판단한다.

이제 소는 발붙일 데가 없다
뚜벅 뚜벅 걸을 데도 없다
그 선하기 이를 데 없는 모습이
한없이 맑아 보이던 눈망울이
논밭에서 들판에서
사라져 가고 있다
황토길은 곧장
발목을 분지르는 아스팔트
겁나게 뻗어

---

12) 최석태, 앞의 책, pp. 211~213.

이제 소는 발붙일 데가 없다
이제 소는 우상이 되어 간다
뉘의 화신(化身)인 양
입맞춤 하고프도록
살짝 예쁜 입술을 하고
우리 곁에 다가와 있다
힘은 무진 억세지만
매양 착한 심성만 드러내 보이는
이중섭의 <황소>를
오늘 우리가 가질 수 있는
이 행복
이제 소는 우상이 되어 간다

— 김광림, 「이제 소는」13)

「이제 소는」에서 시인의 기억은 그림을 수용하는 데에 중요한 역할을 수행한다. 그것은 화가의 기억과 동일한 것일 수도 있고 동일하지 않은 것일 수도 있다. 그것을 확실히 밝혀내는 것은 매우 어려운 일이다. 이중섭이 생존하고 있지 않으므로, 그것은 더더욱 그러하다. 그러나 시에는, 화가의 기억과 동일하지 않으면서도 수용의 계기가 되는 시인의 기억이 나타날 수 있다. 이 시에 나타난 시인의 기억은, 과거에는 한없이 맑아 보이던 눈망울을 지닌 소가 뚜벅뚜벅 걸었던 논밭과 들판, 황톳길, 힘은 '무진 억세지만' '매양' 착한 심성을 드러내는 황소 등에 대한 기억이다.

시인이 수용한 그림은 종종 실제의 그림과 일치하지 않을 수 있다. 그것은 순전히 그림을 보는 시인의 시각 때문에 초래되는 결과이다. 또한 이 시를 쓴 시인과 다른 시각을 지닌 시인이라면, 이중섭의 소 그림을 다르게 수용할 가능성도 많다. 이런 의미에서 수용은 매우 주관적인 것이

---

13) 김광림, 『진짜와 가짜의 틈새에서』(다시, 2006), pp. 76~77.

며, 그 주관을 객관화하는 것은 매우 중요하다. 주관을 객관화하는 것이야말로 독자의 공감을 일으키는 조건이기 때문이다. 이 시에서, "이제 소는 우상이 되어 간다"는 주관의 객관화를 보여 준다.

「이제 소는」은 얼핏 이중섭이 소를 소재로 그린 모든 그림을 대상으로 씌어진 것처럼 보이지만, 사실은 많은 그림들 중에서 소를 소재로 그린 일부의 그림만을 대상으로 씌어진 시이다. 아니, 정확하게 말하면 이 시는 많은 그림들 중에서 소를 소재로 그린 일부의 그림만을 대상으로 씌어졌을 뿐만 아니라, '일부의 그림'의 일부를 대상으로 씌어졌다고 해야 옳다. 그가 소를 소재로 그린 그림들 중에는, 앞에서 제시한 그림들의 소 말고도, '싸우는 소,' '웃는 소,' '떠받으려는 소,' '몸부림치는 소,' '용을 쓰는 소,' '발광하는 소,' '노을 앞에서 울부짖는 소,' 맑은 눈망울을 가진 「소머리」의 소, 「흰 소」의 소 등 여러 모습의 소가 있다는 점이 그것을 입증한다.

「이제 소는」에서 시인이 소를 바라보는 시각은 현재의 시각이지만 그 시각은 과거에 형성된 시각이다. 그것은 "이제 소는 발붙일 데가 없다," "뚜벅뚜벅 걸을 데도 없다" 등에서처럼 시인이 소 자체를 묘사의 대상으로 삼지 않고 소를 둘러싸고 있는 환경에 대해 진술하고 있는 데에서 확인된다.

시인은 이중섭의 그림에 등장하는 소의 두 가지 외양을 수용한다. 그것의 하나는 "그 선하기 이를 데 없는 모습이/한 없이 맑아 보이던 눈망울"이고 다른 하나는 2연의 "입맞춤 하고프도록/살짝 예쁜 입술"이다. 이 두 외양은 물론 기억의 매개를 통해 수용한 것들이다. 이를 군이 그의 그림과 연결하면, 전자는 「흰 소」와, 후자는 「노을 앞에서 울부짖는 소」와 각각 관련된다. 이 시에서, 그림의 이러한 수용이 주목되어야 하는 이유는, 그것이 시의 주제를 형성하는 데에 핵심적 요소로 작용하고 있기 때문이다.

2. 「옥상에게」에 나타난 「보리밭 2」·「일어서는 땅」의 수용

1979년 '현실과 발언' 동인의 창립은 임옥상의 그림을 변화시키는 커다란 계기가 된다. 그는, 미술의 소통에 관한 문제를 구조적으로 살피기 시작하면서 미술에 들씌워졌던 베일을 걷고, 신비·순수·환상·자유·영원 등을 모두 배제한다. 현실을 직시하고 발언할 수 있어야 한다고 생각한 것이다.[14] 그래서 그 때부터, 그는 현실과의 관계를 중시하는 리얼리즘의 기법을, 더 나아가서는 비판적 리얼리즘의 기법을 사용하기 시작한다. 그의 그림이 리얼리즘 기법을 사용하고 있는 점에 대해서는 그 자신이 직접 다음과 같이 밝힌 바 있다.

> 나는 은유와 상징에다 직선적이고 구체적인 리얼리즘의 시각을 첨가하였다. 일상의 문제가 급부상하면서 주도면밀하게 모든 것이 닫힌 이런 사회에서는 미술이 신문이나 텔레비전 등 언론 매체의 역할까지 할 수 있어야 한다고 생각했다.(……)
>
> 그렇지만 나는 이것만으로 만족할 수 없었다. 나의 생활에는 '시골-농촌'이 자리 잡고 있었다(……). 나는 농부의 입장이 되어 세상을 바라보았다. 나의 어린 시절을 보냈던 영원한 고행, 농촌의 정시로 세상을 다시 볼 수 있는 계기를 갖게 된 것이다.[15]

---

14) 임옥상, 『벽 없는 미술관』(생각의나무, 2000), pp. 7~8.

15) 위의 글.

리얼리즘 중에서도 비판적 리얼리즘[16]은 엥겔스의 리얼리즘관을 계승한 것으로 고리키가 만든 용어이다. 사회주의 리얼리즘과 구별되는 비판적 리얼리즘은 자본주의 사회의 현실을 비판함으로써 예술작품을 수용하는 사람들의 현실 인식을 강화시키는 데에 주안점을 둔다. 그 경우, 자본주의 사회의 현실을 비판하는 주체는 개인이며, 그 개인은 지적으로는 뛰어나지만 자본주의 사회의 현실로부터는 소외된다. 즉, 자본주의 사회의 현실에서는 불필요한 자로 취급되는 것이다. 비판적 리얼리즘은 그래서 민중과의 연대를 지향한다. 비판적 리얼리즘은 민중과의 연대 속에서 성장해 나가는 특성을 지닌다.[17] 임옥상의 그림이 바로 그러하다.

「보리밭·2」(圖 3)가 담고 있는 것은 농촌의 피폐한 현실이다. 이 그림에서는 보리밭보다, 그림의 중앙에 돌출한 농부의 얼굴이 더 중요한 의미를 지닌다. 농부의 얼굴은 분노로 이글거리고 있다. 초록색의 풍성한 보리와 선명하게 대조되는 농부의 얼굴은 피폐한 농촌의 현실을 반영한다.

「일어서는 땅·4」(圖 4)에 등장하는 땅은 아무런 문제없이 무엇인가를 자연스럽게 생산해내는 땅이 결코 아니다. 그 땅은 많은 문제를 지니고 있는 땅이다. 많은 문제를 지니고 있으므로 그 땅은 '일어서는' 일을 감행할 수 있다. 임옥상은 이 그림을 그리게 된 배경을 다음과 같이 말한다.

---

16) 이 글에서는 '비판적 리얼리즘'의 의미를 역사적 사조로서의 의미가 아닌, 창작방법론으로서의 의미로 사용했다.

17) 장사선, 『한국리얼리즘 문학론』(새문사, 1992), p. 14 참조.

　　서울로 생활의 중심을 옮긴 나는 고양시 능곡에 신도시와 맞닿아 있
는 전형적인 도시 변두리였다. 한창 개발 중인 이곳은 시멘트 숲(아파트)
이 우후죽순처럼 하루가 다르게 치솟고 불도저와 포크레인 레미콘의 소
음으로 정신이 없었다. 이 때 그린 그림을 1995년 개인전 '일어서는 땅'
에서 소개했다. 흙의 기운, 흙의 외침, 흙의 분노, 흙의 모성, 흙의 생명성
을 통하여 파탄 지경에 있는 문명세계를 되돌아보게 하고 싶었다.[18]

「일어서는 땅·4」는 자연(땅)의 파괴를 고발하고 있다. 자연의 파괴
는 곧 우리 삶의 파괴로 이어진다. 땅의 주인은 물론 농부들이다. 다섯
명의 농부는 모두 서서 단호한 태도로 저항한다. 그 저항이 앞에서 살펴
본 「보리밭·2」에 등장하는 농부의 분노와 동궤에 놓이는 것임은 말할
필요도 없다.

　　　　네가 그린 저 논두렁 많은
　　　　산골짜기 곡식과 풀잎들은
　　　　성난 것처럼 푸르고
　　　　그런 네 그림들을 바라보고 있으면
　　　　나는 눈물이 난다
　　　　네 눈물 내 눈물은
　　　　농사꾼인 우리 아부지 어머니 눈물이겠지만
　　　　우리들의 눈물은 가문 논에 물이 되지 않고
　　　　불이 되고
　　　　불은 산에서부터 시작되지만
　　　　분노는 논에 있고
　　　　불은 풀잎에서 붙지만
　　　　불은 뿌리에서부터 시작된다
　　　　그걸 나도 안다

---

18) 임옥상, 앞의 책, p. 11.

그런 생각을 하며 전주 갈 때
대성동 앞길 지나다 고개 돌리면
너 없는 저 골짜기는 망초꽃만 하얗게 쓸쓸하다
저녁밥을 배불리 먹고
이따금 소쩍새 우는 검은 앞산 아래 쭈그려앉아
똥 누면 네 생각난다
네가 저 검은 앞산 속에 불을 환하게 켤 것만 같고
이 골짜기 저 골짜기 농부들을 깨워
횃불을 들고
찬 이슬 털며 웅성웅성
논두렁길을 걸어 나올 것만 같다

— 김용택, 「옥상에게」[19]

「이제 소는」에서처럼, 「옥상에게」에서도 시인은 기억의 매개를 통해 그림을 수용한다. 그러나 다른 점도 있다. 「이제 소는」에서는 시인이 기억의 매개를 통해 '소'를 수용하는 데 비해, 「옥상에게」에서는 시인이 기억의 매개를 통해 '농사꾼'을 수용한다. 이처럼 시인이 기억의 매개를 통해 그림을 수용하는 내용은 제한되지 않는다. 시인은 그림 속의 동물(소), 사람(농사꾼) 등 모든 것을 기억의 매개를 통해 수용할 수 있다.

시인의 기억은 지극히 간단하다. 시인과 화가는 전주 대성동에서의 경험을 공유하고 있다. 그 경험은 상처를 받았던 일이라고도, 비극적인 일이라고도 할 수 없다. 오히려 그것은 그와 반대의 경험일 가능성이 높다. 이 시의 "너 없는 저 골짜기는 망초꽃만 하얗게 쓸쓸하다"가 바로 그 점을 말해 준다. 시인의 기억이 지극히 간단하다는 사실은 이 시에서 전혀 문제가 되지 않는다. 확실한 것은 이 시가 기억의 매개를 통해 그림을

---

19) 김용택, 『강 같은 세월』(창비, 2005), pp. 124~125.

수용하고 있다는 점이다.

시인에 의하면, 이 그림은 "논두렁 많은 산골짜기 곡식과 풀잎"과 "저 검은 앞산 속에 불을 환하게 켤 것만 같고," "횃불을 들고/찬 이슬을 털며 웅성웅성/논두렁길을 걸어 나올 것만 같"은 그림이다. 시인의 시각은 일단 기억과 관련되는 점에서 중요하지만, 농촌의 현실에 대한 비판과 관련되는 점에서도 중요하다. "우리들의 눈물은 가문 논에 물이 되지 않고/불이 되고," "붉은 산에서부터 시작되지만/분노는 논에 있고," "불은 풀잎에서 붙지만/불은 뿌리에서 시작된다" 등의 진술은 모두 농촌의 현실에 대한 비판적 시각의 토대 위에서 이루어고 있다.

「옥상에게」에서, 그림을 수용한 부분은 또한 두 가지로 나타난다. 그것의 하나는 "산골짜기 곡식과 풀잎들은/성난 것처럼 푸르고"이고, 다른 하나는 "내가 저 검을 앞산 속에 불을 환하게 켤 것만 같고/이 골짜기 저 골짜기 농부들을 깨워"이다. 이처럼 화가와 시인의 창작 방법은 다르다. 화가는 비판적 리얼리즘의 기법을 사용하고 있는 데에 반해, 시인은 전통적 서정시의 수법을 사용한다. "그런 네 그림들을 바라보고 있으면/나는 눈물이 난다," "너 없는 저 골짜기 망초꽃만 하얗게 쓸쓸하다" 등은 바로 그러한 점을 잘 보여 준다. 그것은 기억의 매개를 통한 수용의 또 다른 국면이기도 하다.

3. 「고독」에 나타난 「고독」의 수용

꿈이 아니라 '삶'을 예술로 승화시킨, 샤갈의 모든 영감의 원천은 주지하다시피 고향 비테프스크와 하시디즘 유대교, 그리고 성서이다.[20]

　　푸줏간, 집달리, 행상인, 잡화상, 가축들이 있는 비테프스크는 샤갈에게 평생에 걸쳐, 슬픔과 애환과 동경과 향수로 자리한다. 비테프스크는 샤갈이 반유대주의를 처음으로 접해야 했던 곳이고, 신앙심이 강한 그의 아버지가 매일 아침 교회당에 갔던 곳이며, 농부들·상인들·성직자들이 낮은 소리로 속삭이고 냄새를 풍겼던 곳이다. 또한 비테프스크는 유대인의 기표인 바이올린을 메고 지붕으로 올라가곤 하던 그의 외할아버지가 있던 곳이다. 이런 비테프스크는 그의 캔버스에서 때로는 즐겁게, 때로는 우수에 찬 모습으로 되살아난다.

　　하시디즘 유대교 역시 샤갈의 상상력을 자극한 영적인 원동력으로 작용한다. 하시디즘은 랍비 바알 셈 토프가 유대교의 신비철학인 카발(Kabbale)에서 영감을 얻어 창시한 신비론 운동이다. 하시디즘에서는 신과 인간이 서로 친근하게 대화할 수 있다고 주장한다. 18세기 중반 폴란드와 우크라이나에서 발생하여 러시아로 퍼진 하시디즘은 19세기 말에 유럽 유대계의 정신적, 지적 지주의 역할을 수행한다. 하시디즘 이야기에는 도로 위로 나는 존재나 천사들이 등장하는데, 샤갈은 이러한 짧은 이야기에서 영감을 얻었으리라는 추측이 가능하다.

　　비슷한 맥락에서, 적지 않은 러시아의 민중 목판화 역시 샤갈의 예술 세계에 깊은 영향을 미쳤다는 사실을 확인할 수 있다. 예를 들면, 그의 그림에서, 사람이 닭을 타고 있는 장면이라든가 하늘을 날고 있는 사람이나 동물은, 전적으로 18세기 중반에 제작된 가죽에 색채를 입힌 그림들에서 먼저 발견된다. 「보아라 굴뚝을 통해 날고 있는 사람」(1878)이라는 그림은 우리로 하여금 샤갈 그림에 나타나는, 하늘을 나는 사람과 동

---

20) 이하의 내용도 김종근, 『샤갈 내 영혼의 빛깔과 시』(평단아트, 2004), pp. 233~237에 의거.

물들이 어디에서 연유했는지를 짐작하게 하기에 충분하다. 또한 그의 그림에서 특징적으로 나타나는 표현방식 중, 원근법을 배제시키고 주제와 부주제의 크기나 비례를 무시한 표현법 등도 러시아의 18세기 목판화에서 발견된다. 이러한 샤갈의 화면 구성은, 부각시키고자 하는 주제와 부차적인 것들을 한 화면에 조화롭게 공존시키고자 하는 그만의 범신론적 방법이라 할 수 있다.

유년시절부터 샤갈을 매혹시켰던 예술의 원천은 성서이다. 그가 삶과 예술에서 성서의 가르침을 따르려고 노력했던 것은 거기에서 기인한다. 주저함 없이, 그는 "예술과 인생의 완벽함은 성서에서 이루어진다"고 말한 바도 있다. 그가 「성서 이야기」 연작을 작업한 것도, 인간의 숭고한 정신세계를 천착하려는 그만의 존재론적 사유방식의 결과이다.

1933년은 그에게 치욕적이었던 한 해로 기록된다. 히틀러가 정권을 잡은 이 해에 만하임 미술관에서는 '문화 볼세비즘의 작품들'이라는 제목으로 나치 전시회가 열렸고 여기에는 그가 1912에 그린 그림 「코담배 한 줌」이 "납세자 여러분은 당신들이 낸 돈이 어떻게 쓰이는지 알아야 할 의무가 있습니다"라는 카피와 함께 전시된다. 모욕은 여기서 그치지 않는다. 또한 이 해에 그는 또한 프랑스 시민권을 박탈당한다. 표면적인 이유는 비테프스크에서 인민위원직을 지낸 것이었지만, 실제적인 이유는 유대인이라는 것이었다. 그 시대는 유대인을 아무 죄책감 없이 죽일 수도 있는 그런 시대였다. 그는 프랑스를 믿었지만 프랑스는 독일의 나치즘에 굴복하고 그의 시민권을 빼앗는다. 「고독」(圖 5)은 그가 이 무렵에 그린 그림이다. 신의 응답은 어디에서도 들을 수 없고 바이올린을 연주할 사람도 없는, 이 외로운 벌판에 지친 유대인과 차라리 슬픈 듯이 미소 짓고 마는 암소의 두 영혼만이 있다.[21)

> 울음을 삼키는 대낮에
> 달을 토하는 하아얀 소
> 악몽에 시달리는 하아얀 소
> 하늘이 내려와
> 고독의 젖을 짤 때
> 움크리고 있는 하아얀 소
> 바이올린도 없이
> 천사는 대낮에
> 소리 내어 운다
>
> — 이승훈, 「고독」[22]

시인의 기억은, 이 시에서도 그림을 수용하는 데에 매개로 작용한다. 그런데 그 기억은 매우 주관적인 기억이다. 그것은 주로 시인 자신의 경험에 의존한 것이며, 밝은 쪽보다는 어두운 쪽에 치중되어 있다. 만일 소에 대한 시인의 기억이 밝은 쪽에 치중되었다면, 그림 「고독」의 앉아 있는 소는 이 시에서 행복한 미소를 짓고 있는 소로, 또는 행복을 만끽하는 소로 나타났을지도 모른다. 그런데 이 시에서의 소는 그와 대조되는 소이다. 그 소는 "달을 토하는" 소이고, "악몽에 시달리는" 소이며, "움크리고 있는" 소이다. 그것은 소에 대한 시인의 기억이 매우 주관적인 것임을 보여 주는 명백한 예라 할 것이다.

시인의 기억은 이 시에서, 분명한 모습으로 드러나고 있지 않다. 그것은 시인의 기억이 매우 주관적이어서 그렇기도 하지만, 근본적으로는 이 시가, 시인이 밝힌 대로, 원래 이 시가 샤갈의 그림을 시로 옮기기 위해 씌어졌기 때문이다. 이런 점에서 보면, 이 시에서 수용된 것은 그림의

---

21) 위의 책, p. 202.

22) 이승훈, 『시집 샤갈』(탑출판사, 1987), p. 46.

일부가 아닌, 그림의 전체이다. 이 경우, 시인의 개인적인 기억이 거기에 개입된다고 해도, 시는 그 그림의 지배에서 벗어날 수가 없다.

시인은 샤갈의 「고독」에 등장하는 소재들을 그대로 수용하는데, 예를 들면, '하아얀 소,' '바이올린,' '천사' 등이 그것이다. 시인은 이러한 소재들을 그림 전체의 초현실주의적 분위기에서만 통용될 것처럼 보이는 단어들로 수식한다. 그 소재들이 "달을 토하는 하아얀 소," "움크리고 있는 하아얀 소," '바이올린도 없이 대낮에 우는 천사' 등으로 나타나고 있는 것은 그 때문이다.

시 「고독」은 짧은 시에 속하면서도 긴 시에 못지않게 많은 의미를 드러낸다. 그것은 시인이 시 「고독」에서 그림 「고독」에 들어 있는 배경인 비테프스크 마을을 생략한 것과도 관계가 있다. 그림 「고독」은 샤갈이 개인적으로 여러 어려움을 겪을 때 그린 작품이다. 그러나 시 「고독」에는 전기적인 사실과 관련된 정황도 배제된다. 그것 또한 시인의 의도일 것이다.

III. 유사성의 매개를 통한 수용

이 경우의 '유사성'은 외면적 유사성을 의미한다. 그림과 시 사이에 놓인 내면적 유사성을 논의하는 것은 시와 그림의 장르적 속성 때문에 결코 쉬운 일이 아니다. 설령, 그림과 시 사이에 놓인 내면적 유사성에 대해 논의할 수 있다고 해도 그것에 대한 뚜렷한 결론을 기대하기는 어렵다. 시와 그림의 장르적 속성이 다르기 때문이다 그래서 이 부분에서는 그림과 시 사이 놓인 외면적 유사성만이 진술 대상이 된다.

이 유사성은 시에서 대부분 진술의 형식으로 나타나지만, 경우에 따라서는 의문을 동반한 진술의 형식으로, 또는 의문의 형식으로 나타나기도 한다. 그러나 그것도 시인마다 달라서, 유사성이 특히 의문의 형식으로 나타날 때는 그것의 대상이 대상 자체인 경우도 있고, 현실과 관련되는 대상인 경우도 있다. 그러나 어떤 경우이든 그것이 유사성의 매개를 통한 수용이라는 점은 공통적이다.

1. 「달과 박 ―강요배의 그림 <달과 박>을 훔치다」에 나타난 「달과 박」의 수용

소설에서의 서사처럼, 그림에서의 서사도 화가와 화가의 관찰 대상이 적절한 거리를 유지할 때에만 확보된다. 화가와 화가의 관찰 대상 사이의 거리가 지나치게 가까우면 정서의 측면이 두드러질 수밖에 없고, 그것이 지나치게 멀면 서사의 측면이 약화될 수밖에 없다. 따라서 서사에서 가장 필요한 것은 화가와 화가의 관찰 대상이 적절한 거리를 유지하는 일이다. 한편, 서사는 화가의 의도·시대·역사와도 밀접하게 관련된다. 그 서사가 소설에서는 언어로 나타나지만, 그림에서는 선과 형태로 나타난다.

그림 속의 서사도 궁극적으로는 이야기이다. 그림을 감상하는 사람들은 보통 관찰자의 위치에서 그 이야기를 감상한다. 그런데 강요배의 그림을 감상하는 사람들은 처음부터 끝까지 그러한 위치를 고수할 수 없다. 그는 사람을 그리되 일상생활의 희로애락에 따라 움직이는 사람을 그리지 않고, 시대와 역사에 대해 진지하게 고뇌하는 사람을 그린다. 그래서 그의 그림은, 그의 그림을 감상하는 사람들로 하여금 그 시대가 어떤 시대인가를, 그 역사가 어떤 역사인가를 생각하게 한다.

강요배의 「4·3 민중항쟁사 연작」에 나타난 서사는 두 가지의 특징을 지닌다. 그것의 하나로는 그 서사가 항쟁과 수난의 내용을 담고 있는 점을 들 수 있다. 항쟁과 수난은 서로 결부되기도, 서로 분리되기도 한다. 그 항쟁과 수난의 내용이 유발하는 것은 강력한 정서이다. 예를 들어, 그의 「뼈노래」·「동백꽃 지다」·「한라산 자락 백성」 등에서는 특히 그러한 점이 두드러지다. 다른 하나로는 그 서사가 역사적 진실의 내용에 토대를 두고 있는 점을 들 수 있다. 그의 그림에 대해 말할 때, 그러한 점은 매우 중요하다. 그것은 그 자신의, 진실을 밝히려는 노력과도 밀접하게 관련된다.

1994년에, 강요배는 그 이전과 분명히 구별되는 경향의 그림을 보여준다.23) 그의 사유의 대상이 제주의 역사에서 제주의 자연으로 이동된 것이다. 물론 이에 따라, 그림에 나타나는 서사의 양상도 달라진다. 「4·3민중항쟁 연작」에는 외면화된 서사가 나타나지만, 제주의 자연을 사유의 대상으로 삼은 그림들에는 내면화된 서사가 나타난다. 그러나 그의 그림들에 서사가 나타나는 점은 바뀌지 않는다.

그림 「달과 박」(圖 6)에서 강요배는 달과 박의 유사성을 통해 자연의 의미를 보여준다. 달과 박은 밝고 어둡다는 점에서는 상이점을 지니지만, 둥글다는 점에서는 공통점을 지닌다. 이 그림의 구도는 입체적이다. 만일, 달과 박이 단순하게 배치되었다면 이 그림의 구도는 밋밋하다는 평에서 자유로울 수 없었을 것이다. 이 그림의 진지함은 달과 박이 단순하게 배치되지 않았다는 데에서 발생한다. 색깔을 빼고 보면, 달과 박은

---

23) 강요배는 1994년에 세종 갤러리에서 <제주의 자연전> 전시회를 연 바 있다. 이 해에는 화집 『제주의 자연』(학고재)도 간행되었다.

유사하기 때문에 그림을 보는 사람에 따라서는, 잠시 동안의 신비스러운 현상을 거쳐 박이 달로 바뀌었거나, 아니면 달이 박으로 바뀐 것으로 착각할 수도 있다. 달과 박은 둘 다 풍요로운 인상을 주는데, 그것은 달과 박이 그림에서 차지하고 있는 큰 비중에서 비롯된 결과이다.

달과 박 사이에는 최소한 하나의 이야기가 놓여 있다. 그 이야기를 가능하게 하는 요소는 무엇보다도 달빛에서 찾아야 할 것이다. 그림 속의 달빛은 당연히 실제의 달빛과 다르다. 실제의 달빛은 그냥 사물을 비추는 역할만을 수행하지만, 그림 속의 달빛은 그림을 구성하는 다른 요소들과 긴밀하게 결합한다. 화가의 의도는 달과 박의 유사성을 통해 자연의 의미를 탐색하는 데에 있다. 이 경우, 달빛은 매우 중요한 역할을 수행한다. 달빛은 달과 박의 유사성을 강화시키는 수단이 되는 것이다. 이런 의미에서, 그림 속의 달빛은 살아 움직이는 달빛이다.

> 달 보당
> 박 보난
> 박인가?
> 달인게
>
> 박 보단
> 달 보난
> 달인가?
> 박인게
>
> 박은
> 술술술술
>
> 달은
> 홍홍홍홍

메시께라

메시께라

　　　　－ 김수열,「달과 박－강요배의 그림 <달과 박>을 훔치다」[24]

　시인이 이 시에서 일단 주목하고 있는 것은 달과 박의 유사성이다. 그런데 그 유사성은 달과 박의 본질에서 발생하는 유사성 아니라 '바라봄'의 순차에 의해 규정되는 유사성이다. 달을 보다가 박을 보면 정말 박인가 하는 의문이 들면서 박이 달로 보이고, 이와 반대로 박을 보다가 달을 보면 정말 달인가 하는 의문이 들면서 달이 박으로 보인다. 그래서 이 시에서의 진술은 과학적인 원리에 입각한 진술이 아니다. 그것은 처음에 사물을 본 것이 다음에 사물을 보는 데에 영향을 미친다는 생각에서 이루어진 진술이다.

　시인이 궁극적으로 의도하고 있는 것은 "박은 술술술술/달은 홍홍홍홍"에 드러나 있듯이 달과 박의 유사성을 통해 이 그림에 내포된 신비감을 밝히는 데에 있다. 이 시에 수용된 달과 박은 조사의 곡용이나 어미의 활용에 따라 여러 형태로 변용되고 있지만, 그렇다고 해서 이 시가 사물에 대한 명명의 문제를 다루고 있다고는 할 수 없다. 이 점은 이 시의 마지막 연을 통해서 드러난다.

　시인은 달과 박의 유사성을 압축된 언어로 진술한다. 그것은 그림을 바라보는 시인의, 그림의 내용을 수용하는 방식과 관계가 있다. 시인은 또한 이 시에서 그 수용의 결과를 제주방언의 종결어미로 처리함으로써, 제주 방언을 이해하는 사람들을 대상으로 제주 방언의 변주를 통해 드러나는 효과를 실험한다.

---

24) 오영호 외,『새가 살던 집은 낡아도 새집이다』(충북·제주작가회의 공동 작품집) (각, 2006), p. 30.

시인은 그림을 슬로건으로 수용하지 않고 자연으로 수용한다. 그리고 시인은 그 자연이 궁극적으로 단순한 아름다움이 아닌, 의미심장한 아름다움을 지니고 있음을 알고 있다. 이 시의 마지막 행 "메시께라/메시께라"가 그것의 근거이다.

제주방언에서 '메시께라'는 표준어 '어마'로 대치될 수 있는 감탄사이기는 하지만, '어마'에 대한 사전의 설명처럼 "주로 여자들이 깜짝 놀라거나 끔찍한 느낌이 들었을 때"에 사용한다고 말하기는 어렵다. 제주 방언에서, 그것은 상대방을 은근히 질책할 때에, 주어진 상황에 대해 은근히 동의하거나 감탄할 때에 두루 사용하는 말이다. 이 시에서, 시인은 '메시께라'를 후자의 의미로 사용하고 있다.

2. 「세한도」에 나타난 「세한도」의 수용

「세한도」(圖 7)는 김정희가 제주도에 유배된 지 5년째에 제작한 그림이다. 발문에서 그는 논어의 「子罕扁」에 있는 "추운 날씨가 지난 후에야 송백의 푸름을 알 수 있다(歲寒然後知松栢之後凋)"는 공자의 말씀을 통해, 제자 이상적의 '변함없는 마음'을 비유적으로 부각한다. 그는 또한 사마천의 「史記」에 있는 구절을 인용하면서 제자 이상적이 계복의 「晩學集」, 운경의 「大雲山房文藁」, 하우경의 『皇朝經世文編』(120권) 등 세 문집을 보내준 데 대해 감사의 뜻을 전하고 오로지 권력을 좇으면서 이익을 취하려는 사람들이 판치는 어지러운 세태를 개탄한다. 따라서 「세한도」를 관류하고 있는 것은 꼿꼿한 선비정신이다. 그것은 그의 학문과 예술에 그대로 적용되는 정신이기도 하다.

「세한도」에 대해서는 여러 해석이 가능하다. 그런데 그 여러 해석은 대동소이할 수밖에 없다. 그것은 「세한도」를 그린 김정희가 뚜렷한 자취를 남긴 역사적 인물이라는 점, 그리고 「세한도」의 발문이 파격적인 해석의 여지를 차단하고 있는 점에서 기인한다. 그 여러 해석 중에서 대표적인 것은 유홍준의 해석이다.

> 이 「세한도」에 더욱 감동케 되는 것은 그러한 서화 자체의 순수한 조형미보다도 그 제작과정에 서린 완당의 처연한 심경이 생생히 살아 있기 때문이다. 그림과 글씨 모두에서 문자향과 서권기를 강조했던 완당의 예술세계가 이 소략한 그림과 정제된 글씨 속에 홍건히 배어 있음이 이 그림의 본질이다. 그러니까 「세한도」는 그 제작 경위와 내용, 그림에 붙어있는 글씨의 아름다움, 그리고 갈필과 건묵이라는 매체 자체의 특성을 간취한 세련된 감상안을 갖춘 사람만이 그 진가를 느낄 수 있는 것이다. 즉 그림과 글씨와 문장이 고매한 문인의 높은 격조를 드러내는 시너지 효과를 일으키고 있는 것이다.[25]

김정희는 「세한도」 왼쪽의 잣나무 두 그루와 오른쪽의 소나무 두 그루를 통해 자신의 심경을 토로한다. 두 그루의 잣나무와 한 그루의 소나무는 꼿꼿이 서 있는데 늙은 소나무 한 그루는 가지가 심하게 휘어져 있다. 두 그루의 잣나무와 한 그루의 소나무는 흐트러짐 없는 모습을, 이와 대조적으로 늙은 소나무 한 그루는 흐트러진 모습을 각각 보여 준다. 이런 점 때문에, 「세한도」의 구도 속에 자리 잡고 있는 네 그루의 잣나무와 소나무는 결코 단순하지 않은 의미를 내포한다. 여기에다 발문에서 인용된 "추운 날씨가 지난 후에야 송백의 푸름을 알 수 있다."는 공자의 말씀을 염두에 두고 보면, 잣나무 두 그루와 소나무 한 그루가 꼿꼿한 자세

---

25) 유홍준, 『완당평전 1』(학고재, 2005), p. 398.

를 지키는 선비를, 가지가 휘어진 늙은 소나무가 어지러운 세태에 굴복
하는 선비를 각각 상징하고 있음은 확연하다.

> 날로 기우듬해가는 마을회관 옆,
> 청솔 한 그루 꼿꼿이 서 있다.
>
> 한때는 앰프방송 하나로
> 집집의 새앙쥐까지 깨우던 회관 옆,
> 그 둥치의 터지고 갈라진 아픔으로
> 푸른 눈 더욱 못 감는다.
> 그 회관 들창 거덜내는 댑바람 때마다
> 청솔은 또 한바탕 노엽게 운다.
> 거기 술만 취하면 앰프를 켜고
> 박달재를 울고 넘는 이장과 함께.
>
> 생산도 새마을도 다 끊긴 궁벽, 그러나
> 저기 난장 난 비닐하우스를 일으키다
> 그 청솔 바라다보는 몇몇들 보아라.
> 그때마다, 삭바람마저 빗질하여
> 서러움조차 잘 걸러내어
> 푸른 숨결을 풀어내는 청솔 보아라.
>
> 나는 희망의 노예는 아니거니와
> 까막까치 얼어죽는 이 아침에도
> 저 동녘에선 꼭두서니빛 타오른다.
>
> — 고재종, 「세한도」[26]

김수열의 「달과 박—강요배의 그림 <달과 박>을 훔치다」가 대상의

---

26) 고재종, 「세한도」, 『중앙일보』, 2002. 1. 1.

변용을 통해 그림에 대해 진술하고 있다면 고재종의 「세한도」는 대상의 변용을 통해 현실에 대해 진술한다. 이를 위해 시인이 의도적으로 수용한 것은 그림 속의 청솔이다. 그런데 그 청솔은 그림 「세한도」에서의 청솔이 아니다. 그 청솔은 "날로 기우듬해가는 마을회관 옆"에서 "그 둥치의 터지고 갈라진 아픔"을 느끼고, "푸른 눈 더욱 못 감"을 정도로 괴로워하는" 청솔이다.

시 「세한도」의 바로 옆에는 고단한 삶을 이어가는 서민들의 현실이 존재한다. 그래서 그 청솔은 "생산도 새마을도 다 끊긴 궁벽/(…) 저기 난장 난 비닐하우스를 일으키"는 몇몇 사람들이 바라보는 대상이 되기도 하고 "그때마다, 삭바람마저 빗질하여/서러움조차 잘 걸러내어/푸른 숨결을 풀어"내기도 한다.

시 「세한도」에서 청솔은 "그 둥치의 터지고 갈라진 아픔으로/푸른 눈 더욱 못 감는다," "그 회관 들창 거덜내는 댑바람 때마다/청솔은 또 한바탕 노엽게 운다," 등에서 보듯, 꼿꼿이 서서 '마을회관'으로 상징되는 서민들의 현실을 지켜본다. 청솔은 또한 "까막까치 얼어죽는 이 아침에도/저 동녘에선 꼭두서니빛," "그 청솔 바라다보는 몇몇들 보아라," "푸른 숨결을 풀어내는 청솔 보아라" 등에서 보듯, 정결하다. 청솔이 서민들의 정신적 지주의 역할을 수행할 수 있는 것은 그런 점 때문이다. 결국, 청솔은 현실과 결부될 때에 깊은 의미를 드러내고 있음을 알 수 있다.

시 「세한도」가 그림 「세한도」에서 수용하고 있는 것은 오로지 꼿꼿이 서있는 '청솔'이다. 그 청솔의 이미지를 통해 시인은 서민들의 현실을 진술한다. 그러나 그 어려움은 구체적이지 못하다. 그럼에도 불구하고, 시 「세한도」가 그림 「세한도」를 수용하고 있다고 말할 수 있는 근거는 1연부터 4연까지의 '청송'의 이미지가 「세한도」의 송백과 유사한 데에서 찾을 수 있다.

3. 「늙은 자화상 ─ 렘브란트 <성 바울 풍의 자화상>을 보고」에 나타난 「성 바울 풍의 자화상」의 수용

벤투리에 의하면, 렘브란트는 색채의 거장이고, 그의 터치는 살[肉]과 생명을 표현하고 있으며, 그의 초상화는 놀랄 만한 힘과 柔和함, 그리고 진실성을 갖추고 있다.[27] 렘브란트의 그림에 대한 이러한 평가를 가능하게 한 원천은 무엇보다도 그의 성정에서 발견된다. 프랑스의 전기 작가 에밀 미셸은 1893년에 발표한 렘브란트의 전기에서 렘브란트의 그러한 점을 특히 강조한다.

> 렘브란트처럼 생각과 기쁨 그리고 사랑과 혼돈의 비밀스런 면을 작품 속에 마음껏 드러낸 화가는 없었다. 예절바르게 행동할 수는 없었지만 끊임없이 작업하겠다는 생각밖에 없었던 사람, 너무도 당연한 듯이 찾아온 잔혹한 시련에도 좌절하지 않았던 사람, 그의 존재 자체를 지배하면서 모든 것을 뒤로 밀어버렸던 예술을 향한 뜨거운 사랑을 죽는 순간까지 지켜낼 수 있었던 사람! 이런 순박한 성품과 주체할 수 없는 천재성의 서글픈 갈등을 솔직하게 드러내준 화가는 렘브란트 이외에 없었다.[28]

렘브란트의 후기 자화상들은 예술이 그에게 내면의 목표였고 사색에 잠긴 자화상들은 관찰자들마저도 사색에 잠기게 만든다.[29] 그는, 이런

---

27) 리오넬로 벤투리, 『미술비평사』, 김기주 역(문예출판사, 2001), p. 165.
28) 마리에트 베스테르만, 『렘브란트』, 강주헌 역(한길아트, 2002), p. 330에서 재인용.
29) 위의 책, p. 330.

특징이 사람들로 하여금 그를 타고난 혜안으로 인간 조건을 꿰뚫어본, 자주적이고 독립적인 개인이라는 이상적인 인물로 인식하게 했다고 주장한다. 더 나아가 그는, 렘브란트의, 인간의 정체성에 대한 탐구와 당시 프로테스탄트의 이념이 근본적으로는 같았지만 표현방법에서는 달랐음을 전제로 내세우면서, 렘브란트의 그림들은 우리 시각과 촉각을 직접적으로 자극함으로써 한결 쉽게 다가오고, 또한 내면의 성찰을 그려낸 그림의 이야기 속으로 우리를 끌어들인다고 단언한다.

「성 바울 풍의 자화상」(圖 8)에 대한 베스테르만의 해석에는 '왜 하필이면 사도 바울 풍인가'라는 물음에 대한 해답이 제시되어 있다.[30] 그에 의하면, 「성 바울 풍의 자화상」에서 렘브란트와 바울은 대담하게도 동일시되었지만, 적어도 겉모습만은 더욱 멜랑콜리하게 보인다. 그가 이 그림에서 더욱 진지하게 다듬은 부분은 얼굴이다. 손에 쥔 책과 겉옷 안에 감춘 칼은 바울의 역할을 상징적으로 보여 주지만 이런 물건들은 렘브란트의 얼굴에 비하면 부차적인 것일 뿐이다. 그는, 우선 신약성서를 기록한 학자이며 성실한 목자였던 바울이 프로테스탄트 신학자들에게 귀감이었음을 상기시킨다. 그리고 그리스도의 제자들을 박해하던 사람에서 그리스도 정신을 가장 열렬하게 전파하는 사람으로 개종했던 바울은, 칼뱅과 그 추종자들에게, 하나님은 진실한 믿음으로 회개하는 죄인을 구원해 준다는 것을 보여주는 최초의 증거였음을 강조한다. 그는, 기독교 신잉에 대한 철저한 믿음과 인간의 허약함에 대한 멜랑콜리한 성찰을 겸비한 바울이 렘브란트에게는 매력적인 인물이었고, 그래서 그것은 렘브란트로 하여금 하나님의 말씀을 해석하고 지키는 사람으로서의 바울을 반복해서 그리게 한 요인이었다고 주장한다.

---

30) 위의 책, p. 315.

렘브란트는 평생 동안 100여 점에 이르는 자화상을 그렸다. 그것은 그가 자신의 정체성을 확인하는 작업에 얼마나 크게 집착했는지를 보여주는 사실이다. 「성 바울 풍의 자화상」은 1661년 그의 나이 55세 때에 그린 것으로 자기 자신의 곤궁한 생활을 그대로 반영한다. 그래서 「성 바울풍의 자화상」을 지배하는 것은 렘브란트의 곤궁한 생활 모습이다. 비록 성 바울과 닮아 있기는 하지만 황색의 두건, 반백의 머리, 얼굴의 주름 등은 그것을 잘 보여준다. 여기에 정신적 고뇌의 모습도 수반되고 있음은 물론이다. 이와 함께 이 그림에서 우리는, 렘브란트가 키아로스크로(chiaroscuro)를 사용하여 그림의 효과를 강화하고 있는 점에도 주목할 필요가 있다.

젊은 날 자신 있고 밝은 자화상을 많이 남겼는데
무엇 때문에 다시 늙은 얼굴을 그리려 했을까
맑은 빛이 사라진 눈을 왜 정성 들여 그렸을까
뜨겁지도 차갑지도 않은 이마를 덮고 있는
억세지도 곱지도 않은 머릿결
지나온 날처럼 굴곡이 심한 얼굴 곳곳의 그늘과
그를 오랫동안 따라다닌 불행이 화폭 밖으로
흘러내리는 자화상을 왜 그리고 있었을까

사월 들풀처럼 푸르게 타오르지도 않고
한겨울 나무처럼 처절하게 견디고 있는 것도 아닌
늦가을 오후의 지친 나뭇잎 같은 모습을
꾸미거나 애써 감추려 하지 않고
왜 꼼꼼하게 그려 넣었을까
있는 모습 그대로의 제 얼굴을 정직하게
그려서 남기려 한 이유는 무엇이었을까

부끄러운 모습을 감추려 하지 않은 까닭은
　　　－ 도종환, 「늙은 자화상 － 렘브란트 <성 바울 풍의 자화상>을 보고」[31]

　「달과 박－강요배의 그림<달과 박>을 훔치다」에서처럼 「늙은 자화상 － 렘브란트<성 바울 풍의 자화상>을 보고」에서도 시인의 의문은 중요한 의미를 지닌다. 그 의문은 그림에서 수용한 내용들이 고정적인 의미를 지니지 못하는 점과 관계가 있다. 그것은 시인이 그림을 수용하는 쪽보다 그림을 수용한 후에, 그것을 자신의 생각을 드러내는 도구로 이용하는 쪽에 관심이 있음을 의미한다. 1연의 "무엇 때문에 다시 늙은 얼굴을 그리려 했을까"라는 의문, "맑은 빛이 사라진 눈을 왜 정성들여 그렸을까"라는 의문은 바로 그러한 점을 보여 주는 예들이다. 같은 방식의 의문은 이 시의 2연, 3연에서도 나타난다.

　이와 약간 다른 시각으로 보면, 이 시에서는 시인이 그림을 자의적으로 해석함으로써, 그것을 자신의 생각을 드러내는 도구로 이용한 경우도 발견된다. 예를 들면, "뜨겁지도 차갑지도 않은 이마," "지나온 날처럼 굴곡이 심한 얼굴 곳곳의 그늘," "늦가을 오후의 지친 나뭇잎 같은 모습" 등이 그러하다. 그것들 또한 시인의 의도가 시를 단순하게 수용하는 데에만 있는 것이 이님을 말해 주는 예들이다.

　그러나 그렇다 하더라도, 시인이 유사성의 매개를 통해 그림을 수용한 점은 변하지 않는다. '늙은 얼굴,' '맑은 빛이 사라진 눈,' '억세지도 곱지도 않은 머릿결,' '굴곡이 심한 얼굴,' '늦가을 오후의 지친 나뭇잎 같은 모습' 등은 얼핏 시인이 직접 수용한 것으로 보일 수도 있지만, 천천히 보면 유사성의 매개를 통해 수용한 것들임이 분명하게 드러난다.

---

31) 도종환, 『해인으로 가는 길』(문학동네, 2006), pp. 92~93.

렘브란트는 바울을 하나님의 말씀을 해석하고 지키는 사람으로 보고 반복해서 그렸다. 「성 바울 풍의 자화상」도 그러한 그림들 중의 하나이다.[32] 그런데 이 시에서는 그러한 사실이 전혀 언급되어 있지 않다. 이 점 또한 이 시를, 유사성의 매개를 통해 「성 바울 풍의 자화상」을 수용한 시로 판단하는 근거가 된다.

Ⅳ. 결론

'수용'을 연구 대상으로 삼는 분야는 주로 수용이론이나 수용미학이다. 그러나 '수용'은 비교문학에서도 연구 대상이 될 수 있다. '비교'와 '수용'이 이루어지는 순서를 놓고 생각해 볼 때에도, 비교문학에서의 '비교'는 '수용'의 다음 단계이다. 실제로 최근의 비교문학에서는 비교의 범위를, 한 나라의 문학과 다른 나라의 문학 사이의 영향 관계를 연구하는 것으로 국한하지 않는다. 이제, 비교문학은 한 장르와 다른 장르 사이의 '수용' 문제를 연구하는 쪽으로도 영역을 확대하고 있다.

필자는 지금까지 한국 현대시에 나타난 그림의 수용을, 기억의 매개를 통한 경우와 유사성의 매개를 통한 경우로 나누어 살펴보았다. 이제, 그 결과를 요약·정리해 보면 다음과 같다.

첫째는 기억의 매개를 통한 수용의 경우이다. 시 「이제 소는」에서, 시인의 기억은 그림을 수용하는 데에 중요한 역할을 담당한다. 시인의 기억은 화가의 기억과 동일한 것일 수도 있고 동일하지 않은 것일 수도 있다. 시 「이제 소는」에서, 시인의 기억은 과거에는 한없이 맑아 보이던 눈

---

32) 마리에트 베스테르만, 앞의 책, p. 315.

망울을 지닌 소가 뚜벅뚜벅 걸었던 논밭과 들판, 황톳길, '매양' 착한 심성을 드러내는 황소 등과 관련된 기억이다. 시「옥상에게」에서, 시인의 기억은 농민의 삶을 잘 알고 있는 점, 그리고 전주 대성동에서의 경험을 화가와 함께 공유하고 있는 점과 각각 관련된다. 화가와 시인의 창작방법은 서로 다르다. 화가는 리얼리즘 기법을 사용하는 데에 반해, 시인은 전통적 서정시의 기법을 사용한다. 시「고독」에서, 시인은 소에 대한 매우 주관적인 기억을 드러낸다. 그 기억은 시인의 어두운 경험에 의존한 기억이다. 그러나 시「고독」에서, 소에 대한 시인의 기억은 그림을 수용하는 데에 크게 영향을 미쳤음이 분명하다. 시인은 그림「고독」에 등장하는 소재들을 기억의 매개를 통해 수용할 뿐만 아니라 이러한 소재들에다, 초현실주의적 세계에서 통용되는 수식어들을 첨가한다. 그것도 기억의 매개를 통한 수용임은 물론이다.

둘째는 유사성의 매개를 통한 수용의 경우이다. 그 유사성은 진술의 형식으로 표명되지만, 때로는 의문을 동반한 진술의 형식, 또는 의문의 형식으로도 표명된다. 유사성이 진술의 형식으로 나타나든 의문의 형식으로 나타나든, 대상은 항상 시인 자신이다. 그러나 두 경우는 모두 유사성의 매개를 통해 수용되었다는 공통점을 지니고 있다. 시「달과 박-강요배의 그림 <딜과 빅>을 훔치다」에서, 시인은 달과 박의 유사성에 주목한다. 그런데 의문과 진술의 형식으로 표명되는 그 유사성은 달과 박이 원래 지니고 있는 유사성이라기보다는 '바라봄'의 순차에 의해 규정되는 유사성이다. 시인이 궁극적으로 의도하고 있는 것은 사물의 명명 문제를 다루는 데에 있지 않고 달과 박의 유사성을 통해 그림「달과 박」이 내포하고 있는 신비감을 밝히는 데 있다. 시인이 시「세한도」에서 의도적으로 수용한 것은 꼿꼿이 서있는 '청솔'이다. 시「세한도」에서, 청

솔은 변용되면서 현실의 어려움을 이겨낼 수 있게 하는 정신적 지주로
서의 역할을 담당한다. 그런데 시「세한도」에서의 어려움은 막연하기
짝이 없다. 그런데도 시「세한도」가 그림「세한도」를 수용하고 있다고
말할 수 있는 것은 '청송'의 이미지가 그림「세한도」의 송백과 유사하기
때문이다. 시「늙은 자화상－렘브란트＜성 바울 풍의 자화상＞을 보고」
에서도 시인의 의문은 매우 중요한 의미를 지닌다. 시인의 의문은 그림
에서 수용한 내용들의 의미가 확정되지 못하는 점과 관련된다. 그것은
시인이, 수용한 내용들을 자신의 생각을 드러내는 도구로 이용하고 있
음을 의미한다. '늙은 얼굴,' '맑은 빛이 사라진 눈,' '억세지도 곱지도 않
은 머릿결' 등은 얼핏 시인이 직접 수용한 것들로 보이지만, 잘 따져 보
면 유사성의 매개를 통해 수용한 것들임을 알 수 있다.

▪ 참고문헌

1. 국내서
강요배.『제주의 자연』. 학고재, 1994.
고　은.『이중섭 평전』. 향연, 2005.
김광림.『진짜와 가짜의 틈새에서』. 다시, 2006.
김영주.「이중섭을 회고하면서」『이중섭 미공개 작품전』(카탈로그). 동숭미
　　　술관, 1985. 5. 10~6. 9.
김종근.『샤갈 내 영혼의 빛깔과 시』. 평단아트, 2004.
박용숙.「이중섭의 '역사적 감성'에 대한 논고-그의 소를 중심으로-」
　　　『동덕여대논총』제23집.
유홍준.『완당평전 1』. 학고재, 2005.
임옥상.『벽 없는 미술관』. 생각의나무, 2000.
장사선.『한국리얼리즘 문학론』. 새문사, 1992.
차봉희 편.『수용미학』. 문학과지성사, 1985.
최석태.『이중섭 평전』. 돌베개, 2002.

2. 국외서
베스테르만, 마리에트.『렘브란트』. 강주헌 역. 한길아트, 2002.
벤투리, 리오넬로.『미술비평사』. 김기주 역. 문예출판사, 2001.
아스만, 알라이다.『기억의 공간』. 변학수 · 백설자 · 채연숙 역. 경북대학교
　　　출판부, 2003.
야자키 요시모리 · 나카무라 겐이치.『그림을 보는 법』. 이수민 역. 아트북, 2005.
에드거, 앤드류 · 세즈윅, 피터 공편.『문화이론사전』. 박명진 외 역. 한나래, 2003.
Richards, I. A. *Principles of Literary Criticism.* Routledge, 1924.

Weisstein, Ulrich. *Comparative Literature and Literary Theory.* Indiana University Press, 1973.

▪ 도판 목록

[圖 1] 이중섭. 「노을 앞에서 울부짖는 소」. 1953 무렵. 종이에 유채. 32.3×49.5cm. 개인소장.

[圖 2] 이중섭. 「흰 소」. 1954. 합판에 유채. 30×41.7cm. 홍익대학교 소장.

[圖 3] 임옥상. 「보리밭 2」. 1983. 100×140cm.

[圖 4] 임옥상. 「일어서는 땅 4」. 1995. 유채.

[圖 5] 샤갈. 「고독」. 1933. 캔버스에 유채. 102×169cm. 텔아비브박물관 소장.

[圖 6] 강요배. 「달과 박」. 1998. 캔버스에 아크릴. 73×60cm. 안혜경 소장.

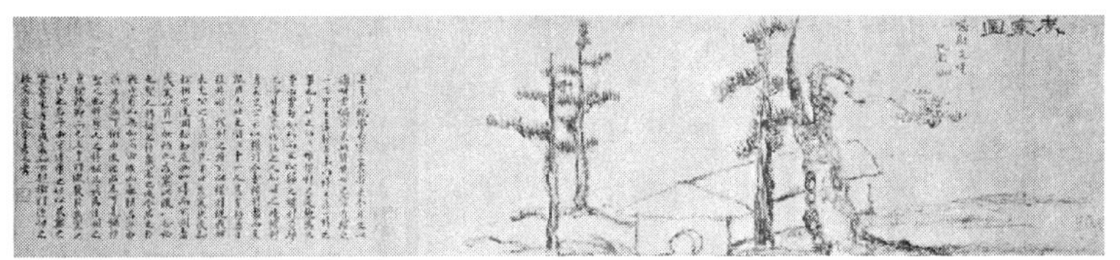

[圖 7] 김정희.「세한도」. 1844. 종이에 먹. 23.8×108cm. 국보 제80호. 손창근 소장.

[圖 8] 렘브란트.「성 바울 풍의 자화상」. 1661. 캔버스에 유채. 91×77cm.
   암스테르담 레이크스국립박물관 소장.

그림의 공간과 시의 공간

Ⅰ. 프롤로그

아리스토텔레스에 의하면, 대상을 모방하는 것은 그림과 시의 공통점이다. 그래서 그림과 시는 둘다 모방예술에 속한다. 시인은 어떤 행동을 하는 사람들을 보통보다 더 좋게, 더 나쁘게, 보통과 같게 모방하게 되는데, 그것은 화가의 경우에도 같다. 시인은 서사시를 쓰는 모방 기술자이므로 어떤 경우이든지 과거나 현재의 상태, 사람들이 사실이라고 말하거나 생각하는 일, 마땅히 있어야 하는 일 등 세 가지 중의 하나를 묘사하기 위해 모방 기술을 사용한다. 화가를 비롯한 다른 조형 기술자들도 이와 같음은 물론이다.[1]

호라티우스 역시 그림과 시를 모방예술로 본다. 그는 사람의 머리에다 말의 목을 붙이려고 하거나 온갖 동물의 사지에 여러 색깔의 깃털을 덮으려고 하는 화가[2]를 예로 든다. 그의 말대로, 머리가 아름다운 여인

---

1) James Hutton, *Aristotle's Poetics*(New York: W. W. Norton & Company, 1982), p. 46., pp. 74~5.

으로 시작해서 괴상한 물고기로 끝난 그림을 상상하면 웃음을 참을 수 없게 된다. 그래서 그는, 환자의 악몽처럼 시인의 환상이 아무렇게나 뒤섞여 시작과 끝이 통일되지 않은 시는, 그렇게 그린 화가의 그림과 같다는 사실을 알아야 한다고 주장한다.

리처즈에 의하면, 시각예술의 경험을 분석할 때, 가장 중요한 것은 '본다(see)'는 말을 피하는 일이다. 그것은 그 말이 매우 애매할 뿐만 아니라 믿을 수 없다는 데서 기인한다. 그림을 보는 경우, '본다'는 말은 ①그림의 물감으로 덮여진 면을 보는 것, ②그 면에 의해서 투영된 망막상의 이미지를 보는 것, ③'그림·공간'(picture-space) 속의 평면이나 입체를 보는 것 등 세 가지 방향으로의 해석이 가능하다. 문제는 이러한 의미들이 저마다 아주 다르다는 데서 발생한다. ①은 자극의 원천에, ②는 자극이 망막에 주는 직접적 효과에, ③은 몇 개의 지각 작용이나 이미지의 형성 작용에서 성립되는 복합적 반응에 관한 것들이다.3)

리처즈에게 있어서, 시각예술의 경험을 분석할 때 '본다'는 말을 피하는 일은 이처럼 중요하다. 그림에서의 '본다'는 말은 시의 경우에는 '읽는다'이다. 그가 말하는 방식을 따르면 그것은 피해야 할 대상이다. 그것도 그 말이 매우 애매할 뿐만 아니라 믿을 수 없다는 데서 기인한다. 시를 읽는 경우 '읽는다'는 말은 ①인쇄된 시를 읽는 것, ②시의 이미지를 파악하는 것, ③시의 전체를 읽는 것 등 세 가지 방향으로의 해석이 가능하며, 문제도 이러한 의미들이 저마다 아주 다르다는 데서 발생한다. ①은 시의 원천에, ②는 시가 독자에게 주는 부분적인 효과에, ③은 시가 독자에게 주는 전체적인 효과에 관한 것들이다.

---

2) W. J. Bate, Criticism: *The Major Text* (New York: Harcourt Brace Jovanovich, 1970), p. 51.

3) I. A. 리처즈, 『문예비평의 원리』, 김영수 역 (현암사, 1977), p. 200 참조.

바라보자마자 곧장 파악할 수 있는 그림은 거의 없다. 그림을 보는 사람에게 익숙하지 않은 방법으로 창작된 작품은 10분 동안 눈여겨보는 것으로도 충분하지 않다. 그래서 그림을 '보는' 능력ㅡ그림의 가치를 옳게 받아들이기 위해서는 꼭 필요한 제일보ㅡ을 습득하는 것은 꼭 필요하다. 이 사실에 대해서 미술관을 방문하는 대개의 사람들은 너무도 무관심하다. 만일 같은 화가 혹은 같은 유파에 속하는 화가의 그림을 한꺼번에 많이 볼 수 있다면, 그것은 당연히 그림을 보는 사람에게는 많은 도움이 될 것이다. 그 그림들에서 구사되고 있는 본질적인 방법을 한층 뚜렷이 알 수 있기 때문이다. 그러나 여러 화가의 그림을 모은 컬렉션일 경우, 사람들은 각양각색의 그림을 바라보아야 한다. 그 때 아마 사람들의 뇌리에는 알지 못하는 사이에 혼란이 일어나고, 그것이 중대한 장해가 되어 어느 그림에 대해서도 일관된 작품의 가치를 정립(building up)할 수 없을 것이다.[4]

시의 경우에도 동일하다. 읽자마자 금방 뜻을 파악할 수 있는 시는 없다. 아무리 짧은 분량으로 되어 있다 하더라도, 시에 따라서는 여러 번 읽어도 뜻을 파악할 수 없는 경우가 얼마든지 있다. 그림의 경우에 사람들의 '보는 능력'이 중요한 것처럼, 시의 경우에도 사람들이 시를 '읽는 능력'을 습득하는 것은 꼭 필요하다. 시의 경우에도 당연히 같은 시인의 시, 혹은 같은 유파에 속하는 시인의 시를 읽을 수 있다면 시를 읽는 사람에게는 많은 도움이 될 것이다. 그러나 다른 유파의 시인들이 쓴 시들을 모은 시집을 읽을 경우, 사람들은 각양각색의 시를 읽어야 한다. 그 때 사람들의 뇌리에는 알지 못하는 사이에 혼란이 일어나고, 그것이 중대한 장해가 되어 어느 시에 대해서도 일관된 작품의 가치를 정립할 수

---

4) 위의 책, p. 203 참조.

없을 것이다.

II. 체험적 공간의 성격

공간은 가변적이다. 인식 주체가 지각하는 방향에 따라 달라지기 때문이다. 게다가 공간에 대해서는 서로 다른 개념들이 설정되어 있다. 어떤 경우, 그것은 다양성을 넘어 양립이 불가능한 정도를 보여 주기도 한다. 그것은 대체로 ①공간 개념의 구체성과 추상성 문제, ②공간과 공간 내용의 분리 문제, ③공간의 실재 문제 등으로 요약할 수 있다. 철학의 역사는 이러한 문제들에 대해 서로 다른 해명을 보여 준다. 그러나 일반적인 시각에서 말하면, 공간은 추상적 관계들의 순수한 체계라고 할 수 있다. 즉 공간이 먼저 존재하고 그 안에서 사물이 관계를 맺는 것이 아니라, 사물이 먼저 있고 그들의 관계가 공간을 형성하는 것이다.

칸트가 말하는 공간은 외적 경험에서 抽象된 경험적(후천적) 개념으로서의 공간이 아니다. 그는, 공간의 표상은 외적 현상의 관계들로부터 경험적으로 얻어질 수 있는 것이 아니라, 도리어 외적 경험 자신이 공간의 표상에 의해서 비로소 가능하다[5]고 말한다.

퐁티는 현전하는 제3의 공간성에 대해 다음과 같이 말한다. 이 공간성은 공간 속에 있는 사물들의 공간성도 아니고, 공간화하는 공간의 공간성도 아니다. 이 공간성은 칸트적인 분석을 벗어나 있는 것에 그치는 것이 아니라, 그러한 분석의 전제가 되는 것이다. 우리에게 필요한 것은 상대적인 것 속의 절대적인 것이고, 현출들에 함입되지 않으면서도 그것

---

5) I. 칸트, 『순수이성비판』, 최재희 역 (박영사, 1981), p. 76.

들에 닻을 내리고 있고 그것들과 연대되어 있는 공간이다. 그렇다고 해서 이 공간이 실재론자들이 말하는 것처럼 현출들과 함께 주어지는 것은 아니다. 스트라톤의 실험이 보여 주는 것처럼, 이 공간은 현출들이 뒤집어지는 데도 존속할 수 있는 공간이다. 우리가 모색한 것은 형식과 내용의 구분을 넘어서 있는 공간에 대한 본래의 경험이다.[6]

체험적 공간은 최소한 세 가지의 성격을 지니는데, 참여성·의미성·이중성 등이 그것이다. 참여성에 대해 김우창은 다음과 같이 설명한다. 그림에서 우리가 관심을 가지고 있는 것은 체험으로서 또는 시각적 체험으로서의 공간이다. 그러한 의미에서 그것은 사람이 공간 속에 존재하는 방식을 참조하는 것이어야 한다. 이것은 회화의 공간에 특정한 각도를 제공한다. 회화의 공간은 측정할 수 있는 거리로서의 공간이 아니라 보는 자의 관점이 포함된 일체적 체험으로서의 공간, 좀더 객관적으로 고쳐 말하면, 방향을 가지고 있으며 그 방향이 포함된 공간이다. 방향 중에도 보는 자가 있다는 점에서는 높이와 깊이 — 보는 자의 앞으로 또는 아래로 펼쳐지는 깊이가 회화적 공간에서 가장 중요한 공간의 차원이다. 보는 자의 앞으로 있는 깊이는 거리 또는 먼 거리이다. 더 정확히 말하면, 앞으로 있는 거리는, 깊이와 측정 가능한 거리, 즉 옆으로 펼쳐지는 가로의 거리를 합친, 심도를 포함한 지도의 공간 차원이라고 할 수 있다. 이것은 현실공간이면서 체험의 공간이다.[7]

그림의 경우와 마찬가지로, 시의 내용에 공감하는 사람은 시 밖에 머무르지 않고 시 속으로 들어간다. 시가 드러내는 의미의 세계에 참여하는 것이다. 즉, 그림을 감상하는 사람이 그림의 공간 속에 존재하듯이,

---

6) 조광세, 『몸의 세계, 세계의 몸』 (이학사, 2004), p. 332에서 재인용.
7) 김우창, 『마음과 풍경』 (생각의 나무, 2003), pp. 100~101.

시를 읽는 사람은 시의 공간 속에 존재하는 것이다. 더 나아가 그림의 공간에서 그림을 감상하는 사람은 그림의 공간과 일체가 되듯이, 시의 공간에서 시를 감상하는 사람은 시의 공간과 일체가 된다. 그림을 감상하는 사람이 그림의 공간 속에서 전후좌우의 거리를 의식할 수 없을 정도로 밀착되어 있듯이, 시를 감상하는 사람도 시의 의미 공간과 분리되어 있지 않다. 체험적 공간이 보여 주는 첫째 성격은 바로 이것이다. 그것은 그래서 현실적 공간이기도 하다.

예술작품은 모사되는 사물의 제시이면서 그것을 통한[sic] 사물 일반의 의미 또는 그것의 체험적 의미에 대한 발언이다. 이 이중적 발언은 상징이나 교훈 또는 서사적 내용을 통하여 이루어질 수도 있다. 그러나 그것은 보다 즉물적으로 이루어질 수도 있는데, 이것은 더 근본적으로 사물의 존재방식에 대한 탐구를 요구한다. 사물이 공간에 존재하는 방식은 이미 그것의 존재방식 또는 일반의 존재방식을 말한다. 가령 그림에서의 관점의 문제나 구도의 문제는 기술적 문제이면서 그것을 넘어가는 철학적 문제에 이어지는 문제다.[8]

그림의 경우, 공간이 어떤 의미를 드러내는가 하는 점은 모두 구성의 문제와 관련된다. 단순하게 말하면, 그것은 선과 색채의 배열 문제이기도 하다. 그런데 시의 경우, 그것은 언어적 기교의 문제로 환치된다. 이 언어적 기교를 통해 시는 나름대로의 방식으로 무엇인가를 말한다. 즉, 발언하는 것이다. 그 발언이 꼭 외침이나 무거운 내용의 이념일 필요는 없다. 물론 그 외침이나 이념의 경우도 거기에 포함되기는 하지만, 대체로 독자가 접하게 되는 것은 사물의 존재에 대한 물음이다. 그것은 더 구체적으로 말하면 존재방식에 대한 물음일 수도 있고 존재의 의미에 대

---

8) 위의 책, p. 98.

한 물음일 수도 있다. 아니면 존재의 근원에 대한 물음일 수도 있다. 그것이 무엇이든 중요한 것은 그러한 물음이 공간 속에서 이루어진다는 점이다.

그림에서의 거리는 저절로 무한으로 연장되고 또 초월적인 것을 시사하는 것이 된다. 깊이는 현실의 것이면서 또 초월적인 것이 된다. 거리나 깊이가 체험자의 일정한 위치에 관계되어 성립하는 공간의 차원이라는 것은 이미 앞에서 비친 바 있지만, 그것이 단순히 체험자에게 속하는 속성이라고 할 수는 없다. 특히 그것이 무한성이나 초월적 차원으로 생각될 때 그러하다. 깊이가 체험자에 관계되어 있다 하더라도 이 체험자는 이미 하나의 고립된 주체가 아니라 수련과 명상을 통하여 외부로부터 오는 많은 것을 흡수하고 있는 자다. 관점이라는 면에서도 체험자는 고정된 관찰자의 관점으로 추상화되지 아니한다. 여기에서 쉽게 깊이는 한 사람이나 하나의 눈으로 수렴된 관점에서 나오는 것이 아니라 세계 자체의 속성으로 간주된다. 그리고 그것은 안개라든지 하는 공기의 상태가 만들어내는 유현한 느낌, 화면에 전체적으로 흐르는 신묘한 기운, 또는 단순히 화면의 전체적 통일성으로 표현된다고 생각된다. 그러면서 주목할 것은 이러한 열린 공간의 느낌이 완전히 추상화되지는 않는다는 점이다. 그것은 무한히 펼쳐지는 기하학의 공간은 아니다. 앞에서 언급한 바 있는, 산수화에서 필수적인, 근접하기 어려운 장소는 이 깊이의 물적 증기로서 화면 속에 존재한다.9)

체험적 공간이라고 할 때의 '체험'은 현실적 체험인 동시에 초월적 체험이기도 하다. 그것은 이중성을 지닌다. 그림에서의 거리는 저절로 무한으로 연장되고 또 초월적인 것을 시사한다. 또한 그림에서의 깊이는

---

9) 위의 책, pp. 102~103.

현실적인 것이면서 동시에 초월적인 것이다. 시의 경우도 그러하다. 그림에서의 거리와 깊이를 시의 의미로 바꾸어 생각할 때에도, 그 점은 조금도 변하지 않는 것이다. 시의 내용은 일단 시를 읽는 사람으로 하여금 현실적 체험이라는 느낌을 지니게 하지만, 다른 한편으로는 초월적 느낌을 갖게 하기도 한다. 그것은, 천천히 잘 생각해 볼 때에, 현실에서 벌어지는 일이 아님을 알게 되는 것으로 증명된다. 그림에서 볼 수 있는 것들, 가령 안개와 같은 공기의 상태가 만들어내는 유현한 느낌, 화면에 전체적으로 흐르는 신묘한 기운, 또는 단순히 화면의 전체적 통일성으로 표현되는 것들은, 시에서 어조나 화자 등에 의해서 구현된다.

Ⅲ. 창조적 공간의 성격

그림과 시에서의 창조적 공간은 네 가지의 성격을 지니는데, 원근성·이미지성·색채성·표현성 등이 그것이다. 김우창에 의하면, 서양화의 원근법은 공간의 문제를 다른 방법으로 해결한다. 서양화에서도 공간을 만들어내는 데는 대상물과 색채·구성, 특히 동양화에 없는 것으로서 광선의 강약 등이 중요하지만, 사물과 사건의 원초적 배경으로서의 공간의 문제는 르네상스기에 도입되는 원근법(perspective)으로서 일시에 해결된다고 할 수 있다. 원근법적 회화의 경우, 공간은 수학적 정밀성을 가지고 구성된 원근법 속에서 화면에 존재하는 대상물과 거의 상관없이 초연하게 존재한다. 원근법은 사물의 멀고 가까운 것과 이 거리의 차이에서 오는 시각 경험의 변화를 정확하게 재현하려는 것이지만, 그러는 사이에 공간 일반을 탄생하게 한다. 또는 일반적 공간이 상정될 수 있게 됨으로써, 거리와 사물의 묘사가 기능해진다고 할 수 있다. 앞에서도 언급했듯이, 르네상스의 원근법의 출발점은 고정된 한 시점이다. 고정된 눈은 그 앞에 펼쳐지는 관경에 대하여 피라미드형의 각추의 정점을 이루는 것으로 상정되고, 이 각추의 저변으로 향하여 나아가는 눈길에 닿는 사물들은 그 거리와 크기에 따라 이 피라미드에서 일정한 위치의 크기를 갖는 것으로 생각된다. 이것이 화면이 이루는 단면에 투사되어 정연한 기하학적 질서 속에서 정리된다. 그 결과의 하나는 이러한 정리를 통해서 공간이 창조된다는 점이다.[10]

시에서의 원근성은 순전히 심리적인 문제로 대두된다. 거리는 일단 시점의 의해 나타나는 감정적 개입의 정도에 따라 정해진다. 스페인의 사상가 오르테가의 다음과 같은 설명은 매우 적절하다. 어떤 저명인사의 죽음을 가정했을 때, 그 죽음에 대한 감정적 개입의 정도는 사람마다 다 다르다. 그의 아내는 누구보다도 슬퍼할 것이고, 의사는 직업적 양심을 지키려 할 것이며, 기자는 직업적 목적을 추구할 것이다. 그리고 화가는 죽음의 장면을 묘사하려 할 것이다. 그러나 시(예술)에 있어서의 거리는 심미적 거리이다. 심미적 거리란, 작품을 감상하기에 앞서 자신이 지니고 있는 사적 또는 공적 관심을 모두 방기하는 심리 상태를 말한다. 이런 심리 상태를 가리켜 우리는 초연하다고 말한다. 거리란 작품을 감상하는 데에 필수적인 요구되는 관조적 태도, 미적 태노, 감상사의 객관적 태도를 말한다. 에드워드 블로흐는 그것을 'Psychical Distance'(심리적 거리)[11]로 명명힌 비 있다. 심리저 거리는 다르게 말해서 미적 거리(aesthetic distance), 내면적 거리이기도 하다. 시인은 의도적으로 부족한 거리를 조정할 수도 있고, 지나친 거리를 조정할 수도 있다. 부족한 거리

---

10) 김우창, 앞의 책, pp. 103~105.

11) Edward Bullough, "'Psychical Distance' as a Factor in Art and as an Aesthetic Principle" *British Journal of Psychology*, Vol. 5 (1912), pp. 87~117.

조정(underdistancing)은 시인이 자기의 감정을 양식화하지 않았기 때문에 축시나 감상적인 시 또는 弔詩에서처럼 제재와 시인의 심리적 거리가 아주 짧을 경우에, 지나친 거리 조정(overdistancing)은 시인이 자기의 감정을 지나치게 억제했기 때문에 개화가사나 교훈시에서처럼 제재와 시인의 거리가 아주 멀 경우에 각각 시도된다. 거리를 조정하는 시의 창작방법으로는 객관적 상관물의 이론이 있다.

그림에서 이미지성은 반드시 고정된 정적 구조를 지니고 있는 것이 아니라 여러 가지 점에서 운동의 요소를 내포할 수도 있다. 리처즈는 이 요소들 중의 약간은 눈 운동, 혹은 눈 운동의 운동감각적(kinesthetic) 이미지일 것으로 판단한다. 이미지적인 의미에서 말하면, 그림·공간의 관계는 시선이 점에서 점으로 옮겨감에 따라 변한다. 운동 효과는 그럴 때에 도입된다. 이와 동등하게 중요한 것으로, 묘사에 의해서 암시되는 연속적인 시각이미지의 융합도 있다. 이러한 인상은 팔의 순간적인 위치나 모양이 아닌, 여러 가지 위치나 모양의 절충 혹은 융합을 나타낸다. 이러한 인상을 적절히 조합하면 그 연속전체를, 그리고 다시 운동 그 자체를 표현할 수 있다. 왜 그렇게 될 수 있는가를 설명하는 것은 쉽다. 화가는 대상을 묘사할 때, 그런 이미지를 융합하는 것을 잘못이라고 생각하기 쉽다. 그러나 옳게 받아들여지는 경우, 이 기법을 사용하면, 그것에 의해 움직이고 있는 것의 정상적인 모양을 파악할 수 있다.[12]

시의 이미지성도 여러 가지 점에서 운동의 요소를 내포할 수 있다. 그것은 시에 운동감각적 이미지와 기관적(organic) 이미지가 있는 것을 통해 증명된다. '흐느끼는', '헐떡이는', '답답한', '숨이 차는' 따위의 관형어에 조응하는 기관적 이미지는 고동·맥박·호흡·소화 따위의 지각

---

12) 리처즈, 앞의 책, p. 211 참조.

을, 운동감각적 이미지는 근육의 긴장과 움직임의 지각을 각각 지시한다.

기호로서의 색은 그림에서 뚜렷한 공간적 특성을 지닌다. 그것은 광학적이고 최소의 노력만을 수반하는 단계에 있어서까지 다 다르다. 이를테면 적색은 아주 가까이 오는 것처럼, 그 범위를 밀어내는 것처럼 부풀어 보인다. 이와 달리 청색은 멀어지는 것처럼, 그 자체 속으로 끌어들이는 것처럼 보인다. 혼합 정도(degree of saturation)에 따라서, 곧 백색의 혼합이 많으면 한층 더 속 깊고 멀어지는 것처럼 보인다. 前景에 수수한 색을, 배경에 회색이 깃든 색을 각각 사용하면 그것을 확인할 수 있다. 똑같이 색과 색을 대립시키는 것은 양과 양 사이를 강조하거나 긴장을 암시하는 하나의 주요한 수단이다. 색이 지니는 이러한 특색은 그림을 바라볼 때의 그림·공간을 구성하는 방법을 결정하는 데 큰 역할을 한다. 몇 가지 색이 서로 보강하고 공동하여 작용하는 경우, 색은 특히 중요한 역할을 한다. 이에 못지않게 중요한 것으로는 각 색에 대한 우리의 정서적 반응이나 유기적 반응이 그림·공간의 상상에 대해서 미치는 한결 간접적인 효과가 있다. 이런 반응을 어느 정도 알아차리고 있는가, 그것들을 어느 정도 분간할 수 있는가 하는 것은 사람마다 다양하게 나타난다. 또한 각 반응을 어느 정도 실제로 표시할 수 있는가 하는 것도 사람에 따라 매우 다를 수 있을 것이다. 이 점에 민감한 사람에게서는 하나하나의 색은 뚜렷이 분간할 수 있는 명확한 정서와 태도를 불러일으키는 힘을 발휘한다.[13]

색채와 마음이 밀접하게 관련되는 것은 의심할 여지가 없는 사실이다. 밝은 색채는 밝은 마음을, 어두운 색채는 어두운 마음을 드러낸다. 구체적으로 말하면 그 마음이란 정신, 관념, 정서의 다른 이름이다. 그림

---

13) 리처즈, 앞의 책, pp. 205~206 참조.

에서처럼, 시에서도 그것은 명백하다. 마음의 변화가 색채의 변화에 바로 연결되는 것도 그림의 경우와 시의 경우가 동일하다.

여러 대가의 작품에 표현이 차지하는 위치는 결코 동일하지가 않다. 하지만 그 위치의 변화에 따라 작품의 가치가 바뀌는 것은 아니다. 한쪽의 극에는 라파엘이나 피카소가, 그 반대의 극에는 렘브란트, 고야, 호가스가, 그 중간에는 루벤스, 들라크루아, 조토가 각각 있다. 이 화가들의 그림은 전체의 반응을 구축할 때 비표현적(non-representative) 형태와 표현된 제재를 조합하는 데에 여러 가지의 차이가 있음을 드러낸다. 그림에서의 표현은 시에서의 사상에 해당한다. 어느 쪽 분야에서도 '지성'과 '정서'의 복잡한 연관을 둘러싼 똑같은 싸움들이 자주 일어난다. 표현은 예술 속에서 아무런 위치도 차지하지 않는다든가, 시에서 중요한 것은 주제가 아니라 취급 방법이라는 관점이 있다. 이러한 관점은 모두 궁극적으로 말해서 사고와 감정의 관계에 대한 똑같은 오류에서 비롯된다. 곧 한쪽이 다른 쪽을 적대시하는 불완전한 심리에서 비롯된 것이다. 더욱이 이러한 사고는 애매한 말 때문에 나타나는 하나의 착각에 의해서 강화되고 있다. 그 착각은 아름다움이란 사물의 성질일 뿐 사물에 대한 우리의 반응의 성질이 아니며, 따라서 아름다운 것은 모두 이 아름다움을 나누어 가진 것으로서 똑같은 것이어야 한다는 착각이다. 이러한 사고 조장되고 그에 따라 나타나는 혼란 때문에 예술이나 시를 옳게 감상하기가 어렵다는 생각이 사람들 사이에 널리 퍼져 있는 실정이다.14)

사상성의 문제를 방치하고 시의 성공과 실패를 논할 수 있는 경우는 거의 없다. 그것은 반드시 사회와의 관계 속에서 논할 때만 해당되지 않

---

14) 리처즈, 앞의 책, pp. 213~214 참조.

는다. 순수시를 논하는 경우에도 그러한 점은 어김없이 적용된다. 다만 순수시에서의 사상은 감각이나 정서에 비해 상대적으로 비중이 약하다는 점은 지적될 수 있다. 따라서 이와 함께 유념해야 할 것은 그림의 경우처럼 시의 경우에도 내용과 형식이 분리되지 않는다는 점이다. 이런 점에 대해 착각하는 사람은 내용과 형식이 분리된 채로 존재하다가 단순하게 결합된다고 말하기 쉽다. 그러나 결코 그렇지 않다. 내용과 형식은 처음부터 융합된 상태로 존재한다. 그것은 마치 게슈탈트 심리학에서의 '게슈탈트(Gestalt)'가 부분이나 요소로 분리할 수 없는 전체로 존재하는 것과도 흡사하다.

IV. 에필로그

그림의 창작과 시의 창작을 가능하게 하는 매개는 확연히 구별된다. 그림이 선과 색채를 매개로 이루어진다면, 시는 언어를 매개로 이루어진다. 그러나 그림과 시의 수용자가 작품을 경험하는 과정은 똑 같다. 그리고 이와는 조금 다른 차원에서 발견되는 공통점도 있다. 그림과 시는 공통적으로 체험적 공간과 창조적 공간을 지니고 있다는 점이 그것이다.

앞에서 이루어진 논의의 중심에 놓이는 것은 바로 이 두 공간의 성격에 관한 것이었다. 이제 그 논의의 핵심적인 내용만을 정리해 보면 다음과 같다.

체험적 공간은 세 가지의 성격을 지닌다. 그것의 첫째는 참여성이다. 그림을 보는 사람과 시를 읽는 사람은 다같이 내용에 공감하는 경우, 작품이 의미하는 세계에 참여한다. 둘째는 의미성이다. 그것은 그림의 경우 선과 색채를 통해서, 시의 경우 이 언어적 기교를 통해 각 드러난다.

즉 나름대로의 방식으로 무엇인가를 말하는 것이다. 셋째는 이중성이다. 체험적 공간에서의 '체험'은 현실적 체험인 동시에 초월적 체험이기도 하다.

창조적 공간은 네 가지의 성격을 지닌다. 그것의 첫째는 원근성이다. 원근성은 그림에서 거리의 차원에서 발생하는 시각 경험의 변화를, 시에서는 감정적 개입의 정도를 각각 드러낸다. 그것의 둘째는 이미지성이다. 이미지성은 모두 운동감각과 밀접하게 관련된다. 그것의 셋째는 색채성이다. 그림과 시에서는 동일하게 마음의 변화와 색채의 변화가 바로 연결된다. 그것의 넷째는 표현성이다. 그림에서의 표현성은 시의 사상성에 해당한다. 그런데 이 때 유념해야 할 것은, 그 사상과 정서는 분리되어 존재하는 것이 아니라, 결코 분리될 수 없는 전체로 존재한다는 점이다.

시의 무용 수용

- 김영태 시에 나타난 동작의 수용과 장면의 수용을 중심으로

Ⅰ. 서론

　시와 무용은, 음악과 함께 원시종합예술에 토대를 두고 있다는 점에서 불가분의 관계에 있다. 그런데 현대에 와서 시와 무용은 각기 독립된 예술로 존재한다. 이런 이유로, 오늘날 시와 무용이 종합적인 연구의 대상이 되는 경우는 매우 드물다. 그러나 비교문학의 차원에서는 시와 무용의 관계를 논의하는 일이 얼마든지 가능하다.

　시는 언어로, 무용은 동작으로 각각 대상을 모방하고 사상·감정을 표현한다. 아리스토텔레스의 주장에 따르면, 시와 무용은 모방과 표현을 가능하게 하는 매체만이 다를 뿐 궁극적으로 지향하는 모방과 표현의 내용은 동일하다. 이 점은 바로 시와 무용의 관계에 대한 논의의 근거가 된다.

　시와 무용의 관계에 대한 논의는, 두 가지의 방향으로 전개될 수 있는데, 그것의 하나는 무용의 시 수용[1]이고 다른 하나는 시의 무용 수용이

---

1) '무용의 시 수용'을 보여주는 예는 다음과 같다.

다. 이런 점을 전제로, 이 글의 의도는, 김영태 시를 중심으로, 무용에서의 동작과 장면이 시에 어떻게 수용되는가를 살펴보는 데에 있다. 김영태 시를 중심으로 살펴보는 것은, 무엇보다도 그가 시인으로서뿐만 아니라 무용평론가로도 활동했기 때문에 무용에 대한 그의 이해가 다른 어느 시인보다도 넓고 깊었다는 데에 기인한다.

Ⅱ. 논의의 전제 : 시·무용의 모방론과 표현론

시·무용의 모방론과 표현론을 살펴보는 것은 그것을 통해 시와 무용이 이질적인 장르가 아니라 오히려 긴밀한 공통점을 지닌 장르라는 점을 밝히기 위해서이다. 먼저 모방론의 경우부터 살펴보기로 한다.

첫째, 시와 무용은 공히 대상을 모방[2]한다. 예술은 본질적으로 우주

시인	시	안무
이승훈	아무도 없는 땅	이혜순
이승훈	너를 본 순간	이노연
박의상	초혼	김효분
구 상	까마귀	강인숙
김영태	결혼식과 장례식	박명숙
김영태	꿈	박연옥
김영태	그늘 반근	한금련
김영태	덫	김복희·김화숙
김윤성	테이블 위에 화분 하나	이정희

2) '모방'은 'mimesis'를 옮긴 말로는 아주 적절하지 않다. 로마인들은 이를 'imitatio'(현대 불어와 영어에서 'imitation')로 옮겼고 이후 동양에서 이를 '모방'으로 옮겨 쓰고 있다. 'imitation'이란 말에는 '가짜' '모조품' 따위의 의미가 비교적 강한데 'mimesis'자체는 그런 뜻이 훨씬 적다. 그래서 학자에 따라 'mimesis'라는 말을 그대로 사용하기도 하며 'representation'으로 옮기기도 한다. (……) 'mimesis'는 시·그림·조각은 물론이고 음악과 춤을 포함하는데, 오늘날의 우리로서는 실제의

의 양상들을 모방하는 것이라고 설명하는 모방론은, 아마도 가장 오래된 예술론이었겠지만, 플라톤(Platon)의 「대화(The Dialogues)」에 처음 기록되어 나타났을 때의 모방의 개념은 결코 단순한 것이 아니다. 소크라테스(Socrates)에 의하면, 회화, 시, 음악, 무용, 조각 예술은 모두 모방이다.3) '모방(Imitation)'은 상호 연관성을 나타내는 용어로서, 두 항목과 그 사이의 대응관계를 의미한다. 그러나, 비록 그 이후의 많은 모방론에서는 모든 것을 모방 대상과 모방이라는 두 범주 속에 포함시키고 있다.

플라톤과 같은 대화의 철학자는 세 범주를 가지고 조직하는 데에 특징이 있다고 주장한다. 첫째 범주는 영원하고 변함없는 이데아(Ideas)의 범주이고, 둘째 범주는 첫째 범주를 반영하는 것으로서, 자연적 또는 인공적인 감각의 세계이며, 셋째 범주는 다시 둘째 범주를 반영하는 것으로서, 그림자, 물과 거울 속의 영상, 그리고 예술을 포괄한다.

플라톤은 그의 주요 용어들을 다의적 의미로 사용할 뿐 아니라 여러 가지 보충 구분을 함으로써, 이러한 3단계 퇴행 과정을 중심으로 하여 현란한 논리를 엮어나가고 있다.4) 그러나, 변모하는 논의로부터 하나의

몸짓을 흉내 내든가 새소리 따위의 실제 소리를 흉내 내는 다소 저급한 춤이나 음악 이외에 본격적인 춤과 음악을 '모방'에 넣어 생각하기가 쉽지 않다. 가장 뚜렷한 모방은 연구과 그림일 것이다. 플라톤과 아리스토텔레스도 가장 단순한 모방의 형태로 그림(플라톤의 '침대 그림', 아리스토텔레스의 '뿔 달린 암사슴' 그림)을 예로 들곤 했다. 여기서 중요한 것은 피리, 현금, 목동 피리(팬플루트 같은 보다 소박한 악기) 등 연주 악기의 음악이 춤과 함께 사람의 성격·감정·행동을 '모방'한다고 보는 관점이다. 오늘의 우리는 '표현'한다고 해야 이해가 된다. 그만큼 아리스토텔레스의 관념이 포괄적이고 또한 우리의 관점이 달라져 있다고 할 수 있으며 또한 고대 헬라의 춤과 음악의 성격을 잘 모른다고 할 수 있다. 오늘날의 '표현'까지도 포함하는 개념으로서의 '모방'의 의미를 생각해야 한다. 이는 서양 문학관의 큰 문제가 되어 있다.
[이상섭, 『아리스토텔레스의 「시학」 연구』(문학과지성사, 2002), pp. 18~19.)]

3) Republic(trans. Jowett) x. 596~7; Laws ii. 667~8. vii. 814~16, 김병택 편 『현대시론의 새로운 이해』(새미, 2004), p. 17에서 재인용.

반복적 패턴이 나타나고 있는데, 그것은『공화국(The Republic)』제10권의 유명한 구절 속에 제시되어 있다. 예술의 본질을 말하면서, 소크라테스는 세 개의 침대가 존재한다는 관점을 다음과 같이 내세운 바 있다. 즉, '침대의 본질'이자 신이 만들어 낸 바인 이데아와, 목수가 만들어 낸 침대, 그리고 그림 속의 침대가 그것이다.

예술은 현상계를 모방하는 것이지 실재계를 모방하는 것이 아니라는 이와 같은 최초의 입장으로부터, 예술 작품은 존재물의 서열 가운데서 낮은 위치를 차지한다는 결론이 나온다. 더 나아가, 이데아의 영역은 실제뿐만 아니라 가치의 궁극적 도달점이기 때문에, 예술이 진리로부터 두 단계나 멀리 떨어져 있다는 결정론적 사고는, 예술이 美나 善으로부터 그만큼 멀리 떨어져 있다는 것을 자동적으로 증명하게 된다. 상세한 논리에도 불구하고, 아니 더욱 정확하게 말하자면, 그토록 상세하게 다듬어진 논리에 의하여 플라톤은 하나의 단일한 기준을 지닌 철학으로서 논리적 일관성을 지탱하고 있다. 예술을 포함하는 모든 것이, 궁극적으로는 저마다 동일한 이데아와 관련을 맺고 있다는 하나의 기준에 의하여 판단되기 때문이다. 이상과 같은 근거로 해서 시인과 무용가는 장인, 입법가, 도덕가의 경쟁자가 될 수밖에 없다. 실로, 그 중 어느 누구라도 자신을 보다 참된 시인·무용가, 즉 전통적인 시인·무용가가 애초부터 실패하게 되어 있는 상황 속에서 시도하는바, 저 이데아의 모방을 성공적으로 성취하는 그러한 시인·무용가로 여겨질 수 있는 것이다.

---

4) Richard McKeon, "Literary Criticism and the Concept of Imitation in Antiquity", *Critics and Criticism*, ed. Crane, pp. 147~9를 보라. 이 논문은 소크라테스를 논쟁에 끌어들인 지각없는 사람들을 함정에 몰아넣었듯이 훗날 많은 주석가들을 함정에 몰아넣은 플라톤의 "모방"이란 용어를 사용함에 있어 다양한 변화가 일어났음을 보여준다. 김병택 편, 『현대시론의 새로운 이해』(새미, 2004), p. 18에서 재인용.

플라톤은, 시와 무용은 독자와 관객에게 나쁜 영향을 끼친다고 주장한다. 그 이유는, 시와 무용이 실재보다 현상을 모방하며 이성보다 감정을 조장한다는 점, 또는 시인이 시를 쓸 때 (소크라테스가 가련하고 바보스런 이온을 속여 인정하도록 한 것처럼), 무용가가 연무할 때 자기의 기술과 지식에 의존할 수가 없고 신의 영감과 무아경의 상태에 도달하기를 기다려야 한다는 점에 있다. 그러나, 이러한 플라톤의 주장은, 시와 무용의 모방적 성격에 입각하여 평범한 시와 무용에 대해 갖기 마련인 낮은 평가를 확인하는 것에 불과하다.5)

둘째, 시와 무용은 공히 매개체를 통해 모방6)한다. 모방은 예술에만 적용되는 특수한 용어로서, 예술을 우주의 다른 모든 사물로부터 구분하고 또 그렇게 함으로써, 예술을 다른 모든 인간 활동과의 경쟁에서 해방시키는 것이 되었다. 게다가 예술의 분석에 있어서 아리스토텔레스는

---

5) *Republic* x. 603~5; Ion 535~6; cf. *Apology* 22, 김병택 편,『현대시론의 새로운 이해』(새미, 2004), p. 20에서 재인용.

6) 아리스토텔레스는 여기서 '모방적'인 글과 '전달적'인 글을 구별하고 있다. 철학·과학·역사 따위는 어떤 사실, 진실의 전달을 목적으로 한다. 다시 말하면 모방적인 글은 진실의 전달을 목적으로 하지 않는다. 이 구별은 언어의 문학적 사용과 과학적 사용을 가르는 논의에서 으레 거론된다. 20세기에 영국 이론가 리처즈(I. A. Richards)가 언어의 지시적(referential) 사용과 징서적(emotive) 사용을 말한 것도 그러한 구별과 관련이 있지만 아리스토텔레스가 모방이라 한 것은 정서적인 것과는 전혀 다르다.
아리스토텔레스는 플라톤의 저작을 '모방'이라 한 바 있는데 이것은 아리스토텔레스가 모방을 극구 비하한 플라돈을 우회적으로 공박하려는 의도를 나타낸다고 하는 설도 있다. 바로 이 점을 르네상스의 시드니(Philip Sidney)는 중요하게 이용한다. "그의 모든 저작이 대화에 의존하고 있는데, 대화에서 그는 아테나이의 많은 점잖은 시민들로 하여금 여러 주제에 대하여 이야기를 하게 하는데 그 주제들이란 그들이 고문대에 올려진다 해도 자백을 하지 않았음직한 것들이다."(Sidney, "Apology for Poetry." Sangsup Lee, ed., 20). 플라톤의 대화들도 시와 같이 전적으로 허구(모방)에 의존한다는 말이다. 플라톤 자신은 아주 듣기 싫어할 말이다.
[이상섭,『아리스토텔레스의「시학」연구』(문학과지성사, 2002), p. 20.)]

이윽고 모방의 대상과 모방의 매개체, 그리고 모방 양식－이를테면, 희곡적, 서사적, 또는 혼합적－에 따라 추가 구분들을 하고 있다. 대상, 방법, 양식에 대한 이러한 구분들을 계속 사용함으로써, 시를 예로 들어, 그는 첫째로 시와 그 밖의 다른 예술을 구별할 수 있고, 둘째로는 서사시와 희곡, 비극 장르에 초점을 둘 때에도, 그는 개별적 전체를 구성하는 요소들로서 플롯, 인물, 사상 등을 구별하는 데에 동일한 분석도구들을 사용한다. 그러므로 아리스토텔레스의 비평은 정치적 수완, 존재, 도덕과는 독립된 예술로서의 예술 비평일 뿐만 아니라, 시로서의 시 비평이며, 시의 특수한 성격에 알맞은 기준에 따라서 각종의 시작품을 다루는 비평이기도 하다. 이러한 연구진행 결과로서, 아리스토텔레스는 여러 가지 시 형식과 그 구성요소들을 기술적으로 분석하는 도구들의 무기고를 남겨 두었는데 이 같은 분석 도구들은 비록 그 사용 방법들이 여러 가지로 달라졌다 하더라도, 아리스토텔레스 이후 비평가들에게 없어서는 안 될 필수불가결한 것들이 되었다.

다음으로 표현론의 측면에서 볼 때 나타나는 공통점은 첫째, 시와 무용은 감정을 표현한다는 점이다. 하나의 예술 작품은 본래 내적인 것이 외면화된 것이다. 그리고, 그것은 감정의 충동 밑에 작용하는 창조적 과정에서 생기고, 시인·무용가의 지각, 사상, 감정의 복합물을 형상화한 것이다. 그러므로, 시·무용의 일차적 근원과 소재는 시인·무용가 자신의 정신적 속성과 행동들이다. 그렇지 않고 그것이 외적 세계의 양상들이라면, 그것은 시인·무용가의 정신 내부에 존재하는 감정과 작용에 의해 사실에서 서로 전환될 때에 한한다("그러므로, 시는……, 그것이 나아가야 할 곳, 즉 인간의 영혼으로부터 나아가, 그 창조적 에너지를 외적 세계의 심상들에 전달하는 것"이라고 워즈워스는 썼다.).[7] 시·무용가의 최고 원인은 아리스토텔레스의 경우처럼 모방 대상이 되는 인간의 행위와 특질에 의해 일차적으로 결정되는 形成因(formal cause)도 아니고, 신고전주의 비평의 경우처럼 청중에게 경도되는 영향, 즉 目的因(final cause)도 아니며, 표현을 추구하는 시인·무용가의 감정과 욕망 속에 꿈틀거리는 충동, 또는 창조주 하느님같이 내적 운동의 근원을 지닌 '창조적' 상상력의 추진력인 動力因(efficient cause)이다. 이에 따라 다음과 같은 경향이 나타나게 된다. 즉, 예술가의 감정이나 정신력이 왜곡되지 않고 제대로 표현되는 데에 예술의 매체들이 어느 정도로 부응할 수 있느냐에 따라 그 예술들의 등급을 정하고, 마음의 속성이나 상태에 따라 그에 대한 기호로서 나타나는 예술들의 장르를 분류하고 그 작품들을 평가하는 것이다. 시를 구성하는 여러 요소들 가운데서, 어법(diction), 특히 비유(figures of speech)는 제일 중요한 것이다. 시급한 문제는 그것들이 감정이나 상상력의 자연스러운 표현이냐, 그렇지 않으면 시적 관례에 따른 의식적 조작이냐는 데에 있다. 어떤 시든지 반드시 거쳐야 할 첫 기준은 " 그 시가 자연에 충실한가?"나 "최고급 비평가나 인류 전체의 요구 사항에 부합하는가?"가 아니고, 이와는 다른 방향을 보이는 기준, 즉 "그 시가 진실한가? 순수한가? 창작하는 동안에 있어서의 시인의 의도, 감정, 실제 정신 상태와 일치하는가?"이다. 그러므로, 작품은 실제적인 것이든 개선된 것이든 간에 자연의 모방으로서 고려되지는 않는다. 자연을 비추는 거울이 투명해져서 독자로 하여금 시인 자신의 마음과 가슴속을 들여다보게 한다. 개성의 지표로서의 문학의 개척은 19세기 초에 시작되었는데, 그것은 표현적 관점에서 온 불가피한 결과다.

---

7) *Letters of Wilsiam and Dorothy Wordsworth : The Middle Years*, ed. E. de Selincourt (Oxford, 1937). xi, 705; 18 Jan.1816, 김병택 편, 『현대시론의 새로운 이해』(새미, 2004), p. 44에서 재인용.

둘째, 시와 무용은 공히 외부세계와 무관하다는 점이다. 하나의 문학 작품이 단순히 대상을 모방할 뿐이라면, 그것은 전혀 시가 아니다. 또한 하나의 무용 작품이 단순히 대상을 모방할 뿐이라면, 그것은 전혀 무용가 아니다. 따라서, 지각 대상이 "시·무용의 발생 계기"나 자극으로서 이바지할 수 있을 정도를 제외하고는 시·무용과 외적 세계는 밀의 이론에서 아무런 관련도 맺지 못한다. 그러므로, "시·무용은 대상 자체 속에 있는 것이 아니라, 대상을 관조하는 인간의 정신 상태 속에" 있다. 시인·무용가가 한 마리의 사자를 묘사할 때, 그는 사자의 겉모양을 묘사하고 있으나, 실은 그 자체를 향한 관찰자의 흥분 상태를 묘사하고 있다. 그러므로, 시·무용은 대상이 아니라 그 대상을 대하는 "인간의 감정"에 충실해야 한다. 이렇듯 외적 세계와 단절되었기 때문에, 시·무용이 의미하는 대상은 시인·무용가의 내적 정신 상태가 투영된 하나의 등가물(a projected equivalent) — 확대되고 표현된 하나의 상징에 불과한 것으로 여겨지기 쉽다. 시는 "시인의 마음속에 존재하는 정확한 형상에 대한 감정을 가능한 한 가장 近似하게 묘사하는 상징물들을 통해 그 자신을"[8] 형상화한다고 밀은 말했는데, 이 진술은 T. E. 흄을 앞지르고, 보들레르에서 T. S. 엘리엇을 거치는 상징주의 시인들의 창작을 위한 이론적 기초를 놓아준다. 테니슨의 초기 시에 대한 서평을 쓰는 자리에서, 밀은 이 시인이 "보다 높은 의미에서의 장면 묘사"에 뛰어나다고 지적한 바 있다.

---

8) *Early Essays by John Stuart Mill*, ed. J. W. M. Gibbs(London, 97), pp. 208~9. 흄, "만일 그것이 정확한 의미에서 진지하다면 당신이 표현하고 싶은 느낌이나 생각에 대한 정확한 곡선을 끌어내기 위해 그 유추가 필요하다." ("Romanticism and Classicism", *Speculations*, London, 1936, p. 138), 참조, 김병택 편,『현대시론의 새로운 이해』(새미, 2004), p. 44에서 재인용.

낭만주의자들의 혁신은 현재까지도 현대 비평가들―심지어는 반 낭
만주의적 원리 위에 그들의 이론을 확립하고자 하는 사람들까지 포함하
여―의 상식으로 지속되고 있는데, 그 지속하는 정도를 측정하기 위하
여, 위에 인용한 구절과 다음에 예시하는 T. S. 엘리엇의 유명한 논평 사
이에는 얼마나 뚜렷한 유사점이 있는가를 알아보자.

셋째, 시와 무용은 공히 자기 자신을 수용자로 삼는다는 점이다. 청중
의 운명은 더없이 가혹하다. 밀에 따르면, "시는 감정이며, 고독한 순간
에 자기 자신에게 고백하는 것이다." 시인·무용가의 청중은 시인·무
용가 자신으로 구성되는 단 한 사람의 구성원으로 감소되었다. 밀이 지
적한 바와 같이, "모든 시는 독백의 성격을 지닌다." 다른 사람에게 영향
을 끼치려는 목적은 여러 세기 동안 시의 기법을 정의하는 특성이었으
나, 지금은 그와 반대의 기능을 제공하고 있는 것이 분명하다. 즉, 한 편
의 시작품이 시가 아니고 수사학임을 증명하는 꼴이 되어 시작품의 자격
을 박탈하는 것이다.

표현적 예술의 구조9)는 최근에 언어학자 질링스키(Zielinski)가 '삼위
일체 코레이아(Triune Choreia)'라고 명명한 것처럼 그 내용은 춤을 추성
하는 움직임 제스처가 노래 속의 시어들과 반주 음악 속의 멜로디와 리
듬에 의해 반주되면서 인간의 감정과 충동을 표현하는 것이다. 그러나
실제 그리스인들은 무용을 지칭하는 두 가지 용어를 지녔는데 그것은
코레이아(Choreia)와 오케시스(Orchesis)이다. 코레이아는 관중이 참여하
는 무용으로 근본적으로 원무(round dance)이며 참여하는 사람들의 단순
한 스텝으로 이루어지는 행진의 궤적을 중시한다. 이에 비해 오케시스

---

9) 이에 대해서는 김말복, 『무용 예술의 이해』(이화여자대학교 출판부, 2004), pp.
   45~46에 의거.

는 수직적 도약을 강조하며 체육적 기교를 과시하는 전문적인 것으로 남에게 보여주는 춤이다. 두 단어는 서로 혼용되어 쓰기도 했지만 두 개념간의 관계는 불분명하기도 했다. 그러나 코레이아란 단어가 오케시스보다 더 많이 쓰이는 중심적 언어였다. 참고로 플라톤이 무용을 논할 때 쓴 용어가 코레이아이며, 무용에 대해 호의적인 글을 쓴 2세기의 그리스 철학자이자 풍자가인 루시앙(Lucian)이 쓴 용어는 오케시스이다. 코레이아는 공공의 종교 축제에서 추던 합창 무용으로 디오니소스신을 숭상하는 종교 의식과 관련된 것이며, 과시의 전쟁과 관련된 오케시스는 기계체조적인 춤이었다. 로마의 군대가 전쟁에서 이기고 돌아오면서 로마에 입성할 때 장군들이 춘 춤이 바로 이러한 형태였다고 한다.

III. 동작의 수용

무용동작은 일상동작과 확연히 구별된다. 먼저 내용면에서 볼 때, 무용동작은 일상동작보다 더 분명한 목적이나 동기와 배경을 지닌다. 그리고 형식면에서 볼 때 무용동작은 일상동작과는 달리 형식의 지배를 받는다. 따라서 무용동작은 훈련된 동작인 동시에 체계적 동작이이지만 궁극적으로는 미적인 동작을 지향한다. 그런 점에서, 시에 수용되는 무용동작은 늘 변형의 가능성을 내포하고 있다.[10] 이 점은 바로 동작의 수용을 모방동작의 수용과 표현동작의 수용으로 구분하는 거점이기도 하다.

---

10) 우광혁, 『무용의 동작과 리듬』(예솔, 2004), pp. 22~24.

1. 모방동작의 수용

　모방동작의 수용은 다시 묘사적 모방동작의 수용과 해설적 모방동작으로 나눌 수 있다. 또한 모방동작의 수용은 주로 그것이 완벽하게 이루어진 경우보다는 대체적으로 이루어진 경우를 가리킨다. 완벽하게 이루어진 모방동작의 수용은 가능하지 않기 때문이다. 모방동작의 수용 자체보다 모방동작의 수용 방법이 훨씬 더 중요한 이유는, 시인의 능력이 발휘되는 곳이 바로 모방동작의 수용 방법이라는 점에서 찾을 수 있다.

> ①
>
> 「三歌」
>
> 　춤춰라, 기뻐하라, 행복한 넋이여 너는 어째서 맨발의 작은 이사도라 같구나 두 겹 플레어 흰 치맛단을 손에 감싸면서 풀면서 치맛단 속 구릿빛 갈색 탄력 보면 蛔 동하니, 그 풋풋함 어여쁨이야 육초 바람의 분탕질 깊고 으슥한, 선연하다 못해 눈덩어리 맨발의 이사도라 넋이 되었다가
>
> 　　　　　　　　　　　　　　　　　　　　　－「十二雜歌」[11]

　①의 모방동작은 묘사[12]적이다. 단순한 모방의 차원을 넘어서고 있는 것이다. 묘사는 모방과 비슷하면서도 그보다 높은 단계의 기교이다. 예를 들어 우리나라 학춤이나 발레 「瀕死의 백조」에서 보여주는 팔 동작은 학이나 백조의 날개 짓을 모방하는 것이 아니라 그것을 묘사하는 것이다. 발레 동작 중에서 파드샤(pas de chat)는 고양이의 걸음을 모방하는 것이 아니라 묘사하는 것이다. 그런 점에서 모방과 묘사 사이에는 커

---

11) 김영태, 『남몰래 흐르는 눈물』(문학과지성사, 1995), p. 82.
12) 묘사에 대해서는 우광혁, 앞의 책, p. 35에 의거.

다란 차이가 있다. 묘사는 묘사하는 그 동작이 무엇인가를 떠올리게 하는 데에 목적이 있지 않다. 그 동작 자체는 음미의 대상이기 때문이다. 설혹 그것이 원래 동작의 있는 그대로를 닮지 않았다 하더라도 그것이 완성도의 판단 기준이 되지는 않는다. 묘사에서는 묘사하려는 이유와 목적의 타당성, 그리고 묘사된 결과와 그 이유·목적의 부합성 여부가 완성도의 판단 기준이 된다.

움직임에 있어서 동작들은 자연스럽게 나오는 것이 중요한데, 던컨의 기본 움직임을 이용하면 부자연스러운 움직임을 피할 수 있다. 다리와 발의 움직임은 가장 율동적이고 여러 가지 다양한 스텝을 할 수 있고, 팔과 상체는 상상하는 장면이나 파트너와 함께 선율적인 움직임을 보여 준다.[13]

①의 모방동작은 비유적이기도 하다. "행복한 넋이여 너는 어째서 맨발의 작은 이사도라 같구나"와 "선연하다 못해 눈덩어리 맨발의 이사도라 넋이 되었다가"가 그 점을 잘 보여 준다. 따라서 여기에 등장하는 중요한 매개어는 '이사도라'이다. 그래서 '이사도라'는 이사도라 던컨[14]의 무용을 생각하게 하는 계기로 작용한다.

이사도라 던컨은 여성들과 무용수들을 신체적으로 해방시켰을 뿐만 아니라 움직임에서 무한한 자유를 경험하게 한 인물이다. 왜 발레 움직임만이 무용 움직임이어야 하는가에 대한 물음을 제기한 던컨은 자유로워진 신체의 여러 부분들을 동원하여 새로운 아이디어에 맞는 새로운 움직임을 모색한다. 발레가 인간 신체의 자연스러운 아름다움을 왜곡시킨다고 생각한 던컨의 움직임은 허리 부분이나 몸통의 자연스러운 구부

---

13) 이강순, 「어린이를 위한 이사도라 던컨의 자유로운 움직임 연구」, 『한국무용교육학회지』, 10. No. 2(한국무용교육학회, 1999): 30~31.

14) 던컨의 무용에 대해서는 김말복, 앞의 책, p. 165에 의거.

림을 허용하는 것에서 파도치는 동작의 탐색과 맨발의 사용, 삼차원의 공간속에서 자유로이 흔들리는 몸 전체로부터 나오는 움직임 등으로 확대되어 갔다.

당시 발레리나들의 판에 박힌 묘기에 익숙했던 관객들에게 보여 주는 던컨의 아름다움은 그녀가 자신의 신체를 하나의 표현 수단으로 사용했다는 사실에서 비롯된다. 걷기, 달리기, 깡충뛰기 등의 자연스러운 움직임은 그녀의 무아지경에 잠긴 듯한 포즈, 유연하고 카리스마를 지닌 신체, 웅변적인 제스처와 함께 당시 관객들에게 단순한 동작의 아름다움을 깨우쳐 주었다는 점에서 춤을 평범하고 직접적인 것이 되도록 하는 데 기여했다. 이렇게 자신만의 개성적인 움직임의 언어를 찾아 자연스럽게 움직이는 것이 새로운 안무 정신임은 물론이다. ①의 비유적인 모방동작은 이런 점들은 두루 포괄한다.

   ②
움직임들이 만나서
집을 짓는다
두 사람의
무게는 하나처럼 가볍다
팔 하나가 煙氣처럼 없어질 때도 있다

없어진 팔들
더구나 공중에
새로 생긴 曲線
덧칠, 집의 창문
같은 것도 두 사람이 만든다

도무지 무게가 없는 저 몸들

허리에 매달린 나뭇가지들
―「OTHER DANCE」

②에서의 '두 사람'의 움직임의 의미는 결코 단순하지 않다. 그것은 움직임 이상의 의미를 전달하는 것이다. 그 의미를 파악하기 위해서는, 움직임들이 만나서 집을 짓는다거나 두 사람의 무게는 하나처럼 가볍다거나 팔 하나가 연기처럼 없어질 때도 있다는 점에, 또한 두 사람은 무엇이든 다 만들 수 있다는 쪽에 주목해야 한다. 이를테면, 두 사람은 공중에 새로 생긴 曲線도 만들고 덧칠한 집의 창문 같은 것도 두 사람이 만든다. 그렇다면 두 사람이 상징하는 바를 찾는 것은 어렵지 않다. 한마디로 해서, 두 사람의 움직임은 무한한 창조적 능력을 상징한다. 상징적인 것은 대체로 어떤 대상·인물·상황 등이 암시를 통해 그 이상의 의미를 보여주지만, ②에서처럼 동작이 암시를 통해 그 이상의 의미를 보여주기도 한다.

모방동작이 보통의 모방동작이 아니라 '상징적 모방동작'일 때, 거기에는 어색함이 수반될 가능성이 많다. 그런데도 그것이 ②에서 어색하지 않고 오히려 자연스러운 느낌을 주는 것은 두 가지 점과 관련된다. 그것의 하나는 모방동작의 상징이 "움직임들이 만나서 집을 짓는다"에서 보듯 매우 추상적이면서도 결코 난해하지 않다는 점이고, 다른 하나는 모방동작 자체가 상징의 속성 중 하나인 암시에 바탕을 두고 있다는 점이다.

2. 표현동작의 수용

표현동작의 수용도 두 가지 동작의 수용으로 나눌 수 있다. 서술적 표현동작의 수용과 미화적 표현동작의 수용이 그것이다. 모방동작의 수용'과 마찬가지로 '표현동작의 수용도 주로 대체적으로 이루어진 경우를 가리킨다. 완벽하게 이루어진 표현동작의 수용 또한 가능하지 않기 때문이다. 표현동작의 수용은 무엇보다도 한 예술장르와 다른 예술장르의 연관성을 뚜렷하게 환기시킨다. '표현'이 속성이 수용자로 하여금 그렇게 만드는 것이다.

> ①
> 적막한 뼈가 있는 곳으로
> 가끔 기울어지고 있었다
> 너의 가슴에 못을 박지도 못하면서
> 금이 가지 않을 만큼
> 기울고 있었다
> 너에게는 적막한 뼈가
> 하나 있고
> 바다에는 汽船이 누워 있었다
> 허리가 가는 기선이
> 거짓말처럼
> 내 작은 팔에
> 떠밀리곤 하였다
>
> — 「알비노니 아다지오」[15]

①의 표현동작은 '있었다', '하였다' 등에서 보듯 서술형 종결어미로

---

15) 김영태, 『幕間』(청하, 1987), p. 364.

구체화된다. 그것은 바로 서술적 표현동작이라고 부를 수 있는 근거이다. 그리고 이때의 표현동작은 당연히 연무자를 통해 나타난다. 연무자가 누구이든, 연무자의 동작은 많은 것을 표현[16]한다. 그것은 때로 신체 자체의 아름다움을 나타내며 나아가서 그 아름다운 신체가 유연하게 움직이면서 일종의 황홀감을 자아내기도 한다. 신체 움직임을 지배하는 형식의 아름다움, 음악이나 빛과 어울리는 조화의 아름다움도 궁극적으로는 무용 동작을 통해 표현되는 것이다. 표현이라는 점에서 보면 감정은 반드시 짚고 넘어가야 하는 것 중의 하나다. 분노, 사랑, 권태, 무료, 흥분, 그리움, 외로움 등 수많은 감정들이 연무자의 어깨나 손끝, 얼굴의 각도, 발의 움직임 하나만으로도 표현되곤 한다. 어떻게 보면 감정의 표현은 역시 연무자의 얼굴 표정을 통해 가장 사실적으로 드러나긴 하지만 그것은 무용 동작이 표현하는 것과는 다른 각도에서 다뤄야 할 문제이다.

원래, 무용 동작을 통해 표현되는 것의 또 하나가 의사 혹은 의미이다. 의미가 동작으로 표현되는 것은 대체로 스토리가 있는 무용에서 볼 수 있다. 사람을 부르거나 보내는 동작, 사랑을 고백하는 동작, 분노를 표출하는 동작, 간절히 부탁하는 동작, 실망을 하고 돌아서는 동작 등 다양한 형태의 동작이 있다. 이러한 동작들은, 그 속에 감정의 표현이 들어 있어서 앞의 이야기와 중복되는 것처럼 보일 수 있지만, 엄밀하게 말해서, 관객들이 이러한 동작들을 통해 스토리를 이해한다는 점에서, 감정의 표현 이전에 의사나 의미 전달의 기능을 수행하고 있음을 알 수 있다.

①에서의 표현동작의 수용은 '기울어지고'('기울고')/'떠밀리곤'을 대상으로 이루어지고, 그것의 기반은 주연급 남녀 2인무(파드되 pas de

---

16) 이에 대해서는 우광혁, 앞의 책, pp. 34~35에 의거.

deux)의 일부분인 아다지오이다. 원래 클래식 발레에서의 파드되는 아
다지오·바리에이숑(Variation)·코다(coda) 등 세 부분으로 구성되는
데, 아다지오는 발레리나가 남자 무용수의 도움을 받으며 느린 음악에
맞추어서 섬세한 표현의 아름다움을 보이는 춤이다. 아다지오는 유유한
움직임으로 발레리나가 한 쪽 발로 서 있을 때 멋진 평형과 우아한 곡선미
를 지켜볼 수 있도록 하는 파(pas), 포즈(pose)와의 연속으로 이루어진다.
　표현으로서의 무용17)이 일반적으로 인정받기 시작한 것은 실은 20세
기에 들어와서부터이다. 그런 의미에서 무용은 오래된 것 같으면서도
새롭다. 그 무용이 지금 주목받고 있다. 무용이 아니면 표현할 수 없는
영역이 발견되었기 때문이다. 그것은 살아 있는 신체를 소재로 하는 다
의적인 표현인 것이다. 춤은 무용의 총칭이다.

　　②
　　　고개는 그대로 두고
　　　허리만 비튼다
　　　눈의 나라 눈나라로
　　　떠다니는 무릎 위가 서늘한
　　　나의 누이들
　　　거품나는 사탕 비누들
　　　귀밑 새치가 늘어난
　　　내 옆에 목이 부러진
　　　호도까기 人形도 졸고 있다
　　　눈의나라 눈 바람 속
　　　사탕비누 거품 같은
　　　고만고만한 또래

---

17) 이에 대해서는 미우라 마사시, 『무용의 현대』, 남정호·이세진 역(늘봄, 2004),
　　pp. 10~11에 의거.

나의 누이들

― 「눈송이―호도까기 인형 1막」 [18]

어떤 신호의 대상이 사람일 때, 손목을 움직이든 손가락을 움직이든 상대방이 알아듣기만 하면 일단 신호로서는 그 기능을 다하고 있다고 보아야 한다. 그러나 무대에서는 누군가에게 이리 오라는 신호를 보내는 것 자체가 관객에게 보이는 동작이다. 신호는 궁극적으로는 관객에게 보이고 전달되는 것을 목적으로 한다. 그래서 무용가는 신호 본래의 기능보다는 그 신호가 어떻게 표현되느냐에 더 큰 관심을 갖게 된다. 이 것이 무용동작이 갖는 속성 중에서 미화[19]이다.

생쥐 한 마리가 날카로운 칼을 휘두르면서 방안을 뛰어다닌다. 클라라는 크게 놀란다. 생쥐가 클라라만큼 컸기 때문이다. 크리스마스트리도 점점 커지기 시작하더니 계속 커져서 마침내 천장에 닿을 정도가 된다. 프리츠의 장난감 병정들 역시 커다랗게 변해 행진을 하며 들어온다. 호두까기 인형도 클라라만큼 커진다. 바로 그때, 생쥐 군대가 몰려와 장난감들을 공격하기 시작한다. 생쥐 군대의 대장은 생쥐 대장이었는데, 머리가 일곱 개나 달린 무시무시한 괴물이다. 생쥐 군대의 숫자가 너무 많았지만, 장난감 병정들은 용감하게 싸운다. 생쥐 대왕이 호두까기 인형을 칼로 찌른다. 클라라는 "안돼!"라고 비명을 지르고 슬리퍼를 벗어서 생쥐 대왕에게 던진다. 생쥐 대왕은 바닥에 죽 뻗어버린다. 호두까기 인형이 다시 일어난다. 그리곤 생쥐 대왕의 가슴을 칼로 찌른다. 장난감들이 승리한 것이다. 호두까기 인형은 생쥐 대왕의 머리에서 왕관을 벗긴 다음, 그걸 클라라의 머리에 씌워 준다. 호두까기 인형이 클라라에게 왕관을 씌

---

18) 위의 책, p. 366.

19) 이에 대해서는 우광혁, 앞의 책, p. 34에 의거.

위 주자, 갑자기 응접실의 벽이 사라지고 깜깜한 밤이 찾아온다. 클라라가 눈을 떠보니 하얀 눈이 덮인 언덕자락에 서 있다. 맑은 밤하늘엔 하얀 별들이 반짝이고 눈송이들은 꽃처럼 조용히 내려온다. 클라라가 지켜보는 가운데 호두까기 인형은 잘 생긴 왕자로 변해 버린다. 왕자는 망토를 뒤로 돌린 다음 클라라에게 허리를 굽혀 절을 한다. 클라라도 고개를 숙인다. 그런데 클라라도 잠옷이 아닌, 수가 놓인 드레스를 입고 있다. 왕자는 클라라의 손을 잡고 얼음처럼 빛나는 강가로 다가간다.

②에서 미화의 바탕이 된 것은 「호두까기 인형」[20]의 이러한 내용이다. 그런데 미화는 이처럼 독자로 하여금 대상을 아무런 장애도 거치지 않고 수용하게 하는 데에 기여하지만, 다른 한편으로는, '미화'로 인해 야기되는 문제들을 발생시킨다. 즉, 독자로 하여금 종종 '예술적 진실'의 문제를 진지하게 논의하게 하는 것이다.

Ⅳ. 장면의 수용

여기서의 '장면'은 부분 동작의 복수적 개념으로 사용된다. 장면은 어디까지나 동작과 동작이 결합하여 이루어지는 것이기 때문이다. 그런데 이 경우, 그 '동작과 동작'이 단순한 움직임이 아니라, 의미 있는 움직임이라는 점은 반드시 강조될 필요가 있다. 구체적으로 말하면, '동작과 동작'은 어떤 장르 전체 속에서 나름대로의 역할을 수행하는 극히 작은 부분으로서의 '동작과 동작'이다. 무용동작과 마찬가지로, 시에 수용된 장면도 변형될 수 있는 가능성을 내포하고 있는데, 이 점 또한 장면의 수용

---

20) 블라디미르, 『호두까기 인형』, 조병준 역(토토북, 2008), pp. 18~20에 의거.

을 모방장면의 수용과 표현장면의 수용으로 구분하는 거점이 된다.

1. 모방장면의 수용

　모방장면의 수용은 유희적 모방장면의 수용과 민속적 모방장면의 수용으로 구분된다. 그리고 '모방장면의 수용'도 '모방동작의 수용'과 마찬가지로 완벽하게 이루어진 경우보다는 대체적으로 이루어진 경우를 가리킨다. 모방장면의 수용이 완벽하게 이루어지지 못하는 것은 모방장면에 대한 철저한 인식이 없기 때문이 아니라 수용의 속성 때문이다. 그렇다고 해서, 모방장면에 대한 철저한 인식이 없이 이루어지는 모방장면의 수용을 상정할 수는 없다.

　　①
　　빨래를 하러 나온 처녀들은
　　빨래 담은 북 속에
　　머리를 들이 박고 下體로 꽃피거나
　　징검다리 圓舞를 만든다
　　허리띠를 풀고 乳房도 조금……·
　　지린내 구린내가 나는 이 세상이
　　아닌 다른 세상의 그 다섯 님프들은

―「우물가의 여인들―南貞鎬 안무」[21]

　춤의 형식 속에 들어 있는 내용 중에서 가장 육체적인 것은 유희성이다. 춤을 추는 행위는 전적으로 즐거움의 속성을 반영한다. 사람은 춤을

---

21) 김영태,『남몰래 흐르는 눈물』(문학과지성사, 1995), p. 71.

추는 것을 통해 무엇인가를 나타내려 하거나 표현하려 하거나 상징하려 하거나 의미하려 하는 것이 아니라, 춤을 추는 것 혹은 춤을 보는 것 자체가 즐거울 때 거기에서 유희를 찾으려고 한다. 이런 측면에서 말할 때는 '무용'이라는 용어를 사용하는 것보다 '춤' 이라는 용어를 사용하는 것이 훨씬 더 적절하다.[22]

①의 무대배경은 일상사가 끝난 한밤중 우물가의 빨래터이다. 성장 배경이나 나이가 각기 다른 다섯 명의 여인들이 빨래터로 모여들면서 극은 시작된다. 그들은 빨래를 하거나 목욕, 장난 등 일상적인 행동을 일정한 몸놀림이나 게임, 격투, 곡예적인 기교 등으로 표현한다. 그러다가 그들은 상념에 빠져 자아를 찾아 헤맨다. 이처럼 ①은 일상적인 삶의 모습과 함께 여성 특유의 고뇌와 번민을 다룬다.[23]

①의 중요한 소재는 여인, 밤, 물, 목욕, 빨래 등이다. 그중 물과 연관된 목욕과 빨래는 정화와 놀이를 상징한다. 김채현에 의하면, ①이 수렴하는 한국 여인들의 전통 세계가 여인네들끼리의 정분과 해방감 그리고 생활감으로 구체화되었다는 사실은 주목을 요하기에 충분하다. 그것은 여인네들을 동원해 그들과 동화된 상태에서 한국의 서정을 소화하고 여기에 다듬이소리·빨래감·덩더쿵 장단 등을 부대 장치로 설정함으로써 이전의 다른 작품들과는 사뭇 다르게 토착성에 중심을 둔 현대무용이라는 특성을 환기시킨다.[24]

---

22) 우광혁, 앞의 책, p. 68.

23)『세계일보』, 1993년 3월 11일자.

24) 김채현, 「소재의 포용성과 춤적 형상화」,『객석』1997년 4월호.

②

　　단정하게 쪽찐 머리, 옥색 치마 저고리에 자줏빛 고름을 맨 너는 水
菊처럼 험한 세상 물들지 않는 장단에 실려 있다 水菊은 사바 세계에서
저 혼자 여리다 수줍음도 조금 떼어준다 가라도 가는 물길 따라 은비늘
이 가득

―「진도 북춤」[25]

　　진도 북춤은 북을 장고처럼 메고 치므로 양손을 가지고 자유자재로
춤사위를 연출할 수 있다. 쌍북채를 사용한 진도 북춤의 가락은 다양하
고 변화무쌍하여 저절로 흥을 돋우고, 굿거리에서 시작하여 자진모리로
몰았다가 다시 굿거리에 맺고 때에 따라서는 휘모리로 몰아친다. 굿거
리는 춤사위를 중심으로 가락을 엮어가고, 자진모리는 가락을 중심으로
춤사위를 엮어가며 원선상을 이동한다. 굿거리에서는 북으로 추는 살풀
이라고 불릴 정도로 동작이 유연하고 정제되어 멋이 한껏 우러난 춤을
추며, 자진모리에서는 농악 특유의 흥겹고 구성진 춤을 춘다.

　　진도 북춤[26]은 다른 지방의 북춤보다 다양한 형식을 지니고 있고 가
락이 대단히 섬세하고 춤사위의 기교가 뛰어나 세련되면서도 예술성이
돋보이는 춤이다. 이러한 진도 북춤은 ②에서처럼 감정을 은은하게 나
타내는 내면적인 춤사위를 구사하는가 하면, 때로는 투박스럽게 뛰어다
니며 힘차게 북을 울려 생동감을 주는 자연스럽고 단순한 춤사위를 연
출한다.

---

25) 위의 책, p. 82.

26) 이에 대해서는 박진희, 「진도 북춤과 밀양 오북춤의 비교 연구」, 『한국무용교육
　　학회지』, 9. No. 2(한국무용교육학회, 1998): 168에 의거.

2. 표현장면의 수용

표현장면의 수용은 집단적 표현장면의 수용과 환청적 표현장면의 수용으로 구분된다. 이러한 구분이 김영태 시에서만 동의할 수 있는 구분임은 물론이다. 김영태 시가 아닌, 다른 시인의 시를 놓고 볼 때는 전혀 다르게 구분될 수도 있다.

'표현장면의 수용'도 대체적으로 이루어진 경우를 가리킨다. 표현장면의 수용이 미학적인 측면을 간과하고 이루어지면 마지막에는 속물성을 드러내게 된다. 그런데 군무는 이와 다르게 적극적으로 미학성을 지향하는 춤이다.

①

    40대 유태인이 안무한 「진혼곡」 군무 중 4인무에서 여자와 남자, 또 두 명의 남자 여자가 좌우에서 춤춘다 거꾸로 들린 여자의 두 발을 남자가 들어올려 어깨 위로 솟구치게, 乳房은 떠 있고 허기진 남자 허리께 여자의 둔부는 미끄럼대같이 흘러내린다 그들 발목 아래 한 아이가 등을 말고 누워 있다 남자에게 감긴 여자는 끈적끈적한 분비물을 토해낸다 냉수 마시듯 여자는 남자를 마신다 갈증, 인간의 냄새 허리께 둔부가 미끄럼대같이 흘러내린다 그 아래 등을 말고 누워 있는 한 아이가

—「이갈 페리의 鎭魂曲」27)

군무는 협동생활, 사회생활의 시작될 때부터 구체화되었다. 광의의 군무는 개인의 무용을 제외한 2인 이상의 인간이 동시에 무용하는 것을 말한다. 예술무용에서, 군무는 2인무용, 3인무용, 4인무용, 5인무용, 6

---

27) 김영태, 『남몰래 흐르는 눈물』, p. 103.

인무용 등 에이시머트리(asymmetry)의 형식으로 된 무용을 지칭하는 개념으로 사용된다.[28]

군무로 표출되는 美의 본질[29]은 어디까지나 인생의 의의를 지닌 심미적·역동적·교육적·과학적·사회적인 sense에 있다. 여기에서 나오는 美는 여러 모양을 통일하여 하나로 조화시킨, 형식 원리에 입각한 내면적인 표현이다. 좀더 자세히 말하면, 그것은, 점적인 발전의 극치라고 할 수 있다. 이것은 한 개 또는 몇 개의 점이 운동하면서 선을 긋고, 선이 다시 교차되면서 면을 형성하고, 면과 면이 호응하면서 mass가 된다. 점은 공간적·시간적인 움직임을 통해 성장하는 것이다. 군무는 두 개 또는 두 개 이상 mass의 거시적·학습적 조직을 갖출 때에 비로소 성립한다.

어떠한 군무가 미학적으로 가장 아름다운 것인가라는 물음에 대해서 이론적으로는 대답할 수 있다. 그러나 실제적으로는 해명하기 어렵다. 주관적 미학과 객관적 미학에 대해서는 옛날부터 논쟁이 계속되어 왔으나 아직도 지어진 결말을 없다. 그러나 그 어느 쪽에 치우쳐서는 안 되며 진실한 美를 창조하는 것이 불가능하다는 점은 분명히 단언할 수 있다. 군무의 美는 하나의 mass의 美가 아니라 mass와 mass 사이에 흐르는 체제의 美이고, 시대와 더불어 변화하는 美이며, 사회·생활과 더불어 움직이는 美이다.

군무 속의 솔리스트 혹은 군무 속의 개인들이 보여주는 동작의 유형들에 대해서는 이 글의 다른 부분에서 다루어지고 있거니와, 여기에서는 집단으로 추어지는 무용을 크게 하나로 보고 그 속에서 움직여지는

---

28) 이에 대해서는 윤희상, 「群舞 구성법의 연구」, 『논문집』, Vol 22(춘천교육대학, 1982): 342에 의거.

29) 무용한국, 『무용한국』 8호, (무용한국사, 1976), p. 46, 윤희상, 위의 논문, : 348~349에서 재인용.

동작의 유형만을 염두에 두기로 한다. 그 동작의 유형[30]은 밀집·분산·주도·통일·질서·조화·대칭·대형·선·각·대위 등이다.

①에서 가장 두드러지게 나타나는 동작의 유형은 조화이다. 장면을 구성하는 동작들이 서로 조화를 이루면서 주제를 형상화하고 있는 것이다. ①은 '누워 있는 아이'를 중심으로 다시 두 장면으로 세분될 수 있는데, 두 장면은 공히 현실에서 야기된 여러 가지 고통·좌절·실패·허무 등을 통해 '진혼'이라는 주제에 다가선다. '4인무'의 '4인'의 동작이 모두 주제 쪽으로 초점이 모아지고 있음은 물론이다.

> ②
> 검은 박쥐우산들이, 흰 파라솔이 하늘에서 비 오듯 내려온다 「피가로의 결혼」중 칸초네에 맞춰, 무스를 발라 머리칼을 치켜 올린 정장 차림의 남자와 눈부신 야회복을 입은 여자가 춤을 추는데 바보 같다 바보같이 입벌리고 허리에 손을 집어넣어 웃음을 꺼낸다 하늘에는 박쥐우산들이……
>
> — 「살풀이 여덟 한 장면」[31]

②의 장면[32]은 몸통의 어떤 상황을 암시한다. 그 상황은 획일화되어 가는 인간의 모습, 작동이 중지되는 자아 상실의 상태를 드러내고 있지만, 춤은 사람의 끈질긴 생명력을 풀어나간다. 여기에 등장하는 남녀들은 하나같이 머리칼을 접착분사기로 고정시켜 외계인을 방불케 한다. 이들 집단의 인상은 살아 움직이는 체온에 메스를 가한 중간자 같아 보

---

30) 이에 대해서는 우광혁, 앞의 책, p. 53에 의거.

31) 김영태, 『남몰래 흐르는 눈물』, p. 97.

32) 이에 대한 내용은 김영태, 『연두색 신의 가구들』(시와 시학, 1991), 110~111에 의거.

인다. 그들은 욕구불만에 차있고, 기민하고, 감정이 말살되어 있고, 꿈꾸기를 포기하고, 겉으로 보기엔 판단 능력을 회복한, 이 시대의 불행한 동참자들과도 같다.

이정희는 「살풀이」 연작에서 꿈이나 환청 장면을 더러 삽입한 적이 있다. 초기 작품의 비디오 화면 영상 처리가 그런 것이었다. 강송원과 이정희는 꿈·환청 장면(서막과 종막)에서 연작에서는 못 보던 다른 시도를 연기(혹은 2인무)로 해낸다. 이정희는 눈부신 흰 드레스를 입고 나오며, 강송원은 머리칼은 접착제로 위로 숫게 밀어붙였으나 정장 차림이다. 강송원은 뻣뻣하고 거만하며 고집스러워 보인다. 그리고 그는 서막에서는 검은 우산을, 종막에서는 흰 파라솔을 들고 나온다. 그들의 기묘한 2인무는 빛바랜 사진첩의 인물들로 맴돈다.

이정희가 처음 시도한 ②의 장면은 매우 아름답다. 어떤 상황의 홀대에도 사랑은 변함없음을 증명하는 그들 2인무를 모차르트의 음악(「피가로의 결혼」 중에서 칸초네 「그대는 아세요? 사랑이 무엇인지……」)이 거든다.

V. 결론

이 글에서 논의의 근거로 삼은 이론은 모방론과 표현론이다. 모방론은 두 가지로 세분된다. 그것의 하나는 시와 무용이 공히 대상을 모방한다는 점이고, 다른 하나는 시와 무용이 공히 매개체를 통해 모방한다는 점이다. 표현론은 세 가지로 세분된다. 그것의 첫째는 시와 무용은 감정을 표현한다는 점이고, 둘째는 시와 무용은 공히 외부세계와 무관하다는 점이며, 셋째는 시와 무용은 공히 수용자가 자기 자신이라는 점이다.

동작의 수용은 모방동작의 수용과 표현동작의 수용으로, 모방동작의 수용은 다시 묘사적 모방동작의 수용과 해설적 모방동작의 수용으로 각각 세분된다. '모방동작의 수용'은 대체적인 경우를 염두에 둔 표현이다. 「十二雜歌」의 모방동작은 묘사적이기도 하고 비유적이기도 하다. 「OTHER DANCE」는 상징적 모방동작을 보여준다. 그런데도 자연스러운 느낌을 주는 것은 두 가지 점과 관련된다. 그것의 하나는 모방동작에 대한 상징이 "움직임들이 만나서 집을 짓는다"에서 보듯 매우 추상적이면서도 난해하지 않다는 점이고, 다른 하나는 모방동작 자체가 상징의 속성 중의 하나인 암시에 바탕을 두고 있다는 점이다. 표현동작의 수용은 서술적 표현동작의 수용과 미화적 표현동작의 수용으로 세분된다. 「알비노니 아다지오」의 표현동작은 '있었다', '하였다' 등에서 보듯 서술형 종결어미로 구체화된다. 그것은 바로 서술적 표현동작이라고 부를 수 있는 근거이다. 이때의 표현동작은 물론 연무자를 통해 나타난다. 「눈송이—호도까기 인형 1막」에서는 미화가 두드러지다. 그것은 이 작품이 고전 동화 「호두까기 인형과 생쥐 임금」을 바탕으로 만들어진 발레 음악이라는 점과 깊이 관련된다.

장면의 수용은 모방장면의 수용과 표현장면의 수용으로, 모방장면의 수용은 다시 유희적 모방장면의 수용과 빈속적 모방장면의 수용으로 각각 세분된다. 이글에서의 '모방장면의 수용'도 대체적인 경우를 염두에 둔 표현임은 '모방동작의 수용'의 경우와 같다. 「우물가의 여인들—南貞鎬 안무」는 일상적인 삶의 모습뿐만 아니라 여성들만이 지니고 있는 고뇌와 번민을 다루고 있다. 진도 북춤은 감정을 은은하게 나타내는 내면적인 춤사위를, 때로는 투박스럽게 뛰어다니며 힘차게 북을 울려 생동감을 주는 자연스럽고 단순한 춤사위를 연출한다.

표현장면의 수용은 집단적 표현장면의 수용과 환청적 표현장면의 수용으로 세분된다. 「이갈 페리의 鎭魂曲」에서 가장 두드러지게 나타나는 동작의 유형은 조화이다. 장면을 구성하는 동작들은 서로 조화를 이루면서 '진혼'이라는 주제를 형상화한다. 「살풀이 여덟 한 장면」은 몸통의 어떤 상황을 암시한다. 그 상황은 획일화되어 가는 인간의 모습, 작동 중지되는 자아 상실의 상태를 드러내고 있지만, 춤은 사람의 끈질긴 생명력을 풀어나간다.

▪ 참고문헌

김말복.『무용 예술의 이해』. 이화여자대학교 출판부, 2004.

김병택 편.『현대시론의 새로운 이해』. 새미, 2004.

김영태.『풍경을 춤출 수 있을까』. 눈빛, 1996.

______.『남몰래 흐르는 눈물』. 문학과지성사, 1995.

______.『幕間』. 청하, 1987.

______.『연두색 신의 가구들』. 시와 시학, 1991.

미우라 마사시.『무용의 현대』. 남정호·이세진 역. 늘봄, 2004.

박진희.「진도 북춤과 밀양 오북춤의 비교 연구」.『한국무용교육학회지』, 9.
　　　No. 2(한국무용교육학회, 1998): 168.

블라디미르.『호두까기 인형』. 조병준 역. 토토북, 2008.

우광혁.『무용의 동작과 리듬』. 예솔, 2004.

이강순.「어린이를 위한 이사도라 던컨의 자유로운 움직임 연구」.『한국무
　　　용교육학회지』, 10. No. 2(한국무용교육학회, 1999): 30~31.

이상섭.『아리스토텔레스의「시학」연구』. 문학과지성사, 2002.

시의 영화 기법 수용

Ⅰ. 서론

문학을 언어예술로 바라보면 영화와의 유사성은 쉽게 발견되지 않지만, 서사예술로, 또는 이미지예술로 바라보면 영화와의 유사성은 확연히 드러난다. 문학과 영화가 비슷한 방식으로 형성·존재하는 예술임을 확인하는 것은 이런 점을 통해서도 가능하다.

문학의 하위 장르인 시[1]는 이미지와 연상(association) 논리를 사용한다는 점에서 영화와 밀접한 관계에 있다. 그것은 시가, 영화와 거의 유사한 방식으로 시각·청각에 의존하고 있는 장르임을, 또한 시의 의미가 단순한 시적 진술에서 발생하는 것이 아니라 영화처럼 이미지·은유·상징·병치·아이러니 등에서 발생하는 깃임을 말해 준다.

영화와 시가 관객과 독자에게 사물의 의미를 설명하지 않고, 관객과 독자로 하여금 스스로 의미를 찾게 하고 느끼게 하며 깨닫게 하는 예술로 인식된 지는 오래다. 영화와 시에 대한 그런 인식은, 대상에 대해 진

---

1) 이 글에서 사용된 용어 '시'는 모두 '현대시'를 가리킨다.

술하거나 판단하기보다는, 대상을 제시하는 영화와 시가 점점 증가함에 따라 더욱 더 굳어지고 있다.

영화와 시가 지니는 유사성의 구체적인 근거는 두 예술 장르의 기법에서 발견된다. 그 기법들은 대체로, 시의 기법이 영화의 기법을 수용[2]하는 방식으로 관계를 맺고 있다고 보아도 무방하다. 그런데 지금까지의 연구를 살펴보면 시에 나타나는 영화적 요소나 기법에 대한 연구[3]는 더러 있지만, 시의 영화 기법 수용에 대한 연구는 눈에 띄지 않는다.

이 글은 시가 영화의 편집 기법과 구성 기법을 어떻게 수용하고 있는지를 밝히는 데에 목적을 둔다. 이런 목적을 달성하기 위해 이 글에서 텍스트로 삼은 시 작품들은 정현종의 「暴風―1973년 9月 초 폭풍 불던 밤의 紀念」, 신경림의 「벽지에서 온 편지」, 김지하의 「내가 나에게」, 황동규의 「여름 이사」 등이다

---

2) '수용'은 문학연구에서 비롯되었지만, 이제 수용에 대한 주장들은 문화적 생산물들에 광범위하게 적용된다(Amy Villarejo, *Film Studies : The basics*(eBook) (London and New York : Taylor & Francis, Routledge, 2007), p. 10 참조). 가령, 영화의 수용에 대해서는 일단 관객과의 관계 속에서 논의될 터이지만, 더 나아가면 다른 예술 장르와의 관계 속에서도 얼마든지 논의될 수 있다. 영화가 시와의 관계 속에서 논의될 경우, 그것은 비교문학의 영역에 포함된다.

3) 이에 해당하는 논문들은 다음과 같다.
김은영, 「한국 현대시와 영화의 영향 관계 연구」, 『배달말』, No. 32 (배달말학회, 2003): 253~80.
문혜원, 「1930년대 문학에 나타난 영화적 요소에 관한 고찰」, 『국어국문학』, No. 115 (국어국문학회, 1995): 349~73.
문혜원, 「한국 근대시의 시적 전환과 영화 체험의 상관성」, 『한국언어문학』, No. 65 (한국언어문학회, 2008): 287~307.
지주현, 「김춘수 시의 영화적 요소」, 『현대문학이론 연구』, 32 (현대문학이론학회, 2007): 139~62.
최인성, 「한국 현대시의 영화적 기법」, 『한양어문』, 17 (한국언어문화학회, 1999): 331~56.
한상철, 「김광균 시에 나타난 영화적 요소의 고찰」, 『어문연구』, 29 (어문연구학회, 1997): 515~26.

II. 논의의 전제: 시와 영화의 유사성

시와 영화의 유사성에 대해서는 다음 세 가지 측면에서 논의해 보기로 한다.

첫째, 시와 영화는 둘 다 서사적 내용을 담고 있는 예술이다. 영화는 서사적 매체인 동시에, 문학처럼 언어에 기초를 두고 있다.[4] 20세기 중반 이후부터 영화의 서사는 은유적인 언어가 아니라 실제적인 언어로 구성되기 시작했다. 언어는 어휘·문법·구문으로 이루어진다. 어휘는 사물이나 추상적인 것을 나타내는 단어이며, 문법과 구문은 이 단어들을 배열하는 수단이다. 영화에서, 어휘는 단순한 사진 이미지이고, 하나의 쇼트는 하나의 단어처럼 의미를 지닌다. 세심하게 배열된 일련의 쇼트는 문장처럼 의미를 전달한다. 불타는 집, 울고 있는 여인, 머리 바로 위를 나는 비행기의 쇼트는 각각 단일한 내용을 나타내지만, 그것이 '비행기→집→여인'의 순서로 배열될 때는 하나의 진술이 된다. 영화는 거대하고 거의 무한정한 어휘를 소유한다.

영화의 문제는 언어에서처럼 섬세한 문법을 만들어 내는 것이었다.[5] 그때서 페이드인 다음에 페이드아웃이 오면 '시간이 흘렀다'는 의미를, 디졸브(dissolve)는 '한편 다른 곳에서는'이라는 의미를 각각 지니게 되었다. 조리개를 닫는 것, 또는 클로즈업은 원래 이탤릭체나 밑줄을 긋는 의미로 사용되었다. 무성 영화에서는 그림으로 현재 시제만을 표현할 수 있기 때문에 과거시제나 미래시세가 없다. 그래서 플래시백은 과거를 표현하는 표준적인 방법이 되었고, 미래는 안개 긴 화면이나 슬로 모션 혹은 '꿈' 편집으로 전달할 수 있었다. 그러나 유성 영화의 큰 장점 중

---

4) 이에 대한 논의는 로버트 리처드슨, 『영화와 문학』, 이형식 역(동문선, 2000), p. 96.
5) 이에 대한 논의도 위의 책, pp. 96 f.

하나는, 거대하고 표현력이 풍부한 영화의 어휘에다 인어의 문법적이고 구문적인 자원을 첨가할 수 있다는 점이다. 불행하게도 단점은 영화가 자신의 시각적 문법을 더 이상 개발하지 못하고, 대신 거대하고 미묘한 어휘에만 의존하게 되는 데에 있다.

둘째, 시와 영화는 둘 다 이미지를 보여준다. 시는 말을 매개로, 영화는 영상[6]을 매개로 각각 이미지를 보여주는 데서 알 수 있듯이, 다만 보여주기 위해 사용하는 매개만이 다를 뿐이다. 그러나 궁극적으로 이미지를 전달한다는 목적을 지니는 점은 같다.

단어의 기능을 이용하여 그림을 만들고, 전통적인 구문이 아니라 병치를 통해 단어를 연결시키는 기법을 전위시와 영화가 동시에 발견하고 활용하기 시작했다는 것은 단지 우연이 아니다.[7] 예를 들어 "군중 속에 끼어 있는 얼굴들의 幻影/비에 젖은 검은 가지 위의 꽃잎들"이라는 두 행으로 된 파운드의 시 「지하철 정거장에서」[8]와, 군중들이 분노로 동요하기 시작하는 쇼트 다음에 바로 빙산이 와르르 무너지는 쇼트를 보여주는 에이젠슈테인의 영화 시퀀스 사이에는 놀라운 유사성이 있다. 각각의 경우에 두 개의 그림은 단지 합해져서 하나의 단위를 이룬다. 각각의 단위에는 동사가 전혀 없다. 파운드는 군중이 꽃과 같은지, 아니면 다

---

6) 요아힘 패히는 영상의 중요성에 대해 다음과 같이 주장하고 있다.
　"영화작가는 무엇보다도 사진적인 영상의 효과에서 출발해야 한다. 왜냐하면 '영화의 효과는 곧 영상의 효과이기 때문이다.' 그래서 좋은 영화 작가는 그가 각 장면을 세밀한 부분까지 작성해야 하기 때문에 연출 작업도 함께 하게 되는 것이다."(요아힘 패히, 『영화와 문학에 대하여』(민음사, 2002), p. 159.)
7) 이에 대한 논의는 로버트 리처드슨, 앞의 책, p. 47.
8) 이 시의 원문은 다음과 같다.
　The apparition of these faces in the crowd;
　Petals on a wet, black bough.

　　　　　　　　　　　　　　　— Ezra Pound, 「In a Station of the Metro」

른지, 군중을 보고 꽃이 생각났는지, 군중이 꽃처럼 움직이는지, 혹은 꽃처럼 덧없는 존재인지에 대해 아무런 설명을 하지 않는다. 단지 두 이미지가 연관이 있다는 것을 구체적 설명 없이 보여 주는 병치만이 있을 뿐이다. 당시의 많은 다른 시처럼 파운드의 시는 시각 예술로서의 시라고, 혹은 에이젠슈테인 영화의 시퀀스는 시적 이미지즘을 활용했다고 할 수 있다.

오늘날의 주장들, 가령 언어와 영상의 분리, 활자 시대의 종식과 전자 영상 시대 도래의 선언, 탈(脫)문자적인 인간의 진단 등은 현상을 너무 과장되게 평가한 결과일 것이다.9) 새로운 해독 능력, 시각적 이미지의 흐름을 '읽는' 능력은 중요한 혁신이나 발명에 종종 수반되는 혼란스럽고 걷잡을 수 없는 과도한 성격을 종종 내포한다. 그러나 이런 새로운 해독 능력은 종래의 해독 능력의 부정이라기보다는, 그 개념 자체의 확장 혹은 확대라는 사실이 점점 더 분명해지고 있다. 그리고 이 새로운 해독 능력이 언어적 해독 능력과의 연관성을 개발하고 인식한다면, 머지않아 문학의 걸작들에 뒤지지 않는 예술 작품이 탄생할 토양을 가꿀 수도 있을 것이다.

실험적 혹은 혁신적 현대시의 기법이 영화, 특히 무성 영화의 기법과 얼마나 유사한지는 엘리엇이 서문을 달고 해석을 한 생종 페르스의 『遠征』을 보면 알 수 있다.10) 엘리엇은 이 시를, "일련의 이주의 이미지, 광활한 아시아 황무지를 정복하는 이미지, 도시와 문법의 파괴와 기초에 대한 이미지"라고 말한다. 엘리엇은 또한 시의 '이미지의 논리'에 대해 말하면서, "처음 읽을 때 시가 모호한 것은 일관성이 없거나 암호를 즐

겨 쓰기 때문이 아니라, 사물을 설명하고 연결 짓는 '체인의 고리'가 억압되어 있기 때문이다. 이미지들이 차례로 서로 마주쳐서, 결국 하나의 야만적 문명의 강력한 인상으로 응축되는 데서 그런 생략 기법의 정당화를 찾을 수 있다. 독자는 매번 그 의미를 묻지 말고 이미지들이 자신의 기억을 차례로 지나가도록 해야 한다. 그래서 마지막에 전체적인 효과가 생산될 수 있도록"이라고 설명한다. 엘리엇이 분명히 지적하고 있듯이 『원정』은 운율이나 운, 혹은 다른 언어적 규칙성의 형식에 기초하고 있지 않다. 그 시의 질서는 영화처럼 '상상력의 논리,' 휘트먼적 시행에 세심하게 배열된 일련의 이미지들의 논리이다.

셋째, 시와 영화는 둘 다 몽타주 기법을 사용한다. 영화의 몽타주[11]는 가장 단순한 차원에서 말하면 쇼트와 쇼트를 잇는 것을 의미하는데, 그 결과로 나타나는 효과에는 음악적 구성, 회화적 구성, 극적 구성 등의 효과가 모두 포괄된다. 왜냐하면 어떤 몽타주는 음악적 선율이나 박자에 준하는 효과를 창조할 것이고, 어떤 몽타주는 특별한 시각적 효과에 중점을 둘 것이며, 어떤 몽타주는 특정한 극적 효과를, 경우에 따라서 어떤 몽타주는 음악적·회화적·극적 효과들을 복합적으로 각각 일으킬 것이기 때문이다.[12] 영화의 몽타주를 논하는 일은 이런 맥락에서 이루어진다. 궁극적으로 영화의 몽타주는 예술적인 구성 원리로 이해되어야 한다. 이런 관점에서 보면 몽타주의 역사는 영화가 탄생하기 이전에 이미 시작되었다고 할 수 있다. 영화의 몽타주 이론은 기존의 예술이 갖고 있었던 창작 비결을 흡수함으로써 발전하게 되었다.

---

11) 몽타주에 대한 논의는 김용수, 『영화에서의 몽타주 이론』(열화당, 2006), pp. 11~14.

12) 바쟁에 의하면, 몽타주는 또한 "의미의 추상적인 창조자"이기도 하다(앙드레 바쟁, 『영화란 무엇인가』, 안병섭 역(집문당, 1998), p. 51.).

몽타주 이론은 기계적인 법칙이 아니라 예술적 창의력에 관한 것이다. 사람들은 때때로 예술을 기계적인 법칙으로 이해하고 싶어 한다. 예를 들어 르네상스 시대의 비평가들은 가장 이상적인 연극의 모델을 고대 그리스극에서 발견한다. 따라서 그들은 고대 그리스극의 예술적 원리를 규명한 다음 모든 극작가들이 그런 원칙을 충실히 따를 것을 강요한다. 누구나 그리스극의 원칙에 따라 작품을 쓴다면 틀림없이 명작을 만들어낼 수 있다는 것이 그들의 생각이었다. 그러나 현실은 반드시 그렇지 않았다. 최악의 경우, 그것은 생명이 없는 모조품에 불과했던 것이다. 누군가 말했듯, 예술은 규칙이나 법칙을 혐오한다. 그러면 과연 예술적 창조의 원천은 무엇인가? 그것은 낭만주의자들이 주장했듯이 예술가의 창의력일 터이다. 즉, 위대한 사고력과 감수성만이 예술을 탄생시킨다. 이런 예술적 창의력은 씨앗에 비유할 수 있다. 예술은 하나의 식물처럼 자체의 생명력을 갖고 있는 창의성으로부터 자라난다. 그 과정에서 외형적 모습인 예술적 형식이나 기교는 자연발생적으로 형성된다. 몽타주 이론을 기계적인 형식이 아닌, 창의력으로 보아야 하는 것은 바로 이런 이유에서이다. 개인적인 독창성이나 문화적 특성에 맞는 새로운 몽타주의 탐색은 바로 이런 과정을 통해 가능하다. 몽타주는 단순히 쇼트와 쇼트의 결합에만 적용되지 않는다. 그것은 특정한 미학적 목적을 위해 시각적·청각적·극적 요소 등과 결합할 수도 있다. 몽타주는 하나의 예술 원리로서, 좁은 의미의 편집을 초월하는 것이다. 몽타주 이론은 궁극적으로 예술미학을 지향한다. 따라서 몽타주는 예술의 일반 원리 속에서 이해되어야 마땅하다.

몽타주는 영화적 표현의 무한한 잠재력을 제시한다. 몽타주는 장면화[13](mise-en-scène) 미학을 배제하지 않는다. 몽타주는 프레임 내에서

의 의미작용도 포괄한다. 단편(斷片)과 단편의 결합 속에서 의미를 발생
시키는 몽타주는 일단 영화라는 매체에 적용되지만, 더 나아가서는 영
화에 국한되지 않고 시에도 적용됨으로써 시의 창의적인 기교를 확장하
는 데에 기여한다.

Ⅲ. 영화 기법의 수용

1. 편집 기법의 수용

1) 연속 편집 기법의 수용

연속 편집이란, 하나의 일관된 이야기 흐름을 유지하기 위해 촬영에
들어가기 전부터 편집의 모양새를 완벽하게 정해 놓고, 그 원칙에 맞게
이야기 쇼트들을 배열하는 편집 방식이다. 공간의 연속성은 180도 원
칙14)(180-degree rule)을 엄격히 고수함으로써, 시간의 연속성은 이야기
의 연대순 배열을 준수함으로써 각각 유지된다. 주류 영화 안에서의 이
시간의 연속성은 오직 플래시백15)이 등장했을 때만 붕괴된다. 그러나

---

13) 이의 구체적 의미는 다음과 같다.
　　"프랑스어로 장면화(mise-en-scène)는 '사건을 무대화하는 것'을 의미하며, 처음엔
　　연극연출의 기법에 적용되었다. 영화학자들은 영화연출에 그 용어를 비슷하게 확
　　장시켜 감독이 영화 화면에 나타나는 것들을 통제한다는 의미로 사용했다. 연극
　　에서 유래한 용어라는 점에서 짐작되듯이 장면화는 연극적 기법과 중복되는 양상
　　들을 포괄한다. 즉, 세팅, 조명, 의상, 그리고 극중 인물의 행위가 그것이다. 장면화
　　를 통제함으로써 감독은 카메라 전방의 사건을 무대화한다."(데이비드 보드웰·
　　크리스틴 톰슨, 『영화예술』, 주진숙·이용관 역(이론과실천, 1993), p. 188.)

14) 가상선 법칙 또는 중심선 법칙이라고도 불리는 180도선 법칙에 대해서는 Susan
　　Hayward, *Key Concepts in Cinema Studies* (London and New York : Routledge, 1996),
　　p. 257 참조.

15) "이야기 장치는 영화에서(문학으로서의) 등장인물의 삶, 혹은 과거의 한 순간으로

이론가들은 이런 연속성이 이데올로기적 효과를 가진다는 점에서 영화를 제작하는 데 들어가는 노력을 감소시킨다고 주장한다. 연속 편집 기법을 사용한 영화는 관객들에게 현실적인 느낌을 주는데, 실제로 그것은 이상주의적인 현실을 자연스럽게 보여주는 데에서 기인한 것이다. 이 편집 방식의 목적은 극중 인물들의 행위를 연쇄적으로 주도면밀하게 설계함으로써 스토리의 통일성을 강화시키고 그것을 분명하게 제시하는 데에 있다.16)

연속 편집17)은 (기본적 영상의) 두 쇼트를 화면 내에서 평행적으로 연속되게 하고, 조명의 색조 또한 일관되게 하며, 인물의 사건과 행위가 화면의 중심부에 놓이게 하는 것을 원칙으로 삼는다. 이렇게 되면, 편집은 촬영과 뗄 레야 뗄 수 없는 상호보완적인 관계를 맺게 되고, 이야기의 연속성은 그것의 생명과 같다. 이런 의미에서, 연속체계 편집법은 곧 연속체계 촬영법이기도 하다.

돌아가기 위하여 사용된다. 그리고 그 순간을 이야기한다. 플래시백은 그래서 그 이야기 안에서 가장 주관적인 순간들을 최대한 명확하게 표시한다. 플래시백은 기억과 역사의 영화적인 표현이며, 궁극적으로는 주관적인 사실이다. 흥미롭게도, 최초의 플래시백은 영화 역사의 초기 작품인 1901년의 「Ferdinand Zecca's Histoire d'un crime」에서 발견된다. 따라서 플래시백의 발생과 전개는 정신분석학의 탄생 및 성장과 일치한다.
  이런 점을 통해, 플래시백은 심리작용, 과거에 대한 개인적인 해석과 밀접하게 결합한다. 더욱이, 플래시백은 거의 대부분 수수께끼(살인, 정신장애 상태 등)를 풀어내는 데 도움을 주기 때문에, 자연스럽게 취조의 이야기 방식 혹은 고백적 이야기 방식이 되곤 한다. 이런 방식들이 플래시백으로 하여금 정신분석학의 과정에 근접하게 하는 것이다. 이런 이야기 방식들은 역사를 재구성하는 데 기여한다. 결국, 플래시백은 민족주의적인 목적의 작업에, 혹은 거꾸로 말하면 어떤 특정 가치들을 문제 삼는 데에 사용된다."(Susan Hayward, *Key Concepts in Cinema Studies* (London and New York : Routledge, 1996), p. 122.)

16) 정재형, 『영화 이해의 길잡이』(개마고원, 2003), pp. 164~66., Susan Hayward, Key Concepts in Cinema Studies, p. 57 참조.

17) 연속 편집에 대한 앞으로의 논의는 정재형, 앞의 책, pp. 164~68.

①

구름과 땅이 맞붙어
검은 鐵과 같은 暗黑이
땅의 모가지를 조인다

②

千億 메가톤의 암흑이 공중에서 쏟아져
땅은 숨 끊어졌다
암흑이 땅에서 솟아 하늘을 찌른다

③

暴風 속에는 아무것도 없고
폭풍의 普遍性만이 남아 있다

④

사람들은 모두 잠들어 있거나
죽은 듯이 떨고 있다

⑤

나무들은 쓰러지며 電光처럼 맹렬히
몸이 땅에 내팽개쳐지며
땅의 발바닥을 핥는다

⑥

휘몰리며 불꽃처럼 타오른다
폭풍은 이미 불이다

⑦

사람들은 시달리며
땅의 발바닥을 핥고 있다

⑧
우리들은 이미 인간이 아니다
땅의 발바닥을 핥고 있다
(번호 — 필자)

— 정현종, 「暴風 — 1973년 9月 초 폭풍 불던 밤의 紀念」[18] 전문

연속체계 촬영법의 가장 근간이 되는 180도선 법칙(180-degree rule)은 한 화면의 사건(예를 들어, 대화중인 두 사람, 길 위를 달리는 자동차)을 360도 공간 중 180도의 한쪽 공간에서만 촬영하는 것을 원칙으로 삼는다. 따라서 촬영하는 카메라들은 가상선의 한쪽 공간에 위치한 채로 있어야 한다. 만일 180도 공간의 반대편에서 촬영된 쇼트가 삽입될 경우, 그 사건 행위의 연속성은 파괴되고 관객의 관점은 거꾸로 바뀌고 만다. 180도선 법칙은 화면의 방향, 인물의 시선과 각도 등을 180도에서 벗어나지 않게 지켜줌으로써, 사건의 인과적 고리를 유지하게 할 뿐만 아니라 연속성 파괴로 인해 관객이 겪을 수 있는 혼란을 방지하게 하는 역할을 담당한다.

180도선 법칙을 지키는 구체적인 편집방식은 세 가지가 있는데, 첫 번째는 '쇼트와 상대 쇼트(shot/reverse shot)' 방식으로, 하나의 쇼트가 나오면 그 다음에는 반드시 반대 방향에서 잡은 상대의 모습이 나타날 때에 비로소 화면의 연속성이 지켜진다. 이 시에서는 ①과 ②가 그것에 해당한다. 두 번째는 '시선의 일치' 방식으로, 쇼트와 상대 쇼트의 대상이 인물일 경우에는 서로의 시선이 마주보는 식으로 연결될 때에 이야기가 연속된다. 이런 법칙을 준수하기 위해서는 하나의 신이 시작될 때 롱 쇼

---

18) 『고통의 祝祭』(민음사, 1978), p. 119. 번호는 필자가 붙인 것이며, 이후 인용시의 경우에도 같다.

트로 대상을 잡아 인물·물체·상황·공간 사이의 관계를 보여주기도 하는데, ③은 이런 역할을 담당하는 상황설정 쇼트(establishing shot)이다. 쇼트 ③에 의해 상황이 분명하게 제시된 후, 이 시의 쇼트들은 ④→⑤→⑥→⑦→⑧의 형식으로 연속된다. 세 번째는 '행위의 일치'로 앞 쇼트에서의 행위는 그 다음 쇼트에서도 반드시 연결되어야 하며, 만일 행위가 생략되거나 다른 장면으로 비약되면 그것의 연속성은 파괴된다. 이 시에서의 행위의 일치는 상황설정 쇼트 ③을 제외한 다른 쇼트들에서 지켜진다.19)

연속 편집 양식은 대부분 서사적 목적을 위해 편집의 시간적 차원을 이용하는데, 그 점은 이 시에도 바로 적용되고 있다. 독자는 이 시에서처럼 사전 지식을 통해서, 또는 연대기적 순서를 통해서 '폭풍 불던 밤'에 일어난 사건에 대해 알 수 있기를 기대한다. 독자는 또한 시인이 편집을 통해 사건의 빈도를 중시하면서도 스토리의 인과율에 부적합한 사건들은 제거하거나 적어도 합리적으로 생략할 것으로 믿는다.

널리 사용되던 연속 편집 양식은 이제 하나의 양식으로만 남게 되었다. 많은 영화작가들이 다른 편집의 가능성을 끊임없이 추구해왔기 때문이다. 대안적 방법 중의 하나로는 조형적, 운율적 차원의 기능을 극대

---

19) "이런 완벽한 법칙성에서 약간의 변형을 주면서 연속성을 유지하는 기법들도 있는데, 시점편집(point of view editing)과 '교차편집(cross cutting)이 그것이다. 알프레드 히치콕 감독에 의해 가장 대중화된 시점편집 기법은 '쇼트와 상대 쇼트'에 의한 시선의 일치가 아닌, 쇼트와 반응 쇼트(shot/reaction shot)의 연결을 말한다. 한 사람이 화면 밖을 쳐다보는 쇼트 다음에는 반드시 그 사람이 본 대상이 화면에 나타나되, 반드시 시선이 일치되지 않아도 된다. 여기서 대상 쇼트는 맨 처음 쇼트에 대한 반응 쇼트로 작용함으로써 일관성을 유지시킨 것이다. 역시 변형된 연속 편집의 한 형태인 교차편집은 한 장소에서 일어난 하나의 사건에서 다른 장소의 다른 사건으로 반복 교차됨으로써, 일종의 공간적 비연속성을 보이지만, 스토리의 일관성과 시간적 동시성의 느낌을 주면서 사건을 결합시켜 나간다."(정재형, 앞의 책, pp. 165 f.)

화하는 방법을 들 수 있는데, 가령, 첫째 쇼트와 둘째 쇼트가 하나의 스토리의 제공을 충족시키는 시·공간적 기능에 우선하여 연결되는 것이 아니라, 그것이 재현되는 시·공간에 관계없이 순전히 조형적·운율적인 특성에 따라 병치되는 방법이 그것이다.[20]

2) 비연속 편집 기법의 수용

영화의 이야기를 연속편집에 의하여 그럴듯하고 합리적으로 전달하는 체계가 구축되었지만, 한편으론 꼭 그런 연결법이 아니더라도 관객에게 영화와 줄거리를 제시하는 대안적 편집법이 발달했다. 영화사적으로 볼 때, 현대적 기법인 비연속 편집[21]은 1920년대의 소비에트 영화들과 유럽 전위영화, 프랑스 누벨바그 및 개별 감독의 특수한 예에서 확립되었다.

①
침침한 석유불 아래 페스탈로찌를 읽는다
밭일에 지쳐 아내는 코를 골고
딸아이 젖 모자라 칭얼대는 초아흐레

②
서울 천리를 생각하다
통술집에 엉킨 뜨거운 열기
어지러운 노래

---

20) 데이비드 보드웰·크리스틴 톰슨, 앞의 책, pp. 337 f.

21) 비연속 편집에 대한 논의는 정재형, 앞의 책, pp. 168 f.

③

달빛이 깔린 교정을 걷는다
먼 마을 초저녁 달 소리를 듣는다
광부들의 간데라 두런대는 불빛
교사를 돌아가 토끼장을 살핀다

④

다시 생각한다 서울 천리
만원 버스에 시 달리던 귀가길
통행금지 직전

⑤

석유불 심지 돋워 일지를 쓴다
일학년과 삼학년의 교안을 짠다
흐린 시험지에 점수를 매긴다
쑤세미처럼 거친 아내 손을 잡는다

— 신경림, 「벽지에서 온 편지」[22] 전문

연속 편집 체계는 이야기를 쉽게 이해시키지만, 영화 보는 방식을 획일화시킨다. 반면 비연속 편집 체계의 영화들은 고정된 가치관의 관객에겐 혼란을 주지만, 미학적으로 다양한 양식의 볼거리와 생각할 거리를 제공한다는 이점이 있다. 이런 편집 체계를 수용한 시에서도 그 점은 마찬가지이다. 세르게이 에이젠슈테인이 주장한 바대로, 쇼트와 쇼트의 연결은 단순한 연속이 아닌 상호 충돌 또는 통합이다. 그는 한 쇼트와 다음 쇼트를 의도적으로 상호 충돌하는 것들로 병치시킴으로써, 관객을 제3의 변증법인 통합과정에 참여시킬 수 있다고 믿었다. ①과 ②, ②와

---

22) 『새재』(창작과비평사, 1980), pp. 65 f.

③, ③과 ④, ④와 ⑤ 등에서 보듯, 이 시는 연속편집에서 벗어나 쇼트와 쇼트, 시퀀스와 시퀀스 사이의 상호 충을 발생시킨다.

이 시는 시의 스토리가 반드시 연속 편집법에 의해서만 유지되는 것이 아님을 입증한다. 영화에서는 의도적으로 공간적 비연속성을 갖기 위해, 180도선 법칙을 무시한 채 360도 공간을 다 활용해 촬영을 하고, 쇼트와 상대 쇼트의 원칙을 따르지 않을 뿐만 아니라, 행동의 일치 대신 점프 컷23)(jump cut)을 사용하기도 한다. 하지만 관객들은 다시 혼란을 수습하고 애써 스토리를 조합하려는 노력을 하게 된다. 시에도 영화와 유사한 과정이 놓인다. 현대 감독들이 어떤 의도를 노리듯 시인도 똑같이 어떤 의도를 노린다. 관객이, 감독이 숨겨 놓은 이면의 이야기를 찾아내기 위해 노력하듯, 독자도 시인이 숨겨 놓은 이면의 이야기를 찾아내기 위해 노력한다. 관객이 그것을 찾았을 때 새로운 명화를 보았다는 색다른 느낌을 가지게 되듯, 시인도 새로운 경향의 훌륭한 시를 읽었다는 느낌을 가지게 된다.

충돌 몽타주24)의 기본전제는 항상 단편(fragment)과 단편 사이의 충

---

23) "매치 컷(match cut)과는 반대로, 점프 컷은 두 장면 사이에 나타나는 갑작스러운 컷으로 다른 장면들과 고르게 이어지지 않기 때문에 그 자체로 주의를 환기시킨다. 이는 시간과 공간에 있어서의 장면전환을 나타내는데, 감수성을 자극시키기 때문에, 점프 컷이라 불린다. 점프 컷은 관객들을 소스라치게 놀라게 만들고, 그 이야기가 어디로 향하려 하는지 궁금하게 만들기 때문이다. 연속된 장면들 사이에서, 점프 컷은 보통의 컷들과는 상당히 반대되는 효과를 지닌다. 이야기가 한 시점과 공간에서 다른 시점과 공간으로 그것을 설명해주는 장면이나 내레이션 등이 전혀 없이 바뀐다. 이 시간과 공간의 분열은 '방향감각 상실의 효과를 만들어 내거나' 혹은 모든 생명이 경험하는 것들은 인과관계 이론으로 설명된다는 생각에 의문을 품게 하거나", 둘 중의 하나의 효과를 만들어낸다. 이 두 효과는 공존할 수도 있다."(Susan Hayward, 앞의 책, p. 195.)

24) 충돌 몽타주 개념의 형성 배경은 다음과 같다.
"에이젠슈테인이 생각한 이상적인 예술적 구성은 그의 이론 '충돌 몽타주'에 개념화되어 있다. 충돌 몽타주에 대한 본격적 논의는 1929년에 쓴 「영화적 원리와 표

돌이나 대립으로, 그것이 새로운 의미나 이미지를 발생시킨다고 에이젠
슈테인은 주장한다.[25] 그런데 그가 주장하는 충돌 몽타주의 의미는 여
기에 머무르지 않는다. 좀더 넓은 의미를 지니는 것이다. 그에 의하면,
충돌의 원리는 시각적 충돌[26](optical conflict), 내용과 형식의 충돌[27] 등

의문자(The Cinemagraphic Principle and the Ideogram)」에서 비롯된다. 여기서 에
이젠슈테인은 충돌 몽타주의 첫 번째 전제조건이 부분들 사이의 '충돌(collision)'
혹은 '대립(conflict)'이라고 말하고 있다. (···) 에이젠슈테인은 두 부분의 충돌이
새로운 개념을 발생시킨다는, 그 유명한 가설을 설정하였다. 그러면 충돌에 의해
서 새로운 개념이 어떻게 발생하는가? 漢字의 원리는 에이젠슈테인에게 만족할
만한 해답을 제공해 주었다. 예를 들어 한자에서는 개를 의미하는 견(犬)과 입을
나타내는 구(口)가 결합해, 짖을 폐(吠)라는 새로운 뜻을 창조한다. 여기서 개와
입이라는 두 개의 상충되는 요소들이 결합해 우리의 일반적인 논리적 사고방식
과는 다른, 일종의 원시적 사고과정인 '이미지 연상적 사고(imagist thinking)'에
의해서 '짖다'라는 새로운 개념으로 전환되었다는 것이 에이젠슈테인의 견해이
다. (···) 개념과 개념의 결합이 단순한 합이 아닌 새로운 차원의 의미로 도약하는
것은 에이젠슈테인의 관점에서 볼 때는 원시적 사고과정인 '이미지 연상적 사고
가 작용하기 때문이다. 이렇듯 충돌 몽타주는 이미지 연상적 사고'라는 개념 아
래 관객의 정신적 행위를 필수적인 전제조건으로 삼고 있다."(김용수, 앞의 책, p.
136.)

25) 김용수, 앞의 책, p. 139

26) 시각적 충돌에 대한 구체적인 내용은 다음과 같다.
"에이젠슈테인은 1929년에 쓴 두 편의 논문 「영화적 원리와 표의문자」와 「영화
형식에 대한 변증법적 접근(A Dialectic Approach to Film Form)」에서 다양한 시각
적 충돌의 예를 제시하고 있는데, 이것은 쇼트와 쇼트 사이의 시각적 충돌 그리고
프레임 안에서 일어나는 시각적 충돌을 포함하고 있다. 시각적 충돌을 유형별로
살펴보면, 도표적 충돌(graphic conflict), 수평면 사이의 충돌(conflict of planes), 부
피의 충돌(conflict of volumes), 공간적 충돌(spatial conflict), 조명의 충돌(light
conflict), 사물과 시점 사이의 충돌(conflict between matter and viewpoint), 대상물
과 그것의 크기 사이의 충돌(conflicts between an object and its dimension) 등이 있
다. 이렇듯 에이젠슈테인은 충돌 몽타주를 시각적인 차원에서도 논의하면서 이를
'시각적 대위법(optical counterpoint)'이라고 부르기도 하였다. 예를 들어 정적인
선과 역동적인 선은 서로 대조되어 도표적 충돌을 일으키며, 높은 수평면에 위치
한 인물과 낮은 수평면에 위치한 인물은 수평면 사이의 충돌을 일으키고, 조명이
대상물을 강렬히 비추면 소방 호스의 센 물이 콘크리트 벽에 부딪쳐 파격적인 충
돌을 일으키는 것과 같은 인상을 초래할 것이다. 유사하게 클로즈업과 롱 쇼트, 도
표의 방향이 상이한 쇼트들, 밝은 쇼트와 어두운 쇼트, 부피로 분석된 쇼트와 면적

을 포괄한다. 그러나 에이젠슈테인이 최고의 수준이라고 생각하는 충돌의 원리는 정서적 내용들 혹은 심리적 연상들에 의해 이루어지는 연상 몽타주[28](association montage)이다. 이 시의 ①과 ②, ②와 ③, ③과 ④, ④와 ⑤ 등은 그런 연상 몽타주의 예들이기도 하다.

2. 구성 기법의 수용

1) 시간 구성 기법의 수용

한 편의 영화는 프레임에서 출발하여 하나의 텍스트를 완성시키기까지 사건의 전개와 영상의 묘사로써 시·공간의 세계를 창조한다.[29] 여

으로 분석된 쇼트 등은 모두 시각적 충돌을 일으키는 것이다."(김용수, 앞의 책, pp. 139, 141.)

27) 내용과 형식의 충돌에 대한 구체적인 내용은 다음과 같다.
　　"에이젠슈테인이 내용과 형식의 충돌을 추구한다는 것은 궁극적으로 그가 '형식주의자(formalist)'임을 암시하는 것이다. 에이젠슈테인은 1932년 11월에 「형식을 위해(In the Interests of Form)」라는 글을 통해 형식의 중요성을 역설한다. 이를 위해 에이젠슈테인은 그리스어의 '사상(idea)'이 내포하는 있는 세 가지 의미를 소개한다. 그것은 첫째, '외양(appearance)', 둘째, '설명 방법(method of exposition)'이나 '말의 형식 및 유형(form and type of speech)', 셋째, '사상'이다. 이런 세 측면은 사상과 불가분의 관계를 맺고 있는 것으로, 바로 '사회주의 영화'가 추구해야 할 원리라고 에이젠슈테인은 주장한다. 즉, 사회주의 영화가 표현하고자 하는 사상이나 이데올로기는 그것을 잘 설명할 수 있는 형식이나 방법에 의존해야 한다는 것이다. 따라서 에이젠슈테인은 "형식이 곧 이데올로기이다."라고 반복적으로 선언하며 형식주의의 색채를 지닌 자신의 몽타주 이론을 적극 옹호한다(…)
　　에이젠슈테인에게 있어서 올바른 형식은 내용에 종속될 필요가 없다. '사물과 시점 사이의 충돌'에서 보았듯이 형식은 내용과 충돌될 수 있는 것이다. 에이젠슈테인은 후에 중국의 예술에서 형식과 내용 사이의 충돌을 발견하고 자신의 입장을 이론적으로 정당화한다."(김용수, 앞의 책, pp. 144 f.)

28) "연상 몽타주의 핵심은 서로 관련이 없는 내용이나 주제들이 동질성을 지닌 액션으로 인해 연상작용을 일으켜 새로운 개념을 창출하는 데 있다."(김용수, 앞의 책, p. 147.)

29) 지명혁, 앞의 책, p. 149.

기서 영화의 시간적 차원은 여러 가지로 구별될 수 있다. 공간과 함께 시간은 이야기에 있어서 또 하나의 좌표이다. 이야기는 과거(역사물)나 미래(SF 영화), 현재 일어난 사실을 상세히 언급할 수 있다. 그러나 이야기가 아닌, 의상·헤어스타일·배경·운송 수단·사건 그 자체로도 이야기의 연대를 추정하거나, 거론된 이야기 속의 시대와 영화 속의 시대의 간극을 가늠하는 것이 가능하다.

영화의 시간 구성[30]은 네 가지 형태로 나뉜다. 첫째, 사건은 실제 시간대로 연속성을 가지고 이야기된다. 상영 시간과 사건의 시간이 일치하는 것이다. 둘째, 영화는 시간을 축약시키고 사건들을 요약한다. 상영시간이 사건의 지속시간보다 짧으므로 영화는 시간 생략법을 사용하지 않을 수 없다. 시간 생략법에는 시간을 건너뛰었다는 것을 관객이 의식하지 못하도록 자연스럽게 진행시키는 방법과 고의적인 단절 효과를 이용하는 방법이 있다. 그 경우, 영화는 자막 처리나 인물의 노쇠한 모습, 계절에 따른 풍경의 변화 등 시각적 요소들의 변화를 통해 시간의 추이를 나타내기도 한다. 달력이 한 장 한 장 뜯긴다거나, 시계바늘이 돌아가는 것 등과 같은 상투적인 이미지들이 이용될 수도 있다. 셋째, 영화는 시간을 연장시킨다. 상영시간이 사건의 지속 시간보다 더 긴 경우이다. 이를 위해서는, 극적 긴장감을 만들어 내기 위해 결말을 지연시키는 '정지 순간'이나, '지연 효과'를 사용한다. 넷째, 영화는 순차적으로 진행되지만 이야기는 유예되어 있다. 묘사는 이 경우에 적용된다.

영화에서 제1의 시간은 상영시간이라고 불리는 시계적 시간 혹은 객관적 시간이다. 이것은 첫 프레임에서 마지막 프레임까지 정상 속도로 필름을 영사하는 데 걸리는 시간인데 일반적으로 1시간 30분에서 2시간

---

30) 영화의 시간 구성에 대한 논의는 지명혁, 앞의 책, pp. 149 ff.

정도이다. 영화는 이렇게 정해진 시간 동안 훨씬 더 긴 시간의 이야기를 전개하기도 한다. 제2의 시간은 내용이 전개된 시간, 즉 극적 시간을 말한다. 히치콕의 「밧줄」(1948)이나 프레드 진네만의 「하이눈」(1952)처럼 상영시간과 영화 속의 시간이 동일한 경우도 있지만 대부분의 경우에는 극적 시간의 길이와 시계가 가리키는 시간의 길이는 차이가 많다. 제3의 시간은 주관적 시간, 심리적 시간으로 관객들이 영화를 보는 가운데 느끼는 지루함이나 쾌속감 같은 속도감으로서의 경험적 시간을 말한다. 그래서 경험적 시간을 다르게 정서적 시간이라고도 한다. 그 외에도 특정 인물이 겪는 삶과 운명보다 더 큰 역사적 지속성을 표현하는 역사적 시간이, 특정 문화권에 속해 있는 사람들이 무의식적으로 생활화시킨 개연적 시간으로서의 문화적 시간이, 마지막으로 영화매체가 만들어 낸 영화적 시간이 각각 있다.

영화는 이야기의 사건들을 시간적 순서에 따라 복구시키거나 시간의 순서를 뒤바꿔 놓는 방법을 사용할 수 있다. 영화에서 시간 순서를 뒤바꾸는 방법으로 빈번하게 사용되는 것은 플래시백이나 과거로 되돌아가기이다. 이것은 이전에 일어난 사건을 사후에 보여주는 방법이다. 그와 반대로 플래시포워드는 미래의 사건을 보여주는 것으로 플래시백보다 낳이 사용되지는 않지만, 주로 공상과학 SF 영화에서 많이 이용된다. 그 외에 미스터리영화에서처럼 어떤 새로운 요소로 과거의 사실을 재해석할 때나 어떤 요소가 미래에 일어날 사건을 알려줄 때처럼 현재에서 과거나 미래를 나타내는 다른 방법들도 이용할 수 있을 터이다.

내가
나에게 말합니다

혼자 가세요

바다가 빛납니다

거기
혼자 가세요

고요한 복판의 한
거기서 들끓는 화요일의 혁명

이젠
혼자 가세요

바람도 불고
구름도 흐릅니다
그림자들은 나날이
짙어집니다

그 속을 이제는 혼자
오직 혼자서만 가세요
아무도
가까이 없습니다
돌아보지 마세요
바다가 빛납니다

거기
혼자 가세요

내가
나에게 말합니다

　　부디
　　혼자 가세요

– 김지하, 「내가 나에게」[31] 전문

이 시를 시간 단위로 나누어 보면 다음과 같다

①내가 나에게 말합니다. 혼자 가세요.
②바다가 빛납니다. 거기 혼자 가세요.
③고요한 복판의 한. 거기서 들끓는 화요일의 혁명. 이젠 혼자 가세요.
④바람도 불고 구름도 흐릅니다. 그림자들은 나날이 짙어집니다.
⑤그 속을 이제는 혼자 오직 혼자서만 가세요.
⑥아무도 가까이 없습니다. 돌아보지 마세요.
⑦바다가 빛납니다. 거기 혼자 가세요.
⑧내가 나에게 말합니다. 부디 혼자 가세요.

플래시백[32]은 영화에서 사용되는 내러티브 장치로서 한 인물이 회상하거나 이야기하고 있는 추억들을 되살리는 데 사용된다. 전자의 경우, 플래시백은 말이 없는 인물의 생각에 접근하는 유일한 방법이다. 후자의 경우, 그것은 구술적인 이야기와 번갈아가며 사용된다. 플래시백은 흔히 설명으로 미스터리를 풀어 준다. ③의 "고요한 복판의 한. 거기서 들끓는 화요일의 혁명"은 물론 전자에 해당한다. 플래시백은 기억과 역사, 즉 주관적인 진실의 영화적 재현으로의 정보 기능을 가지고 있다.

플래시백의 지속시간, 플래시백이 개입되는 순간과 지연되고 있는 사건 도입부 사이의 시간적 간극, 플래시백 속에 포함된 사건들의 지속시간 등은 영화마다 아주 다양하다. 이 시에서의 플래시백은 ③의 "고요한

---

31) 『花開』(실천문학, 2002), pp. 175 f.
32) 플래시백에 대한 논의는 지명혁, 앞의 책, pp. 151 f.

복판의 한. 거기서 들끓는 화요일의 혁명"에서 보듯, 현재에서 과거로의 완만한 이동을 실현시킨다.

플래시백은 항상 행위(액션)를 멈추게 만든다. 긴 플래시백과 독자가 겪어야 하는 지루함은 정비례한다. 플래시백은 가능한 간결해야 하고 가능한 한 드물게 사용해야 하며, 이미 확립된 현재에 대한 연관성을 가지고 쓰여야 한다. 이와 함께 그 캐릭터가 이전에 행하던 것과는 반대되는 행위나 판이한 내용을 제시하기 위해서는 그것을 자연스럽게 연결하게 해주는 짧은 플래시백이 필요하다. 그렇지 않으면 독자들은 그저 쉽게 시적 화자가 갑자기 본연의 모습을 잃었다고 생각할 것이다. 예를 들어, 처음부터 "혼자 가세요."라고 말하던 시적 화자가 갑자기 태도를 바꾸어 "함께 가자."고 외친다면 독자는 심각한 의문을 품지 않을 수 없다. 플래시백은 이런 의문을 해소하기 위해 사용한다. 플래시백을 사용한 ③의 "고요한 복판의 한. 거기서 들끓는 화요일의 혁명"은 이 시에서 이런 요구들을 충족시킨다.

2) 공간 구성 기법의 수용

조각이나 회화는 기본적으로 공간 예술의 형식을 지니고 있어서 움직임이 불가능한 반면, 음악은 시간 예술이므로 시간상의 반복이나 변화에 의존한다. 그와 달리 영화는 공간의 시간적 연결로 구성되는 시·공간 예술이다. 영화적 공간[33]은 상상 공간으로서 사건들은 거기에서 일어난다. 영화적 공간은 촬영 범위 내에 포함된 보이는 부분인 화면 영역과 시계를 포괄하는 숨어 있는 부분인 화면 밖 영역으로 이루어진다. 그

---

33) 영화적 공간에 대한 논의는 지명혁, 앞의 책, pp. 152 f.

두 공간은 상호 보완적인 공간이며 가역성과 연결성을 지닌 공간들이다.

영화에서 공간은 우선적으로 촬영 범위, 즉 관심선으로 결정된다. 촬영 범위는 영화적 영상에 있어서 영원하고 유일한 요소이며, 매 순간 이동되고 변화될 수 있다. 즉, 강렬한 사실성과 심도가 발생하는 이차원적인 영상의 범위가 되는 것이다. 그것은 관객으로 하여금 공간을 삼차원적인 공간으로 인식하고 재구성하게 만들며, 그 공간이 실제적인 세계와 유사하다고 믿게 만들 수도 있다. 3차원적인 상상적 공간을 우리는 촬영 범위라고 부른다. 루돌프 아른하임에 의하면, "영화가 깊이감이 없고 크기와 형태가 원근법이나 비례 관계에 의해 왜곡되기 때문에, 관객의 관심은 2차원의 선의 패턴과 그림자의 질감에 쏠리게 되고, 또한 실제에 있어 3차원의 물체들은 평면적인 스크린에 투사되므로 평면 구성의 요소가 된다." 그는 이처럼, 3차원적 리얼리티의 재현이 가능하다 하더라도, 정작 관객은 보이는 바깥 세계보다 형식적인 구성요소에 더 주의를 쏟게 된다고 주장한다.

①
다시 한번 만져 본다
창틀에서 좌우로 조금씩 벗어나는
저녁 마낭
서서 엎드려서 서로 간지르며
내리는 여름비

②
잘 있거라
빗줄기 속에 고개 들던
몇 그루 꽃나무들이여
머리 뜨거운 밤

목덜미에 찬물 부어 주던 펌프 주둥이여
자정 넘은 뒤
같이 깨어 짖던 동네 개들이여
잘 있거라
나는 혼자 짖을 것이다

③
짖지 못할 것이다
조그만 아파트 방 책상머리
새벽 두시의 무거운 공기 속으로
읽던 책 모두 띄우고 웅크리고 앉아
어깨에 아이들과 나를 얹고 서 있는
철근의 식은 힘을 느낄 것이다
웅크리고 앉아
평면으로 누운 세계의 얼굴을 만질 것이다

— 황동규, 「여름 이사」[34] 전문

사실적인 느낌은 촬영 범위를 망각하게 만들거나 적어도 그 범위 너머의 것을 암시함으로써 긴장감을 완화시키고, 시야의 공간을 연장시켜 준다. 이런 의미에서, 영화적 공간은 상호 보완적인 두 개의 상상적 공간의 총체로 정의된다. 그것은 가시적 공간인 화면 영역과, 공간을 둘러싸고 있는 비가시적 공간인 화면 밖 영역이 시계를 장악하고 있는 총체적 공간이다.

화면 밖 영역은 두 가지 유형으로 구분된다. 하나는 이전에 나타났던 공간, 즉 어느 순간에 화면 영역을 장악했던 공간으로서 관객들이 기억할 수 있는 공간이고, 다른 하나는 그와 반대로 한 번도 나타나지 않았던 공간, 즉 다음 장면에서 나타나든 그렇지 않든, 독자의 상상력과 재량에

---

34) 『나는 바퀴를 보면 굴리고 싶어진다』(문학과지성사, 1978), pp. 23 f.

전적으로 맡겨지는 공간이다. 이 시의 공간 단위들 중에서 ①·②는 가시적 공간에, ③은 비가시적 공간에 각각 해당된다. ③은 독자의 '상상력과 재량에 전적으로 맡겨지는 공간'으로서 ①·②와의 관련 속에서만 존재한다. 그러므로 ③은 ①·②와 근본적으로 연결되어 있다. 구체적으로, ③은 ①·②에 의해 구축되는 셈이다.

이 시는 공간적 연속성과 비연속성을 동시에 보여 준다. 원래, 영화에서 공간적 연속성의 장치들은 무대 공간, 인물의 행동·위상에 일관성과 통일성을 부여한다. 관객들로 하여금 영화 관습·선입견·지식을 확인하도록 하기 위해서이다. 이 시에서 ①과 ②는 그런 역할을 자연스럽게 수행한다. ①과 ②는 이처럼 공간적 연속성을 지니고 있다. 그런데 앞서 살펴본 바와 같이, ①과 ②는 공간적 비연속성을 지니고 있는 ③의 형성에도 깊이 관여한다. 이를 통해, 우리는 공간적 연속성과 공간적 비연속성이 반드시 적대 관계에 놓이는 것은 아님을 알 수 있다.

IV. 결론

지금까지, 영화와 시의 유사성에 대해 논의한 후, 시가 영화의 편집 기법과 구성 기법을 어떻게 수용하고 있는지를 살펴보았다. 이제, 그 내용을 결론 삼아 요약해 보면 다음과 같다.

첫째, 시와 영화의 유사성은 구체적으로 다음 세 가지이다. 먼저, 시와 영화는 둘 다 서사적 내용을 담고 있다. 영화에서, 하나의 쇼트는 하나의 단어처럼 의미를 지니고 있지만, 세심하게 배열된 일련의 쇼트는 문장처럼 의미를 전달한다. 다음으로, 시와 영화는 둘 다 이미지를 보여준다.

시는 말을 매개로, 영화는 영상을 매개로 이미지를 보여주는 점이 다르지만, 이미지를 전달한다는 목적을 지니고 있는 점은 동일하다. 끝으로, 시와 영화는 둘 다 몽타주 기법을 사용한다. 그 결과로 나타나는 효과는 음악적 구성, 회화적 구성, 극적 구성 등의 효과를 모두 포괄한다.

둘째, 정현종의 「暴風－1973년 9月 초 폭풍 불던 밤의 紀念」은 연속 편집 기법이 수용되고 있는 시이다. 구체적으로 이 시에는 '쇼트와 상대 쇼트'(shot/reverse shot) 방식, '시선의 일치' 방식, '행위의 일치' 방식 등이 나타난다. 그러나 신경림의 「벽지에서 온 편지」는 비연속 기법이 수용되고 있는 시이며, 구체적으로 이 시에는 한 쇼트와 다음 쇼트가 충돌·병치되는 몽타주 기법이 나타난다.

셋째, 김지하의 「내가 나에게」는 시간 구성 기법이 수용되고 있는 시이다. 구체적으로 이 시에서는 한 인물이 회상하거나 추억을 되살리는 플래시백 기법이 구사된다. 그러나 황동규의 「여름 이사」는 공간 기법이 수용되고 있는 시이며, 구체적으로 이 시에서는 가시적 공간과 비가시적 공간이 배치된다. 그리고 이 시는 공간적 연속성과 공간적 비연속성은 서로 적대 관계에 놓이는 것이 아님을 보여준다.

■ 참고문헌

김용수.『영화에서의 몽타주 이론』. 열화당, 2006.

김은영.「한국 현대시와 영화의 영향 관계 연구」,『배달말』, No. 32 (배달말학회, 2003): 253~280.

리처드슨, 로버트.『영화와 문학』. 이형식 역. 동문선, 2000.

문혜원.「1930년대 문학에 나타난 영화적 요소에 관한 고찰」,『국어국문학』, No. 115 (국어국문학회, 1995): 349~373.

______.「한국 근대시의 시적 전환과 영화 체험의 상관성」,『한국언어문학』, No. 65 (한국언어문학회, 2008): 287~307.

바쟁, 앙드레.『영화란 무엇인가』. 안병섭 역. 집문당, 1998.

보드웰, 데이비드·톰슨, 크리스틴.『영화예술』. 주진숙·이용관 역. 이론과실천, 1993.

정재형.『영화 이해의 길잡이』. 개마고원, 2003.

지명혁.『영화예술의 이해』. 집문당, 2004.

지주현.「김춘수 시의 영화적 요소」,『현대문학이론 연구』, 32 (현대문학이론학회, 2007): 139~162.

최인성.「한국 현대시의 영화적 기법」,『한양어문』, 17 (한국언어문화학회, 1999): 331~356.

패히, 요아힘.『영화와 문학에 대하여』. 임정택 역. 민음사, 2002.

한상철.「김광균 시에 나타난 영화적 요소의 고찰」,『어문연구』, 29 (어문연구학회, 1997): 515~526.

Hayward, Susan. *Key Concepts in Cinema Studies*. London and New York : Routledge, 1996.

Villarejo, Amy. *Film Studies : The basics(eBook)*. London and New York : Taylor & Francis Routledge, 2007.

시의 음악 수용

Ⅰ. 서론

문학의 도구인 언어가 음악과의 관계 속에서 논의되기 시작한 것은 매우 오래 전의 일이다. 5세기에 이미 아우구스티누스는 언어와 연관시켜 음보론, 운율론, 시구론(詩句論)을 전개했다. 이것은 언어가 음악과의 관련 속에서 논의된 최초의 사례라 할 수 있다.

언어로 이루어진 시와 음악이 서로 분리되는 예술이 아니라 결합되는 예술임을 알 수 있는 예는 19세기 독일 가곡에서 발견된다. 19세기 독일 가곡 작곡가들은 서정시를 매우 선호했다.[1] 그것은, 가곡 작곡가들이 서정시를, 표현의 여백을 남길 수 있을 뿐만 아니라 가사와 곡조 사이의 연합을 도모할 수 있는 가장 적절한 장르로 인식한 데에 따른 결과이다. 시에 대한 가곡 작곡가들의 그러한 인식은 시와 음악의 성공적인 조화에 대한 그들의 커다란 열망을 반영하는 것이기도 하다.

---

[1] 로레인 고렐, 『19세기 독일가곡』, 심송학 역(음악춘추사, 1998) p. 25.

서구에서, 서정시가 가곡의 가사로 적극 활용된 것은 누구도 이의를 제기할 수 없는 예술사적 사실이다. 그 사실은 종종 시와 음악의 밀접한 관계를 증명하는 근거로 제시되기도 한다. 물론 '서정시가 가곡의 가사로 적극 활용된 사실' 하나만 가지고 시와 음악의 관계를 온전히 증명할 수는 없을 것이다. 그러나 최소한 '서정시가 가곡의 가사로 적극 활용된 사실'이 시와 음악의 밀접한 관계를 증명하는 데에 중요한 근거가 됨은 확실하다. 여기에서 보듯, 장르와 장르의 관계를 증명하는 데에 요구되는 것은 객관적 사실이다. 이 점은 소설과 음악의 관계를 증명하거나, 희곡과 음악의 관계를 증명하는 데에도 마찬가지로 적용된다.

프랑스학파의 비교문학론에서는, 문학의 비교 대상을 한 나라의 문학과 다른 나라의 문학으로 한정한다. 그러나 레마크(Henry H. H. Remark)는 비교문학에서의 비교 대상을 확대한다. 그는 비교문학을, "한편으로는 문학 상호간의 관계에 대한 연구이며, 다른 한편으로는 문학과 예술……철학, 역사, 사회과학, 과학, 종교 등 지식과 신념이 다른 여러 분야의 관계에 대한 연구"[2]로 정의한다. 즉, 비교문학을 특정한 국가의 경계를 넘어서는 문학의 연구로 보는 것이다.

이러한 점들을 전제로, 이 글은 비교문학적 관점에서 시의 음악 수용 양상을 살펴보는 데에 의도를 둔다. 이를 위해, 필자가 이 글에서 설정한 항목은 '논의의 전제: 문학과 음악의 관련성,' '시의 모티프로서의 음악 수용,' '시의 배경 소재로서의 음악 수용' 등이다.

---

2) Ulrich Weisstein, *Comparative Literature and Literary Theory*(Indiana University Press, 1973), p. 23에서 재인용. 여기에는 문학과 음악의 관계도 물론 포함된다.

II. 논의의 전제: 문학과 음악의 관련성

시와 음악이 주도권 논쟁의 대상이 된 것은 시와 음악의 불가분리성을 보여 주는 또 다른 증거이다. 논쟁은 치열한 것이었고, 작곡가인 R. 슈트라우스는 그 문제를 오페라화하기에 이른다.[3] 그는 오페라 「카프리치오」에서, 섬세하고 우아한 선율로 오빠 집에서 살고 있는 젊은 미망인인 백작부인으로 하여금 두 연인인 시인 올리비에르와 음악가 플라망드 중에서 한 명을 선택하는 데에 고민하게 함으로써 '시가 먼저냐, 음악이 먼저냐'라는 시와 음악의 주도권 문제를 부각시킨다. 결국, 백작부인의 생일 파티를 위해 올리비에르는 시를 쓰고, 플라망드는 거기에 곡을 붙여 노래를 부르게 된다. 백작 부인은 감동하지만, 그 감동이 시에서 연유한 것인지, 곡에서 연유한 것인지에 대해서는 확실히 알 수가 없다.

이런 점은 바로, 적지 않은 사람들이 19세기 가곡의 역사를, 작곡가들의 시와 음악의 관계에 대한 규정의 역사[4]로 보는 시각에 동의할 여지를 만들어 준다. 그래서 라이하르트는 시의 표현을 위해 음악은 그 배경만을 제공하는 단순한 곡조라는 시의 음악적 해석을 내놓기도 했다. 적지 않은 초기 가곡에서 시인은 작곡가와 동일하거나 혹은 더 우월한 지위를 부여받았다. 볼프와 같은 작곡가들은 시와 음악의 관계에서 시를 좀 더 중요하게 여겼고, 음악 비평가로서 슈만은 가곡에 있어서의 시의 역할에 대해 높게 인식하고 있었다. 반면 쇤베르크나 메트너와 같은 작곡

---

3) Vgl. Wihelm Zentner und Anton Würz (Hrsg.) Reclams Opern und Operettenführer, Philipp Reclam Jun, Stuttgart 1975, S. 467~469, 홍명순, 앞의 글, 앞의 책: 405에서 재인용.

4) 홍명순, 「문학과 음악 – 학제간 공동 연구의 가능성을 중심으로」, 『독어교육』 제19집(한국독어독문교육학회, 2000): 404~405. 시와 음악의 관계에 대한 이하의 논의도 여기에 의거.

가들은 음악의 편에 서서 음악의 중요성을 더 강조했다.

소설과 음악의 관련성도 시와 음악의 관련성에 못지않게 깊고 크다. 토마스 만의 소설 기법과 쇤베르크의 '12음 작곡 기법'[5]은 서로 일치한다. 파우스트를 패러디한 「파우스트 박사」에는 패러독스와 아이러니가 지배하는데, 토마스 만은 이 작품에서, 문명과 야만이 공존하는 독일 정신의 아이러니와, 가장 문명화된 세계에서 파시즘과 같은 광적인 현상이 가능했던 독일 시민 문화의 아이러니를 음악을 통해 보여준다. 독일 정신과 독일 시민 문화의 내재적 힘인 진보와 퇴행, 보수와 반동은 12음

---

5) 쇤베르크에 의해 창시된 12음 기법은 한 옥타브 안에 들어 있는 12개의 반음으로 음렬을 만들어 작곡하는 기법이다. 조성 음악에서는 모든 음이 조의 으뜸음과 종속 관계를 가지고 있으나 12음 음악에서는 12개 모든 음이 으뜸음이 될 수 있으며 평등하다. 이렇게 되면 12개의 모든 음이 각각의 독립성과 자율성을 갖게 되므로 결과적으로 주종 관계를 이루는 모든 조성은 없어진다. 조성의 해체, 즉 무조성은 기존의 모든 음악 체계를 부정하는 것을 의미하기 때문에 12음 기법의 창시자 쇤베르크를 저항 음악의 효시, 혹은 현대 음악의 창시자라고 한다. 쇤베르크는 서양 음악의 전통을 부정하는 급진적인 혁명가였다.

쇤베르크는 임의로 12개 반음 모두를 중복 없이 균등하게 조합하여 음렬을 만든다. 이렇게 조합된 첫 음렬이 원형 음렬이다. 이 원형 음렬 내의 12개 음은 모두 시작 음이 될 수 있기 때문에 12개의 기본 음렬(Grundreihe)이 이루어진다. 이렇게 되면 12개 음에 의한 정사각형이 형성된다. 이 정사각형에서 가로, 즉 수평적 이동을 선율적 진행이라고 한다면, 세로, 즉 수직적 이동을 화성적 진행이라고 한다. 가로와 세로의 음악적 재료가 동일해야 하기 때문에 12개 음에 의한 행렬체(matrix)를 마방진(magisches Quadrat 魔方陣)이라고 한다.

이 마방진의 행렬체에서 음렬의 수평적 이동, 즉 선율적 진행은 모두 역행한다(역행형 Krebs). 음렬의 수직적 이동, 즉 화성적 진행은 음렬의 음정 방향을 모두 반대로 전회한다(전회형 Umkehrung). 그리고 화성적 진행에 의해 전회된 음렬은 또 다시 역행한다(전회형의 역행 Krebs-Umkehrung). 수평적 이동을 통한 12개의 기본음렬과 그 역행형 12개, 수직적 이동을 통한 12개와 그 역행형 12개, 그 결과 하나의 음렬에서 48개의 다양한 형태가 만들어진다. 12음 기법의 음악은 다채로운 음렬이 엄격한 규칙 하에 앞과 뒤로 그리고 위 아래로 오가며 겹겹이 엮어지는 직물과 같다.

(이신구, 「토마스 만의 '파우스트 박사'에 나타난 음악적 요소 — 헤세의 '유리알 유희'와 비교하여」, 『헤세연구』 제15집(한국헤세학회, 2006): 8~9.) 「파우스트 박사」와 12음 기법에 대한 이하의 논의도 여기에 의거.

기법의 전개 과정과 같다. 토마스 만은 패러디와 아이러니가 담긴 12음 작곡 기법이라는 예술 형식을 통해 독일 정신을 미학적으로 비판한 것이다.6)

발자크는 그의 작품에서 헨델, 바하, 모차르트, 베토벤, 벨리니, 로시니를 언급할 정도로 음악에 대한 조예가 깊었다. 거꾸로, 작곡가가 발자크의 소설을 토대로 작곡을 한 경우도 찾아볼 수 있다.7) 그의 소설에서의 음악성은 그가 자신의 작품 제목을 유사음만으로 처리한 제목(Le Lys dans la vallee)에서도 잘 드러난다.8) 그의 소설 속에서의 음악의 기능과 역할은 '사랑의 경쟁자로부터 이기는 데 사용된 음악/순수한 사랑의 표현에 쓰인 음악/사상과 감정전이의 도구로서의 음악/친구로서의 음악/사상을 통한 호소력의 유일한 예술로서의 음악/치료자로서의 음악' 등의 예에서 보듯 매우 다양하다.9)

희곡과 음악의 관련성 또한 깊고 큰 것은 다른 예술의 경우와 같다. 브레히트의 서사희곡(서사극)에서의 음악은 종래의 전통극의 기능과는 매우 다른 기능을 수행한다. 전통극에서의 음악이 관객의 감정을 고조시키고 극의 분위기를 형성하기 위해 사용된다면 서사희곡에서의 음악은 관객의 감정 이입을 차단시키고 극의 진행을 중단시키기 위해 사용된다. 그것은 음악을 통해 소외효과를 거두려는 의도적 장치들 중의 하나로,

---

6) 이신구, 위의 논문, 위의 책: 8~9.

7) Francis Claudon, "Balzac, Honoré de," in *The New Grove Dictionary of Music and Musicians*. ed. by Stanley(London: Macmillan Publishers Limited, 1980), vol. 2, p. 101, 김정진, 「음악과 문학－음악이 문학에 미치는 역할과 기능」, 『서양음악학』 제1집(서양음악학회, 1998): 223~224에서 재인용.

8) Jean-Pierre Barricelli, *Melopoiesis: Approachs to the Study of Literature and Music*(New York: New York University Press, 1988), p. 119, 김정진, 위의 논문, 위의 책: 224에서 재인용.

9) Jean-Pierre Barricelli, 위의 책, p. 120, 김정진, 위의 논문, 위의 책: 224에서 재인용.

사건을 구현하는 것이 아니라 사건을 이야기하고, 관객의 감정이 아닌 관객의 이성에 호소하며, 각 장면은 다른 장면을 위해 존재하지 않고 독자적으로 존재하는 것과 동궤에 놓인다.

브레히트는 서사극에 어울리는 이상적인 음악으로 '제스처 음악'이라는 개념을 고안해 내기도 했다.[10] 「서푼짜리 오페라」의 줄거리 진행 중간 중간에 삽입된 노래들(쿠르트 바일이 작곡함)은 제스처 음악의 좋은 예인데, 자기 속에 침잠하고 자족하는 음악이 아니라, 바깥을 가리키는 어떤 몸짓을 느끼게 하는 음악이다. 이러한 노래들을 빼고 줄거리 위주의 연극만으로 공연한다면, 그것은 그의 드라마 자체를 왜곡하는 것이라 할 수 있다. 음악은 이미 언급했듯이 브레히트에게 있어서 부차적인 것이 아니라, 드라마의 '구성요소 자체'이기 때문이다.

이상의 예들만을 놓고 볼 때도 음악과 문학의 관련성은 충분히 입증된다. 문학과 음악의 관련성에 대한 입증의 절차도 거치지 않고 시의 음악 수용 양상을 논의하는 것은 위험한 일이다. 이 글에서, 먼저 음악과 문학의 관련성을 다룬 것은 그런 이유에서이다.

Ⅲ. 모티프로서의 음악 수용

1. 「남몰래 흐르는 눈물」의 「말러 교향곡 5번」 수용

말러가 남긴 10편의 교향곡은 모두 자서전적 성격을 띠고 있다. 이 작품들을 통해 그는 인류 존재의 영원한 진실을 찾고, 죽음 이후의 삶의 가

---

10) 이경분, 「학제간 연구의 예 ─ 음악과 문학」, 『음악학』(한국음악학학회, 2003): 219~220. 브레히트의 서사극에서의 음악에 대한 이하의 논의도 여기에 의거.

능성을 찾는다. 이 작품들은 '영원한 소멸'에 대한 두려움과 정신적 악몽을 반영하며, 그 악몽은 천상의 자비와 황홀함과 교차되어 나타나곤 한다.[11] 베토벤의 교향곡이 낭만주의의 정신을 담은 모델이라면, 말러의 교향곡은 낭만주의 정신과 양식을 극단으로까지 몰고 간 낭만주의의 마지막 교향곡들이다.[12]

말러는 교향곡 제5번에서 대대적인 혁신을 이룬다. 교향곡 5번부터 7번까지로 대변되는 '중기 3부작'은 전작과 달리 성악을 완전히 배제한 기악 교향곡으로 되어 있으며 관현악법에 있어서도 그에 걸맞게 획기적인 발전을 보여 준다. 음악적 어법으로는 폴리포니와 실내악적인 악기법이 점차 두드러지고 연계된 가곡집이 『뿔피리 가곡집』에서 뤼케르트의 「죽은 아이를 기리는 노래」와 「뤼케르트 가곡집」으로 교체된 것도 중요한 변화 중의 하나이다.[13]

교향곡 제5번에서는 먼저 대위법에 관한 변화가 두드러진다. 이는 1901년 말러가 나탈리에게 "나는 점점 더 바흐에게 많은 것을 배우고 있습니다. 마치 바흐가 무릎 위에 올려놓고 나를 가르치는 것 같이 말입니다. 나에겐 바흐처럼 작곡하는 것이 자연스럽습니다."라고 고백한 데에서도 드러나듯이 바흐의 음악에 크게 경도된 것과 관련이 있다. 실제로 교향곡 5번 중 제1악장과 제2악상에는 유난히 많은 대위구가 등장하고, 제3악장과 피날레의 푸가토에서는 바로크적 취향까지도 소화하는 모습을 보인다.

말러는 또한 「뿔피리 가곡집」을 버리고 뤼케르트의 시에 몰입하게 되

---

11) 김용환, 『서양 음악사 100장면(2)』(가람기획, 2002), p. 359.

12) 위의 책. pp. 359~60.

13) 김문경, 『구스타프 말러 Ⅱ』(밀물, 2005), p. 167. 교향곡 5번에 나타난 변화에 대한 이하의 논의도 같은 책, pp.167~68에 의거.

는데, 이것은 단순한 가곡집 교체 이상의 의미를 지닌다. 프리드리히 뤼케르트는 바바리아 근방의 슈바인푸르트 출신의 시인이다. 슈베르트와 슈만은 일찍이 그의 시에 곡을 붙이기도 했다. 독일문학사에서 뤼케르트는 그렇게 뛰어난 시인으로 평가되고 있지는 않다. 오히려 그의 시는 작위적이라는 비판을 받는다. 그렇기는 하지만, 그의 시가 지니고 있는 감각적인 언어의 울림과 섬세한 서정성은 말러의 정신세계에 깊이 파고들기에 충분한 것이었다.

교향곡 제5번 중에서 제4악장 Adagietto는 가장 짧은 악장이다. 이 악장은 처음부터 끝까지 대체적으로 하나의 분위기가 영역 안에서, 구체적으로 말한다면 그 분위기는 단순한 가요적 표현을 한 편으로, 그리고 서정적 강조를 다른 편으로 그 경계선을 긋고 있다.[14) 이러한 통일적·지배적 분위기가 다른 악장들에서는 그다지 많이 표현되어 있지는 않다. 형식면에서도 Adagietto는 다른 악장들에 비해 무게가 가볍다고 볼 수 있다. 그러나 단지 겉으로 나타나는 짧은 길이의 악보(103마디) 때문에 그 연주시간마저도 짧을 것이라는 일반적인 예상은 실제의 장장 11분 ─ 1악장: 14분 30초(전체 415마디) ─ 이라는 연주시간으로 해서 곧 깨지고 만다. 단지 103마디라는 숫자가 11분이라는 실제적 연주 시간을 만들어 내는 이유는 아주 느린 속도의 제시어들에서 비롯된 것이다.

> 여자의 살과 남자의 피가
> 결혼하는 말러 교향곡 5번
> 2人舞를 나는 씹어먹었습니다.

---

14) 김정숙, 「<구스타프 말러>의 교향곡 제5번: 제4악장 Adagietto」, 『음악 논단』 제12집(한양대학교 음악연구소, 1998): 34. 제4악장에 대한 이하의 논의도 이 부분에 의거.

죽음을 이겨내는 죽음의 방법
(「모래시계」를 보면서
눈물이 모래 틈에 스며드는)
그것도 잘게 잘게 씹어삼켰습니다.
용서받지 못할 者 있다면
그 者 포함해 피신한 카지노 代父까지 잘게잘게……
말러는 누구입니까
죽음을 부활시킨 칠쟁이
「모래시계」 배역들은
사죄하지 않는 者들을
대신 處刑했습니다.
假面 쓰고 한사코 얼굴
뒷모습뿐인 李丁姬 춤의 裸身
그 처형 장면까지
모지사바하 옴.[15]

— 김영태, 「남몰래 흐르는 눈물 20」

서사는 일차적으로 사건을 서술하는 형식을 취한다. 이 경우의 '사건'은 미래에 벌어질 사건이 아니라 과거에 벌어진 사건을 가리킨다. 따라서 사건을 서술할 때에 사용하는 시제는 당연히 과거시제일 수밖에 없다. 이렇게 과거시제를 사용하여 사건을 서술한 것은 '이야기'에 다름 아니다. '이야기'는 '사건의 서술'이 단순하게 그 자체에 머물러서는 안 되고 문학적 의장을 갖추어야 함을 강조할 때에 강조되는 말이기도 하다.

이 시의 진술은 두 가지의 특징을 지니고 있는데, 과거시제를 사용하고 있는 점과 행위 중심의 내용을 담고 있는 점이 바로 그것이다. 그 두

---

15) 천수경에서 죄를 참회하는 진언을 뜻하는 말. 원래는 '모지 사다야 사바하 옴'임.

가지의 특징은 이 시가 서사, 즉 이야기를 지니고 있음을 말해 준다.

인간은 과거에 대해 영향을 끼칠 수는 없어도, 사람에게는 영향을 끼칠 수 있다. 그것은 순전히 과거가 현재와 미래를 결정한다는 점 때문에 가능한 일이다. 그러나 인간의 실제 생활에서는 반드시 그렇지 않은 경우도 허다하다. 현재나 미래를 기준으로 과거를 바라보고 거기에다 다른 의미를 부여하는 경우가 많은 것이다. 심지어 개인에 따라서는 현재나 미래를 기준으로 과거를 거부할 수도 있고 받아들일 수도 있다.

이 시의 화자는 그 과거를 적극적으로 받아들이고 있을 뿐만 아니라 그것을 매우 단호한 행위로 표출한다. '나는 씹어 먹었습니다,' '그것도 잘게잘게 씹어 삼켰습니다'는 그것의 단적인 예이다. 그것은 특수한 기억의 표출이라 할 만하다.

말러의 교향곡 5번은 거칠고 비극적이며 엄숙하다. 이 시에서 화자가 '말러는 누구 입니까'라고 묻고 난 후 말러를 '죽음을 부활시킨 칠쟁이'로 규정한 것, 그리고 이 시의 마지막 행에 '모지사바하옴'이 배치된 것 등이 교향곡 5번의 주제와 동일한 의미망에 놓이는 것들임은 물론이다. 게다가 화자는 실제로 시「남몰래 흐르는 눈물 7」16)에서 '칠 벗겨진' 자

---

16) 이 시의 전문은 다음과 같다.

무엇이 이제까지 나인가
질문을 하지만 답이 없습니다
시험지에 답 못쓰는 답답함
눈물을 흘릴 줄 몰라도
흐르는 눈물이 답입니다
분수에 맞게 산 나는 나였던가
여기까지 흘러온 것이 답이 아니던가
남색 끝동에 묻은
시퍼렇다 못해 벗겨진 칠
헐렁한 답 대신 곰곰 되씹는

신을 확인하고 "난 칠 벗겨진 사람이지만 주어진 운명을 색칠하다가 간 칠쟁이로 남"17)게 되기를 희망한다. 결국 이 시의 모티프는 그의 교향곡 5번에 내포하고 있는, 인간이 직면하게 될 인생의 모든 부면들이라 할 수 있다.

2. 「피아노 소나타」의 「피아노 소나타」 수용

소나타의 형식은 18세기 중반부터 서양 고전음악을 지배하던 악곡의 구성원칙으로, 비단 소나타라는 이름을 가진 악곡만 제한되지 않고 교향곡, 협주곡, 실내악곡 등 거의 모든 기악곡에 사용되어온 보편적 악곡 형식이다. 일반적으로 소나타 형식은 제시부, 전개부, 재현부 등 세 부분으로 이루어져 있다.18)

제시부는 제1주제와 경과부, 제2주제, 에필로그로 구성된다. 여기서 제시되는 두 개의 대조적 주제는 상이한 주제이거나, 아니면 보다 포괄적인 착상에 함께 관련되어 있다. 제시부는 독립적인 멜로디로 시작되는데, 이 으뜸조의 멜로디는 보통 제1주제가 된다. 이어지는 경과부는 조바꿈하면서 제2주제를 준비한다. 경과부에 연결되어 같은 조성으로 전개되는 제2주제는 대부분 역동적인 제1주제와는 달리 서정적이다. 제

질문, 이 자슥아 네 나이 몇 살?
퍼렇게 칠 벗겨진

— 김영태, 「남몰래 흐르는 눈물 7」

17) 김영태, 「풍경을 춤출 수 있을까」(눈빛, 1996), p. 401.

18) 장미영, 「현대소설의 음악적 구조 — 토마스 만과 밀란 쿤데라의 서사적 실험」, 『독일문학』 제88집(한국독어독문학회, 2003): 129~130. 소나타의 형식에 대한 이하의 논의도 여기에 의거.

시부는 제2주제를 포함한 에필로그로 끝난다.

　전개부는 제1주제와 경과부로만 구성된다. 전개부에서는 제시부 제1주제의 멜로디만 여러 가지 조성을 가진 모티프들로 세분되어 펼쳐진다. 재현부는 말 그대로 그대로 내용과 형식에서 제시부가 되풀이되는 것을 뜻한다. 제1주제는 이제 으뜸조로 되돌아와서 연주되는데, 제시부에서와는 달리 제1주제에 이어지는 경과부는 딸림조로 조바꿈하지 않고 계속 으뜸조에 머문다. 이에 따라 제2주제 역시 으뜸조로 연주된다. 재현부에서는 두 주제가 같은 조로 연주되기 때문에 둘 사이의 조성적 대립은 해소되고 결과적으로는 곡의 통일성에 이르게 된다.

> 아내는 학교에 가고, 아이도 학교에 가고
> 나 혼자 거실에 게으른 한 마리 소로 앉아서
> 시간 詛嚼하고 있으면
> 오전 10시에서 11시 사이
> 우리 집 앞 영서 중학교 교실에서 굴렁쇠 되어
> 마음의 마당 안으로 연이어 달려오는 그대의 숨결
> 그 장단에 맞춰 부르는 합창소리
> 마음의 풀밭 촉촉이 젖는다
> 노랫소리는, 저 구슬픈 피아노 소나타는
> 나를 끌고 먼 세월의 언덕 숨차게 달려간다
> 괜시리 목까지 울음이 차올라서
> 나는 장날 사온 강아지마냥 마음이 부산하기만 하다
> 아, 저곳으로 달려가
> 나도 까까머리로 앉아 목청껏 노래부르고 싶다
> <불빛 속 빗줄기 세며> 간다고
> 운동장이 고요하도록 어깨 들썩이며
> 눈물 글썽이며
> 부르고 싶다 피아노 소나타

> 바닥 드러낸 지 오래인 내 마음의 우물
> 비애로 가득 채워 출렁이게 하는,
> 기어히는 볼우물에 눈물방울 듣게 하는
> 영원한 나의 첫사랑, 비애의 여왕이여
>
> — 이재무, 「피아노 소나타」

서정시가 현재시제를 사용하는 것은 사건을 서술하는 서사시와는 달리 시인의 내면세계를 표현하는 서정시의 본질적 특성에서 기인한다. 그 내면세계란 감정·정서·사상 등으로 서사시가 갖추어야 하는 이야기의 줄거리와는 분명히 구별된다. 그래서 순간적인 내면세계를 표현하는 데에 현재시제를 사용하는 것은 지극히 자연스럽다. 물론 서정시에도 미래나 과거의 시간이 개입될 수 있는 여지가 전혀 없는 것은 아니다. 그러나 그 '미래나 과거의 시간'은 궁극적으로는 현재의 시간 속에 용해되고 만다.

앞서 살펴보았던 「남몰래 흐르는 눈물 20」은 과거시제로 씌어진 시였다. 그런데 이 시는 그와 정반대로 현재시제로 씌어진 시이다. '마음의 풀밭 촉촉이 짖는다,' '나를 끌고 먼 세월의 언덕 숨차게 달려간다' 등은 그 점을 보여주는 예들이다. 시간의 흐름으로 보면, 이 시에서 실존하는 것은 오직 현재뿐이다. 그러나 엄밀히 말해서 현재는 실존하지 않는다. 현재의 순간은 곧 소멸되어 과거가 되기 때문이다. 소멸되지 않는 현재는 있을 수 없다. 현재는 존재하지 않는 한에서 존재한다는 역설은 그래서 성립한다. 중요한 것은 현재를 과거, 미래와 구분하지 않고 과거, 미래와 동시에 전개되는 의식의 행위로 이해하는 일이다.

이 시의 모티프가 된 것은 '우리 집 앞 영서중학교 교실에서 굴렁쇠 되어/마음의 마당 안으로 연이어 달려오는 그대의 숨결/그 장단에 맞춰 부르는 합창 소리'이다. 그런데 그것은 화자의 욕망과 밀접하게 관련된다. 이 시에서, 그 욕망은 '아, 저곳으로 달려가/나도 까까머리로 앉아 목청껏 노래 부르고 싶다' 또는 '<불빛 속 빗줄기 세며> 간다고/운동장이 고요하도록 어깨 들썩이며/눈물 글썽이며/부르고 싶다'로 나타난다. 그러나 시인이 이 시에서 정작 드러내고 싶어 하는 것은 그 욕망이 아니라 과거를 기억하는 현재의 자기 자신이다. 이 경우, '현재의 자기 자신'이란 '바닥 드러낸 지 오래인 내 마음의 우물'이며, '노랫소리,' '저 구슬픈 피아노 소나타' 등은 그러한 과정에 이르는 데에 작용하는 한 요소이다.

이 시가 수용하고 있는 구체적인 노래는 이은상 작시 현제명 작곡의 「그 집 앞」[19]인데, 이 시의 한 행인 '<불빛 속 빗줄기 세며>'가 바로 그 점을 알 수 있게 해 주는 단서이다. 그러나 이 시의 모티프가 어디까지나 '합창 소리', '저 구슬픈 피아노 소나타'임은 말할 필요도 없다.

---

19) 이 시의 <불빛 속 빗줄기 세며>는 <불빛에 빗줄기를 세며>의 잘못이다. 이은상의 「그 집 앞」의 전문은 다음과 같다.

오가며 그 집앞을 지나노라면
그리워 나도 몰래 발이 머물고

오히려 눈에 띌까 다시 걸어도
되오면 그 자리에 서졌습니다.

오늘도 비 내리는 가을 저녁을
외로이 이 집앞을 지나는 마음

잊으려 옛날 일을 잊어버리려
불빛에 빗줄기를 세며 갑니다.

Ⅳ. 배경 소재로서의 음악 수용

1. 「음악 — 마라의 <죽은 아이를 추모하는 노래>에 부쳐」의 「죽은 아이를 기리는 노래」 수용

『죽은 아이를 기리는 노래(Kindertoten Lieder)』(1901~1904)는 프리드리히 뤼케르트의 시 다섯 편에 작곡한 오케스트라 연가곡집으로 말러의 대표적인 가곡 작품의 하나이다. 말러는 1901년에 네 곡의 뤼케르트 시의 가곡을 작곡하고 제5심포니를 쓰기 시작한다. 그는 또 『죽은 아이를 기리는 노래』의 첫 세 곡을 작곡했는데, 그 당시 그는 물론 결혼 전이었고 아직 알마를 만나기 전이었다. 그가 뤼케르트의 시에 공감을 느낀 것은 뤼케르트의 잃은 두 아이 중 한 아이의 이름인 '에른스트'가 1874년에 죽은, 그의 가장 사랑했던 동생의 이름과 같은 데에서 연유한다. 그는 1904년에 두 곡을 더 작곡하여 이 연가곡집을 마무리한다.[20]

텍스트가 된 이 시들은 뤼케르트가 두 아이를 한꺼번에 잃고 슬픔과 통한 속에서 쓴 작품들이다. 말러는 뤼케르트가 남긴 443편의 시 속에서 다섯 편[21]을 골라 시인의 아픔과 회한에 공감하는 가곡을 작곡한다. 그

---

20) 이경숙, 『말러와 그의 가곡』(삶과 꿈, 2002), p. 146.
21) 다섯 편의 전문은 다음과 같다.

> 이제 태양은 찬연히 떠오르네
> 마치 지난밤 어떤 불행도 없었다는 듯이!
>
> 불행은 내게만 일어났던 일;
> 태양은 모든 인류 위해 비춰주네!
> 그대 품안에 밤을 품지 마오:
> 그대 모든 것 영원한 광명 속으로
> 파묻어야 하오!
> 내 마음속 작은 등불 꺼져버렸소;

세상에 기쁨 주는 광명만이 반갑소이다!

— 제1곡 「이제 태양은 찬연히 떠오르네」

이제 분명히 알겠네, 왜 그리도 어둡게 타고 있었는가를
그리 자주 내게로 왔던가를
오 눈이여! 마치 그 눈길에
네 모든 힘을 담고 있었던 것을.

그러나 그때 난 의심치 않았네.
내 눈에 안개가 끼어 있어
운명의 거짓실로 가리어져.
그 밝은 빛 이미 먼 길 떠날 차비 차려
모든 빛의 발원지인 하늘나라로
돌아가려는 것을.

너의 빛나는 눈동자로 내게 말하려 했지
"우리 아버지 곁에 있고 싶어요.
그러나 그건 이룰 수 없는 운명이에요.
아 보세요. 우리, 곧 멀리 떠나요!
지금은 눈빛이기만 하지만
밤마다 아버지에게 별이 되어 올 것입니다."

— 제2곡 「이제야 말겠네, 왜 그리도 어둡게 타고 있었는가를」

네 엄마가
문으로 들어설 때,
난 머리 돌려
그쪽 바라본다.
그건 네 엄마의 얼굴이 아니고
내 눈길이 가는 곳은
마루에 가까운 곳
거기 너의 사랑스런 얼굴이
언제나 있었던 곳
기쁨에 차 환한 모습으로
넌 엄마와 같이 들어왔었지
지난날에는, 내 사랑하는 딸아!

네 엄마가

문으로 들어설 때면
아련한 등불 빛 속을
언제나 그랬듯이
너도 같이 들어왔었지
엄마 뒤로 아장아장 걸음으로
오! 너, 아버지의 분신이여
아! 기쁨의 빛이
너무나 빨리 꺼져버렸네!

— 제3곡 「네 엄마가 들어설 때」

얼마나 자주 난 애들이 잠깐
산책 나갔다고 생각하는지!
애들은 그저 늦지 않을 것이고 곧 돌아올 것이라고
날씨도 좋고, 걱정할 것 없다고!
애들은 먼 길로 돌아오고 있을 거라고.
오, 그래요, 애들은 산책 나갔을 뿐이에요.
그리고 이제 돌아올 때가 됐죠.
오 걱정은 말아요, 날씨는 좋구요!
애들은 다만 언덕길을 돌아오고 있을 뿐이에요!

애들은 다만 우리보다 앞서 떠났을 뿐이에요.
그리고 집엔 돌아오지 않지요!
우리도 바로 애들 뒤따라 언덕 위로 갈 것입니다.
햇빛 속으로! 날씨도 좋아요.
저 높은 언덕 위로!

— 제4곡 「얼마나 자주 나는 아이들이 잠깐 산책 나갔다고 생각하는지」

이 같은 스산한 날씨에, 몰아치는 폭풍우
속에는, 나는 절대로 애들을 밖에 나가게 하지 않아요!
그러나 그 애들이 집밖으로 나갔을 때
나는 아무 말도 하지 못했어요.

이 스산한 날씨에, 이 울부짖는 강풍 속에는,
나는 절대로 애들을 밖에 나가게 하지 않아요!
난 그 애들이 병에 걸릴까 걱정했는데;
이제는 모두 덧없는 걱정이지요.

이 스산한 날씨에, 이 무서운 돌풍 속에는

는 여기서 죽음이 상징하는 암흑을 구원을 상징하는 빛에 대비시킨다. 따라서 그는 태양·촛불·별 등 빛을 표현하는 시구가 들어 있는 시만을 선택하고 있다. 그는 이 연가곡을 완성한 3년 후 그의 사랑하는 딸 마리아를 잃는다.[22]

주제가 얘기해 주듯, 연가곡집 전곡에 우울한 기분이 감돌기는 하지만 감상적이거나 병적인 후회에 차 있다고 할 정도는 아니다. 말러가 선정한 다섯 편의 시에는 상징주의가 깃들어 있다. 첫 곡이 「이제 태양은 찬연히 떠오르네」인 점, 제2곡에 모든 빛의 원천에 밝음이 다시 돌아온다는 대목이 있는 점 등이 그 증거이다. 또 제4곡의 '햇빛이 언덕을 비칠 때', 그리고 끝 곡의 '신의 손이 어린이를 폭풍우에서 보호한다는 대목도 그러하다. 그는 대상을 측은하게 여기고 인정이 깊으며 긍정적으로 접근하는, 그리고 부드럽고 완벽한 통찰력으로 작품을 만들었다.[23]

나는 절대로 애들을 밖에 나가게 하지 않아요.
나는 애들이 내일 죽을까 걱정 안 해요.
이제는 걱정할 일이 아니지요.

이 스산한 날씨에, 이 무서운 폭풍우 속에는
난 절대로 애들을 밖으로 내보내지 않아요.
그러나 그 애들은 집을 떠났고
난 아무 말도 하지 못 했어요.

이 스산한 날씨에, 이 울부짖는 강풍 속에,
이 맹렬한 폭풍우 속에서
그 애들은 잠들고 있을 거예요, 마치 엄마의 집에서처럼.
폭풍우도 그 애들을 겁주진 못하고
하나님 손이 그들 보호하시니
그들은 잠들고 있을 거예요, 마치 엄마의 집에서처럼!

　　　　　　　　－ 제5곡 「이 같은 날씨에, 몰아치는 폭풍우 속에는」 전문
(위의 책, pp. 152~61.)

22) 위의 책, p. 146

제1곡은 이 연가곡집에 수록된 작품들 중 가장 훌륭한 곡이다. 제2곡은 「대지의 노래」의 서정적인 선율 선을 보여준다. 제3곡의 코르앙클레와 핏치카토는 바흐를 암시하고 마지막 두 노래는 완전한 대조를 이룬다. 제4곡은 시각적이고 제5곡은 극적인 폭풍우로 표현되었다가 위안을 주는 자장가로 끝난다. 이때 울리는 호른의 독주는 어린이의 눈으로 보는 다른 천국의 모습을 보여주는데 그것은 장조가 단조에서와 같은 통절함을 전달하는 놀라운 효과를 발휘한다. 이 음악의 위대함은 완곡하게 흐르는 가곡의 선율과 오케스트라가 대위법적으로 음조의 변화와 억양을 주고 있는 점이다.

조성은 『방랑하는 젊은이의 노래』와 같이 진보적인 것은 아니지만 좁은 간격 안에서의 대조를 보여준다. 오케스트레이션에서 특기할 만한 것으로는, 제1곡에서 섬세하게 사용한 글뢰켄슈필(glöckenspiel)과 장송곡에서 제4심포니의 썰매 종소리를 상기시킨다는 점을 들 수 있다. 말러는 이것을 폭풍우가 끝나는 데에서 중단한 후, 조용하고 평화로운 D장조의 끝 절 가사가 오기까지는 다시 사용하지 않는다. 『방랑하는 젊은이의 노래』의 각 곡 사이에 주제적 연관은 없다. 그러나 구조적인 통일을 느낄 수 있고 연가곡의 분위기와 감흥은 잘 드러난다.

또 이 연가곡집에서도 그동안 말러의 가곡에서 보아온 민요석인 요소는 사라지고 진정한 서정가곡 스타일이 확립되면서 오케스트라 반주부에서는 교향적 대위법이 나타난다. 오케스트라는 관악기가 빠진 편성으로 호른 2개, 목관악기 2개씩(끝 노래는 4개의 호른과 3관의 목관악기) 하프, 첼레스타, 팀파니, 글뢰켄슈필, 탐탐과 현합주로 새롭고 세련되게

---

23) 위의 책, p. 147. 「죽은 아이를 기리는 노래」에 대한 이하의 논의도 위의 책, pp. 147~149에 의거.

작곡되어 있어 『대지의 노래』의 탄생을 예견하게 하기에 충분하다. 또 강한 상실감과 슬픔에 잠겼던 마음이 따뜻하고 다정한 위안과 구원을 발견한다는 후기 낭만주의의 정수를 추출한 그의 스타일이 이 곡집에 농축되어 있다.

첫 곡에서 제4곡까지는 햇빛이 찬란한 아침도 위안을 주지 못하고 두 아이의 샛별 같은 눈동자의 추억이 주는 고통과, 습관적인 일상생활에서 겪었던 아이들에 대한, 강렬한 아픔의 기억을 드러낸다. 첫 곡에서 제4곡까지는 또한 아이들이 자신도 모르게 다른 나라로 가버렸는데 훗날 부모도 그곳으로 가서 그들을 다시 만나리라는 소망을 그린다. 끝 노래에서는 장례식날에 불어 닥친 강한 폭풍우를 묘사하여 아버지의 강한 슬픔과 애통함을 표현하고, 또 폭풍우 속에서도 아이들이 찾는 평화로운 안식을 그린다. 그런데 그것은 제4심포니에서의 천국이 아니라 영원한 안식과 잠을 잘 수 있는 곳, 바로 엄마가 있는 집이라고 노래한다. 이를 통해 우리는 제6심포니의 염세주의가 이 가곡을 쓰기 전에 끼어들었음을 알 수 있다.

『죽은 아이를 기리는 노래』의 오케스트라 부분에서, 각 악기는 독립적이고 충실한 악상을 가지고 교향곡적 표현력을 갖는 대위법 기법으로 작용하여 음악의 내용을 깊게 하면서 동시에 그 윤곽을 선명하게 한다. 그 미묘하게 간결하면서도 깊은 표현을 돕는 오케스트레이션을 두고 도날드 미첼은 20세기 실내악이 이 가곡집에서 연유된 것이 아닌가라고까지 말한 바 있다. 문학에 대해 해박한 지식을 갖고 있던 말러는 이 가곡집에서 독일어의 뜻과 억양이 선율의 흐름으로 제약받는 일이 없도록 자연스럽게 결합시켜 음악적 표현을 더 강하게 만든다.

日月은 가느니라
아비는 石工노릇을 하느니라
낮이면 大地에 피어난
만발한 구름뭉게도 우리로다
가깝고도 머언
검푸른
산줄기도 사철도 우리로다
만물이 소생하는 철도 우리로다
이 하루를 보내는 아비의 술잔도 늬 엄마가 다루는 그릇 소리도 우
리로다
밤이면 大海를 가는 물거품도
흘러가는 化石도 우리로다

불현듯 돌 쫓는 소리가 나느니라 아비의 귓전을 스치는 찬바람이 솟
아나느니라
늬 棺 속에 넣었던 악기로다
넣어 주었던 늬 피리로다
잔잔한 온 누리
늬 어린 모습이로다 아비가 애통하는 늬 신비로다 아비로다

늬 소릴 찾으려 하면 검은 구름이 뇌성이 비 바람이 얼었느니라 아
비가 가졌던 기인 칼로. 하늘을 수없이 쳐서 갈랐느니라
그것들도 나중엔 기진해 지느니라
아비의 노망기가 가시어 지느니라
돌 쪼는 소리가
간혹 나느니라
맑은 아침이로다

맑은 아침은 내려앉고
늬가 노닐던 뜰 위에

어린 草木들 사이에
神器와 같이 반짝이는
늬 피리 위에
나비가
나래를 폈느니라
하늘 나라에선
자라나면 죄 짓는다고
자라나기 전에 데려간다 하느니라
죄많은 아비는 따 우에
남아야 하느니라
방울 달린 은피리 둘을
만들었느니라
정성 드렸느니라
하나는
늬 棺 속에
하나는 간직하였느니라
아비가 살아가는 동안
만지작거리느니라

　　　－ 김종삼, 「음악 音樂－마라의 <죽은 아이를 追慕하는 노래>에 부쳐서」

　이 시가 수용하고 있는 배경 소재는 물론 말러의 연가곡 「죽은 아이를
기리는 노래」이다. 이 노래의 바탕이 된 뤼케르트의 시에서, '아이'는
'너', '애', '내 사랑하는 딸' 등으로 각각 다르게 표현된다. 그것은 화자
의 청자가 바뀜에 따라 나타나는 결과이다. 더 구체적으로 말하면, '너'
는 화자의 청자가 '죽은 아이'인 경우에, '애'는 화자의 청자가 남편인 경
우에, '딸'은 화자의 청자가 '죽은 아이'인 경우에, 각각 사용된 2인칭 대
명사 또는 명사들이다.

2인칭 대명사는 김종삼 시에서도 마찬가지로 사용된다. 그러나 그의 시에서의 ‘늬’는, 뤼케르트 시에서 “너의 빛나는 눈동자”, “너의 사랑하는 얼굴” 등이 거느리는 밝은 이미지와는 달리, ‘늬 棺’, ‘늬가 노닐던 뜰’이 보여주는 것처럼 어둡고 과거지향적인 이미지와 결부되어 있다.

뤼케르트의 시와 김종삼 시에서의 ‘슬픈 기억’은 공히 여러 사물을 환기한다. 그러나 구체적인 사물은 구체적으로 서로 다르다. 뤼케르트의 시에서는 그것이 “내 마음속 작은 등불”, “너의 빛나는 눈동자,” “네 엄마의 얼굴,” “저 높은 언덕 위,” “몰아치는 폭풍” 등으로 나타나는 데에 비해, 김종삼의 시에서는 ‘만발한 구름 뭉게,’ ‘산줄기,’ ‘사철,’ ‘아비의 술잔,’ ‘엄마가 다루는 그릇,’ ‘흘러가는 化石,’ ‘늬 棺 속에 넣었던 악기,’ ‘늬가 노닐던 뜰 위’ 등으로 각각 나타난다.

여기서의 종교적 생사관은 기독교적 생사관을 의미하는데, 그것은 뤼케르트의 시와 김종삼의 시에서 정확하게 일치한다. 이 점은, 뤼케르트 시에서는 “모든 빛의 발원지인 하늘나라로/돌아가려는 것을”, “하나님 손이 그들 보호하시니” 등을 통해, 김종삼 시에서는 ‘하늘 나라에선 자라나면 죄짓는다고/자라나기 전에 데려간다 하느니라’를 통해서 확인할 수 있다.

2. 「겨울 나그네」의 「거울 나그네」 수용

시인 뮐러는 문학사적으로 대략 후기 낭만주의, 즉 아이헨도르프, 울란트, 케르너, 뤼케르트 세대와 거의 15년 후에 태어나 그 세계 속에서 활동하는 하이네의 세대 사이에 속한다.[24] 뮐러는 수많은 주연의 노래

(Wein-und Trinklieder)를 지었으며, 분명 그것은 부분적으로 다감한 시들이다. 그러나 뮐러의 작품 속에서 "그 감정 자체는 언제나 체험된 감정들이라기보다 차라리 가정된 것들이다. 시인으로서 뮐러는 대기가 없는 어떤 공간에 서 있는 것 같다."25) 뮐러의 시적 재능은 그 가정된 감정들 속에 뛰어들어 詩作하는 그의 역할연기(Rollenspiel)에 있다고 연구가들은 보고 있다. 연작시 『겨울 나그네』 역시 역할시(Rollengedichte)로서, "그 역할은 마치 누군가 그것을 진짜로 하고 있는 것처럼, 아주 고유한 생명으로 채워져 있지만, 동시에 누가 이 역할을 하고 있는지 상상할 수 없으며, 빌헬름 뮐러라고 상상하기는 무엇보다 어려운 일이다."26) 『겨울 나그네』 속에는 뮐러의 이전 작품들의 모티프들 중 한 가지, 중심 모티프인 방랑(das Wandern)만 남는다. 그러나 여기서는 방랑의 성격이 반대로 바뀌어, "순전한 내몰림(ein reines Getrirbensein)"을 의미하고, "[…] 방랑자의 휴식 없음, 늙음과 죽음에 대한 동경이 그 원인이다."27)

슈베르트는 뮐러의 『겨울 나그네』를 바탕으로 가곡집을 씀으로써 그 어느 작품보다 커다란 만족을 얻었다고 고백한 바 있다. 『아름다운 물방앗간집 딸』과 비교할 때에, 이 작품은 그것의 전체적인 특징을 생생하게 드러낸다. 전체적인 인상으로 보면 먼저 나온 가곡집 『아름다운 물방앗간집 딸』은 격정을 그리고 있다. 그에 비해 『겨울 나그네』에는 군데군데

---

24) Vgl. R. Vollmann: *Wihelm Müller und die Romantik*, in: A. Feil: Franz Schubert, Stuttgart 1975, S. 173~184, daraus S. 179, 엄선애, 「시에는 울림을, 음악에는 말함을…」, 『독일언어문학』 제15집(독일언어문학연구회, 2001): 388에서 재인용.

25) Ebd, S. 180, 엄선애, 위의 논문, 위의 책: 388에서 재인용.

26) Ebd, S. 182, 엄선애, 위의 논문, 위의 책: 387~88에서 재인용.

27) Ebd, S. 182, 엄선애, 위의 논문, 위의 책: 388에서 재인용.

엄청난 따사로움이 있기는 하지만 우리를 압박하는 완전한 절망감이 존재한다. 『아름다운 물방앗간 집 딸』에는 어느 쪽인가 하면 설화적인 재미가 있고, 행복에서 비탄으로 이동하는 연속적인 변화가 있다.[28]

『겨울 나그네』에서 시인은 이미 연인에게 버림받은 사람이며, 우리는 그가 괴롭고도 슬픈 나그넷길을 떠나는 광경을 보게 된다. 제1곡「편히 쉬오(Gute Nacht)」의 침울한 기분은 반복되는 화음에 의해 그려지는데, 그것은 C장조의 대교향곡 D944와 피아노 3중주곡 Eb 장조 D929의 느린 악장 개시부의 반복화음과 흡사하다. 이 곡은 가곡집 중에서 몇 편 안 되는 유절가곡의 하나로, 각 절 사이에는 미묘한 차이가 있다. 최종 절의 첫 머리에서는 멜로디가 깊은 향수를 자아내는 효과를 낳고 있으며, 먼저 장조로 나타내지만 결국 어쩔 수 없이 단조로 바뀐다.「편히 쉬오」라는 말을 남기고 그 젊은이는 방랑의 나그넷길에 오르는 것이다.

제2곡「풍향기(風向旗, Die Wetterfahne)」의 전체적인 분위기는 통렬한 아이러니로 가득 차 있다. A단조가 씌어지고 서두에 나타나 장식 없는 옥타브의 움직임은 같은 조로 씌어진 다른 작품들을 연상시키는데, 여기서는 얼핏얼핏 보이는 장조가 빈정거리듯 거칠게 들려온다.「얼어붙은 눈물(Gefrone Trane)」에서 기분은 어느덧 조금 가라앉고, 피아노 파트에는 기묘하고도 귀를 떠나지 않는 메아리 효과가 울려온다.「곱은 손(Erstarrung)」은 폭이 넓은 정열적인 곡으로, 중간부에는 과거의 행복을 감동적으로 회상하는 대목이 있다. 그에 뒤이은 「보리수(Der Lindenbaum)」 중간부의 폭풍우가 지난 뒤 다가오는 이 멜로디는 하나의 독립된 가곡으로서의 역할을 수행한다.

---

28) 중앙일보사, 앞의 책, pp. 167~68. 이하의 슈베르트에 대한 논의도 같은 책, pp. 168~70에 의거

다음 2개의 가곡은 시내와 연관이 있으며, 그 분위기는 『아름다운 물 방앗간집 딸』의 친절한 시내와는 멀리 떨어져 있다. 「넘쳐흐르는 눈물 (Wasserflut)」의 본뜻은 「눈이 녹아 불어난 냇물」을 가리킨다. 이 짧고 음울한 가곡은 넓은 음정에 걸쳐 멜로디를 엮어가는데, 나그네는 여기 서 자신의 눈물이 냇물이 되어 흘러내리는 것을 본다. 「냇가에서(Auf dem Flusse)」에 이르면 냇물은 얼어붙고, 음악도 그에 어울리게 황량하 다. 가곡은 겨우 4페이지의 길이인데도 원격조로 이례적으로 조 바꿈을 하고, 특히 결말에 가까워지면 광대하며, 끝도 없을 듯한 풍경을 암시한 다. 다음에 나오는 「회상(Ruckblick)」은 그토록 간절하게 심금을 울리지 는 않을지라도 그 외향적 특징은 음울한 앞뒤의 가곡에 끼여 있어 특히 효과를 발휘한다.

「도깨비불(Das Irrlicht)」은 넓은 음정에 펼쳐진 독창의 악구와 음악이 때때로 억지스럽게 으뜸조에 되돌려지는 듯한 수법이 어느 정도 「넘 쳐흐르는 눈물」과 비슷하다. 그러나 구조적으로 소리가 한층 절약되어 있고, 악구는 도깨비불의 환각을 암시한다. 「휴식(Rast)」에서 나그네는 숯굽는 사람에게서 쉴 자리를 얻었다는 이야기를 들려준다. 여기서도 독창의 악구가 여전히 넓은 음정에 걸쳐 있고, 슈베르트의 가장 익숙한 가정적인 기질과 큰 거리가 있다. 그 악구는 매우 단순한 배경을 깔고 불 려지고 있고, 육체적인 피로에서 회복됨을 암시하지만, 불행에서 회복 되지는 못한다.

「봄꿈(Fuhlingstraum)」은 행복한 꿈을 깨고 난 뒤의 환멸이라는 흔한 주제를 다룬다. 행복과 환멸의 기분은 모두 박진감 있게 묘사된다. 첫머 리의 우아한 멜로디는 언뜻 비현실적인 기미를 지니고 있고, 새벽 닭 우 는 소리를 묘사한 부분에는 놀랄 만큼 비통한 기운이 감돌며 온음계를 암시한다. 「넘쳐흐르는 눈물」, 「휴식」들처럼 유절가곡으로, 각 절 마지막은 거대한 비애를 풍기는 악구로 되어 있고, 잔잔한 A장조는 어두운 A단조로 잠겨든다. 연작가곡의 제1부는 「고독(Einsamkeit)」으로 끝을 맺는다. 거기서 나그네는 밝은 세상에 원한을 품고, 폭풍우를 기다린다.

제2부는 「우편마차(Die Post)」로 시작된다. 나그네는 자신이 실망하고 있는 줄 알면서도 우편배달이 가까워지는 소리를 들으려 귀를 곤두세운다. 여기서 단 한 번 시는 격정을 불러일으키고, 그것이 커다란 매력과 공감을 그 음악에 투영한다. 한 순간 우리들은『아름다운 물방앗간집 딸』의 세계로 되돌아간 듯한 느낌을 맛본다. 「흰 머리카락(Der greise Kopf)」에서, 나그네는 자기 머리에 내린 서리를 보고 갑자기 노인이 되어 백발이 성성한 자신의 모습을 공상한다. 넓은 음정에 걸쳐있는 악구가 처음에는 피아노로 연주되고, 드디어 사람의 목소리가 도달할 수 있는 음역에 맞춰 수정된 형식으로 되풀이된다. 끝머리 조금 앞두고 C장조가 얼핏 얼굴을 내밀어 깊은 감동을 일으킨다. 「까마귀(Die Krahe)」는 보다 음울하고 괴이한 힘을 지닌 가곡이다. 이따금 피아니스트의 오른손으로 연주되며 우리 마음을 떠나지 않는 멜로디, 그리고 그 위에 날개를 퍼덕이는 듯한 음형이 기묘하고도 불길한 분위기를 지어내고, 마지막 몇 마디가 그려내는 음울한 어둠 속으로 내려간다. 「마지막 희망(Letze Hoffnung)」에서는 떨어지는 나뭇잎의 사실적 암시가 「내 희망의 무덤 위에 엎디어 올 때(Wein' auf meiner Hoffnung Grab)」의 깊은 비애를 이끌어내고, 그 앞에 일어났던 모든 일로 인해서 자못 따뜻한 감동마저 불러일으킨다. 「마을에서(Im Dorfe)」는 일종의 야상곡이며, 개 짖는 소리와 종소리를 암시하는 대목도 있다. 중간부의 아름다우면서도 감질

나게 짧은 서정적 악구는 G장조 피아노 소나타 D894를 연상시킨다. 그
리고 마지막 부분은 그 장중함과 원격조에의 일시적인 조바꿈으로 슈베
르트다운 특징을 보여준다.

다음에 나오는 2편의 가곡은 극도로 응축되어 있다. 「폭풍의 아침
(Der sturmische Morgen)」에서 나그네는 자신의 절망을 반영하듯 폭풍
을 환영한다. 서두를 뒤흔드는 무자비한 격렬성은 헨델을 떠올린다. 「환
영(幻影, Tauschung)」은 번쩍번쩍 춤을 추는 빛을 그리고 있으나, 그것
은 환상에 지나지 않는다. 그 음악은 「봄꿈」의 첫머리와 닮은 꿈의 매력
을 지니고 있다. 「이정표(Der Wegweiser)」에서 나그네는 자기의 무덤을
가리키는 듯한 이정표를 보게 된다. 이것은 연작가곡 중에서 으뜸가는
작품의 하나로 손꼽힌다. 서두의 서글픈 기분은 「편히 쉬오」를 생각나
게 하며, 전체적인 형태는 「냇가에서」에 좀더 가까워, 그 둘이 다같이 장
조의 중간부를 두고 끝머리에 가서는 신비로우면서도 아득한 조성영역
을 탐색한다. 「이정표」의 첫머리에서 되풀이되는 음표는 가곡의 마지막
에 가까워지면서 한층 더 불길한 운명을 울려온다.

나머지 4편의 가곡은 어느 것이나 규모가 작다. 「여인숙(Das Wirstshaus)」
에서 나그네는 묘지를 여인숙으로 보았지만 묘지는 그를 맞아 줄 리가 없다.
음악은 놀라우리만큼 차분하고, 비통과 환멸의 그림자가 어른거린다. 독창
에 들어가기 직전 피아노 파트의 기묘하고 극히 특색있는 소리가 들린다.
뒤를 잇는 가곡 「용기!(Mut!)」는 반항심의 폭발을 그리고 장조의 악구는 몹
시 냉소적으로 들린다. 「환상의 태양(Die Nebensonnen)」에서 나그네는 3개
의 해가 하늘에 나란히 떠 있는 것을 본다. 음악은 조용하면서도 감동적이
지만, 감상으로 흐를 기미는 보이지 않는다. 이 가곡집은 슈베르트의 가곡
중에서도 가장 기이하고 분위기가 살아있는 작품으로 평가된다. 그 마무

리를 짓는 가곡인 「거리의 악사(Der Leiermann)」에서 나그네는 음악을 연주하면서 구걸하는 노인을 만나서 그와 우정을 맺는다. 단조롭게 이어지는 지속저음의 성부 위에서 독창과 피아노의 오른손이 대화를 나눈다. 그리하여 끝머리에 가서야 비로소 독창이 그 최고음을 노래하기 직전에 독창과 피아노의 두 가지 요소가 하나로 어우러진다. 그 차갑고 을씨년스러운 분위기만이 아니라 지극히 원숙한 구성으로 보아서도 이 가곡은 주목할 가치가 있다.

슈베르트의 『겨울 나그네』 25곡 중 이형기의 「겨울 나그네」에서 수용하고 있다고 판단되는 곡은 「잘 자요」와 「마을에서」 두 편29)이다.

---

29) 「잘 자요」와 「마을에서」의 전문은 다음과 같다.

　　　나 방랑자 신세로 왔으니,
　　　방랑자 신세로 다시 떠나네.
　　　오월은 흐드러진 꽃다발로
　　　나를 따뜻하게 맞아주었지.
　　　그 아가씨는 사랑을 속삭였고,
　　　그 어머니는 결혼까지 말했지만 ─
　　　이제 온 세상은 슬픔으로 가득 차고,
　　　나의 길에는 눈만 높이 쌓여 있네.

　　　떠나가는 나의 방랑길에
　　　이별의 때를 정할 수는 없다네:
　　　이 캄캄한 어둠 속에서
　　　내 스스로 길을 찾아야 하네.
　　　나의 길동무는
　　　달 그림자뿐,
　　　하얗게 눈 덮인 벌판에서
　　　나는 짐승의 발자국을 찾네.

　　　무엇 하러 더 오래 머물다가,
　　　사람들에게 떼밀려 갈 텐가?
　　　길 잃은 개들아
　　　집 앞에서 실컷 짖으려무나!

늑대 한 마리 울고 있다
세찬 바람이 지우는 그 소리
뱃가죽이 등에 붙은 야성의 굶주림은
그러나 그대로 노출된다
날카로운 송곳니

사랑은 방랑을 좋아해 —
모두 하느님의 뜻이라네 —
정처없이 떠돌 수밖에 —
귀여운 내 사랑, 잘자요!

그대의 꿈을 방해하고 싶지 않아,
그대의 단잠을 깨뜨리고 싶지 않아,
발걸음 소리 들리지 않도록 —
살며시, 살며시 문을 닫네!
가면서 나는 그대의 방문에다!
<잘 자요>라고 적어놓네,
내가 당신을 생각했음을
보아주기를 바라며.

— 「잘 자요」

(빌헬름 뮐러, 『겨울 나그네』, 김재혁 역 (민음사, 2003), p. 161.)

개들이 짖고, 사슬이 찰칵거린다.
사람들은 침대에서 코를 골고,
자신들이 갖지 못한 것들을 꿈꾸며,
좋은 것이든 나쁜 것이든 실컷 즐긴다:
새벽이 되면 모든 건 사라지리라 —
아, 모두들 제 몫을 잘 즐겼지만,
미처 다 채우지 못한 것을
베개를 베고 다시 찾고 싶어한다.

내 등뒤에서 짖어대라, 깨어 있는 개들아,
남들 자는 시간에 나를 쉬게 하지 마라!
나의 모든 꿈들은 이미 다 끝장났으니 —
나 왜 잠든 사람들 틈에 더 머물겠는가?

— 「마을에서」

(위의 책, p. 150.)

눈이 쌓여 있다 눈이 쌓여
포근하다고 말하는 길들여진 가축들의
잠꼬대는 꺼져라하고 눈이
쌓여서 꽁꽁 얼어붙어 있다

달을 보라 빈 창자와
그 속에 남은 마지막 온기마저
꿰뚫어 없애는 감마선 달빛
만월이 반으로 압축된 반달을

달빛 아래 늑대 한 마리 울고 있다
아니 늑대가 어디 있나
다만 늑대 울음소리같은 야생의 굶주림
그것을 찾아가는 겨울 나그네의 꿈이
차갑게 송곳니를 드러내고 있다
— 이형기, 「겨울 나그네」

　이형기의 「겨울 나그네」가 수용하고 있는, 슈베르트의 『겨울 나그네』
의 배경 소재는 두 가지인데, 슬프고 괴로운 방랑자(나그네)와 상징으로서
의 짐승이 그것이다. 물론 그것이 정확하게 일치하는 것은 아니지만 이형
기의 「겨울 나그네」가 슈베르트의 『겨울 연가곡』을 수용하고 있음을 보
여주고 있음은 확실하다.

　슈베르트의 『겨울 나그네』에 등장하는 방랑자는 슬프고 괴로운 상태
에 처해 있다. 그것은 뮐러의 『겨울 나그네』 25편의 도처에서 확인할 수
있다. 그 방랑자가 슬프고 괴로운 상태에 처해 있음을 말해 주는 표현들
은 "이 불쌍한 도망자"(「풍향계」), "얼어 버린 눈물방울들이/두 뺨에서
굴러 떨어진다"(「얼어버린 눈물」), "언젠가 나의 고통이 잠들면(「얼어버

렸네」), "내 뜨거운 고통을 들이마시네"(「넘쳐 흐르는 눈물」), "나처럼 비참한 처지의 사람은/그러한 화려한 착각에 금방 넘어가지"(「착각」) 등이다.

이형기의 「겨울 나그네」에 등장하는 겨울 나그네도 처해 있는 상태로 말하면 슈베르트의 『겨울 나그네』의 '방랑자'와 크게 다르지 않다. 다만 슈베르트의 『겨울 나그네』에서 그것이 직접적으로 드러내고 있는 데에 비해, 이형기의 「겨울 나그네」에서는 그것이 간접적으로 드러나고 있는 점이 다를 뿐이다. 결국, 겨울 나그네가 처한, 슬프고 괴로운 상태를 드러내고 있는 점은 동일한 것이다.

슈베르트의 『겨울 나그네』에는 상징으로서의 짐승이 여럿 등장한다. 그것은 까마귀(「까마귀」, 「봄을 꿈꾸다」), 개(「잘 자요」, 「마을에서」, 수탉(「봄을 꿈꾸다」) 등으로, 짐승의 역할보다는 상징의 역할에 훨씬 더 충실하다. 예를 들면, "길 잃은 개들아/집 앞에서 실컷 짖으려 무나!"(「잘 자요」)에서의 '개들'이나 "까마귀이야 어디 한번 보여 다오/저승길까지 따라오는 너의 충성심은"(「까마귀」)에서의 '까마귀'는 보통의 '개들'이나 '까마귀'가 아니다. 그것은 삶의 과정이나 운명을 상징하는 의미를 거느리는 짐승들이다.

이형기의 「겨울 나그네」에 등장하는 '늑대'도 그 점에 있어서는 마찬가지이다. 그러나 이형기의 「겨울 나그네」에서의 늑대의 상징은 슈베르트의 「겨울 나그네」에서의 짐승들의 상징과 차이가 있다. 이형기의 「겨울 나그네」에서 그 '늑대'는 단순히 울고 있는 늑대, 뱃가죽이 등에 붙은 정도로 굶주리고 있는 늑대, 날카로운 송곳니를 지닌 늑대만이 아닌, 현실의 부정적인 측면을 상징하는 짐승으로 수용된 것이다. 이런 의미에서, 이형기의 슈베르트 수용은 창조적 수용이다.

Ⅴ. 결론

　지금까지 비교문학적 관점에서, 시의 음악 수용 양상을 '논의의 전제: 문학과 음악의 관련성,' '시의 모티프로서의 음악 수용,' '시의 배경 소재로서의 음악 수용' 등으로 나누어 살펴보았다. 이제, 그것을 결론 삼아 요약하면 다음과 같다.

　시와 음악은 서로 분리되는 예술이 아니라 결합되는 예술이다. 우리는 그것을 19세기의 독일 작곡가들이 서정시를 매우 선호한 사실을 통해 알 수 있다. 시와 음악이 주도권 논쟁의 대상이 된 것도 시와 음악의 불가분리성을 보여 주는 또 다른 증거이다. 작곡가 R. 슈트라우스는 그 문제를 오페라화했다. 이런 점 때문에, 음악사가들 중에는 19세기 가곡의 역사를, 작곡가들의, 시와 음악의 관계에 대한 규정의 역사로 보는 사람도 있다. 소설과 음악의 관련성도 시와 음악의 관련성에 못지않게 깊고 크다. 토마스 만의 소설 기법과 쇤베르크의 '12음 작곡 기법'은 서로 일치한다. 희곡과 음악의 관련성도 마찬가지이다. 브레히트의 서사희곡(서사극)에서의 음악은 관객의 감정 이입을 차단시키고 극의 진행을 중단시키기 위해 사용된다. 브레히트는 서사극에 어울리는 이상적인 음악으로 '제스처 음악'이라는 개념을 고안해 내기도 했다.

　「남몰래 흐르는 눈물 20」의 모티프는 말러의 교향곡 5번에 내포하고 있는, 인간이 직면하게 될 인생의 모든 부면들이라 할 수 있다. 그의 교향곡 5번은 거칠고 비극적이며 엄숙하나. 이 시의 화자가 '말러는 누구입니까'라고 묻고 난 후에 말러를 '죽음을 부활시킨 칠쟁이'로 규정한 것, 그리고 이 시의 마지막 행에 '모지사바하옴'이 배치된 것 등이 모두 교향곡 5번의 주제와 동일한 의미망에 놓이는 것들임은 물론이다.

　「피아노 소나타」의 모티프가 된 것은 '합창 소리'와 '저 구슬픈 피아노 소나타'이다. 그런데 그것은 화자의 욕망과 밀접하게 결부된다. 예를 들면, 그 욕망은 목청껏 노래 부르고 싶은 것, 또는 어깨를 들썩이며 눈물 글썽이며 부르고 싶은 것으로 나타난다. 그러나 시인이 정작 이 시에서 드러내고 싶어 하는 것은 그 욕망이 아니라 과거를 기억하는 현재의 자기 자신이다.

김종삼의 「음악-마라의 <죽은 아이를 추모하는 노래>에 부쳐」가 수용하고 있는 배경 소재는 물론 말러의 연가곡 「죽은 아이를 기리는 노래」이다. 이 노래의 바탕이 된 뤼케르트의 시에서, '아이'는 '너', '애', '내 사랑하는 딸' 등으로 각각 다르게 표현된다. 김종삼의 「음악-마라의 <죽은 아이를 추모하는 노래>에 부쳐」에서도 2인칭 대명사는 사용되지만 이미지는 뤼케르트의 그것과는 다르다. 그러나 슬픈 기억이 여러 사물을 환기하는 것, 기독교적 생사관을 보여 주는 것 등은 두 시인의 시에서 동일하게 나타난다.

이형기의 「겨울 나그네」가 수용하고 있는, 슈베르트의 『겨울 나그네』의 배경 소재는 두 가지인데, 슬프고 괴로운 방랑자(나그네)와 상징으로서의 짐승이 그것이다. 상징으로서의 짐승은 슈베르트의 『겨울 나그네』에 여럿 등장한다. 이형기의 「겨울 나그네」에 등장하는 '늑대'도 상징으로서의 짐승인 점은 같다. 그러나 그 '늑대'는 단순히 울고 있는 늑대, 뱃가죽이 등에 붙은 정도로 굶주리고 있는 늑대, 날카로운 송곳니를 지닌 늑대만이 아닌, 현실의 부정적인 측면을 상징하는 늑대이다. 이런 의미에서 이형기의 슈베르트 수용은 창조적인 수용이다.

■ 참고문헌

고렐, 로레인.『19세기 독일가곡』. 심송학 역. 음악춘추사, 1998.

김문경.『구스타프 말러 II』. 밀물, 2005.

김용환.『서양 음악사 100장면(2)』. 가람기획, 2002.

김정숙.「<구스타프 말러>의 교향곡 제5번: 제4악장 Adagietto」.『음악 논
　　　　단』 제12집(한양대학교 음악연구소, 1998): 34.

김정진.「음악과 문학―음악이 문학에 미치는 역할과 기능」.『서양 음악학』
　　　　제1집(서양 음악학회, 1998): 223~4.

뮐러, 빌헬름.『겨울 나그네』. 민음사, 2003.

엄선애.「시에는 울림을, 음악에는 말함을…」.『독일언어문학』 제15집(독
　　　　일언어문학연구회, 2001): 388~89.

윤호병.『비교문학』. 민음사, 2002.

이경분.「학제간 연구의 예―음악과 문학」.『음악학』(한국 음악학학회,
　　　　2003): 217~8.

이경숙.『말러와 그의 가곡』. 삶과 꿈, 2002.

이신구.「토마스 만의 '파우스트 박사'에 나타난 음악적 요소―헤세의 '유
　　　　리알 유희'와 비교하여」.『헤세연구』 제15집(한국헤세학회, 2006):
　　　　8~9.

장미영.「현대소설의 음악적 구조―토마스 만과 밀란 쿤데라의 서사적 실험」.
　　　　『독일문학』 제88집(한국독어독문학회, 2003): 129~30.

주르뎅, 로베르.『음악은 왜 우리를 사로잡는가』. 채현경·최재천 역. 궁리
　　　　출판, 2005.

중앙일보사.『문학의 유산 4―베토벤과 슈베르트』. 중앙일보사, 1985.

홍명순.「문학과 음악―학제간 공동 연구의 가능성을 중심으로」.『독어교

육』제19집(한국독어독문교육학회, 2000): 404~6.

Weisstein, Ulrich. *Comparative Literature and Literary Theory*. Indiana University Press, 1973.

시의 건축공간 수용

― 현실 수용과 역사 수용을 중심으로

I. 서론

비교문학에서의 수용에 대한 논의는 '시와 미술', '시와 미술', '시와 건축' 등처럼 시와 다른 예술 장르 사이에서도 얼마든지 가능하다. 그런데도 지금까지 그러한 논의가 실제로 이루어진 예는 예상 외로 많지 않다. 그 점은 시와 건축의 경우에서 특히 더 그러하다. 짐작건대, 그것의 이유는, 대부분 논의의 어려움에 있을 터이지만, 그렇다고 해서 그러한 논의의 필요성이 감소되는 것이 아님은 말할 필요도 없다.

시와 건축의 관계는 시가 건축을 수용하는 것으로 구체화되지만, 마지막에 가서는 시가 건축시간·건축장소·건축공간 중의 어느 한 부면을 수용하는 방식으로 귀결된다. 이들 중, 예술 지향적 존재이면서 효용적·물리적 존재인 건축공간은 의미적 공간의 성격을 강하게 지닌다. 이 글에서, 필자가 먼저 주목한 것은 시가 그러한 건축공간을 수용한 경우이다.

"우리는 우리에게 매우 뚜렷한 줄거리를 지닌 시를 증오한다."는 키츠의 말이 공감을 줄 수 있는 범위는 낭만주의 시인들로 한정된다. 키츠가 증오의 대상으로 삼은 '뚜렷한 줄거리를 지닌 시'란 다름 아닌 이야기를 지닌 시를 의미한다. 그런데 이러한 시도, 다른 경향의 시와 마찬가지로, 시대와 사조를 초월하여 많은 사람에게 공감을 주고 있음은 이미 잘 알고 있는 바와 같다.

시간과 결부시켜 말할 때, 시가 지니고 있는 이야기는 역사·현실·미래 중 전부 또는 일부의 이야기라고 할 수 있다. 이러한 의미에서, 한 편의 시가 건축공간을 수용한 것도 곧 건축공간의 역사·현실·미래의 전부 또는 일부의 이야기를 수용한 것과 다름이 없다. 이 글에서, 필자가 다음으로 주목한 것은 시가 건축공간의 현실과 역사를 수용한 경우이다.

이 글의 의도는, 네 편의 한국 현대시가 건축공간의 현실과 역사를 어떻게 수용하고 있는가를 비교문학적인 관점에서 살펴보는 데에 있다.

II. 건축공간의 성격

회화가 면의 예술이고 조각이 물체의 예술이라면, 건축은 공간예술이다. 물론 공간은 회화와 조각에도 있지만, 건축공간은 현실공간인 동시에 예술공간이라는 점에서 회화공간·조각공간과는 구별된다.[1] 이러한 건축공간에는 이중성과 가역적인 관계가 함께 존재한다.

회화에서의 주체와 객체의 관계는 기본적으로 고정되어 있다. 주체는 늘 제작자이면서 감상자라는 이중성을 지닌다.[2] 원래, 이 두 주체는 별

---

1) 아게마츠 유우지, 『건축공간의 미학』, 이두열 역(현대건축사, 2000), p. 14.
2) 이용재·강순덕, 「조형예술에 대한 건축의 공간 개념에 관한 연구」, 『기초조형학

개의 존재이다. 그런데 이 두 주체는 나중에 하나의 존재가 되면서, 고정되어 있는 객체, 즉 회화에 대한 정면성[3]을 확보한다. 주체의 이중성을 지니는 조각에서도, 주체와 객체의 관계는 고정되어 있다. 회화의 주체와는 달리, 조각의 주체는 객체의 정면이 아닌 객체의 주위를 자유롭게 회전하면서 제작, 감상한다. 조각의 주체와 객체의 관계는 반전이 가능한 관계가 아니지만, 건축의 주체와 객체의 관계는 충분히 반전이 가능한 관계이다. 그것은 주체와 객체 사이에 가역적인 관계가 존재하는 데에서 기인한다.

시간의 흐름을 건축공간 내에서 지각할 수 있다는 것은 매우 중요한 명제이다.[4] 이 명제를 적용하면, 주체는 건축의 외부에서 건축을 하나의 객체로 파악하는 것이, 또한 건축의 내부에서 외부를 다른 객체로 파악하는 것이 각각 가능하다. 이렇게 주체와 객체의 반전이 가능한 가역적 관계는, 사람들로 하여금 건축공간의 인식 근거를 예술성에 두게 함으로써 공간의 미학적 체험을 제공하는 결과를 낳는다.

건축은 인식론적으로는 주관의 보편성을 추구하는 예술이고, 건축론적으로는 '구축물의 보편성'을 추구하는 예술이다.[5] 건축공간을 중심으로 보면, '구축물의 보편성'은 주체와 객체의 가역적인 관계의 산물임을 알 수 있다.

실제의 건축공간에서와는 다르게, 시에 나타나는 건축공간에 대해서는 다음과 같은 두 가지 점이 강조된다. 그것의 하나는 시에 나타나는 건축공간은 실제 그대로의 공간이 아니라 이미지로 드러나는 건축 공간이

연구』 1, no. 2(한국 기초조형학회, 2000): 61~62. 이하의 논의도 이 부분에 의거.

3) 이 경우의 정면성은 정면으로 마주 대한다는 의미이다.

4) 이용재·강순덕, 앞의 논문, 앞의 책: 61. 이하의 논의도 이와 같음.

5) 이용재·강순덕, 앞의 논문, 앞의 책: 61. 이하의 논의도 이와 같음.

라는 점이고, 다른 하나는 시에 나타나는 건축공간은 매우 주관적인 건축공간이라는 점이다. 물론 그 '이미지'는 정신적 이미지, 비유적 이미지. 상징적 이미지 등 모든 이미지를 포괄하고, 그 '주관적인 건축공간'은 시인의 역사의식이나 심리상태의 영향을 받는다.

III. 건축공간의 현실 수용

건축에서 가장 본질적이고 근원적인 성찰은 건축의 현실성과 미적 형식성 사이에 성립하는 관계를 대상으로 할 때에 이루어진다.[6] 건축미학에서, 기능 표현과 미적 형식의 문제는 건축의 미적 현실성에 관한 문제로 귀착된다. 건축의 미적 현실성은 건축이 현실의 공간에 존재한다는 특성에서 연유한 것인데도, 역설적으로 건축이 현실성에서 분리되지 않으면 안 되는 측면에 존재한다.

건축공간은 예술적 공간인 동시에 현실적 공간이다. 건축공간이 이렇게 이중구조로 존재한다는 점은 건축미학의 주요한 테마이다.[7] '예술적으로 형성된 현실이라는 건축'에 대한 본질 규정은, 바로 이러한 이중구조를 가진 건축공간이 일반적인 의미의 공간예술과는 다른, 건축 고유의 본질적 존재성을 지니고 있음을 증명하는 것이기도 하다.

여기에서는, 시의 건축공간이 현실을 어떻게 수용하고 있는가 하는 쪽으로 초점을 맞추어 논의하기로 한다.

---

6) 이창우·이영 편 역, 『건축의 흐름』(현대건축사, 1998), p. 21
7) 이용재·강순덕, 앞의 논문, 앞의 책: 61. 이하의 논의도 이와 같음.

①

山턱 원두막은 뷔었나 불빛이 외롭다
헌깁심지에 아즈까리기름의 쪼는 소리가 들리는 듯하다

②

잠자리 조을든 문허진 城터
반딧불이 난다 파란魂들 같다
어데서 말 있는 듯이 크다란 山새 한마리 어두운 곬작이로 난다

③

헐리다 남은 城門이
한울빛같이 훤하다
날이 밝으면 또 메기수염의 늙은이가 청배를 팔러 올 것이다

— 백석, 「定州城」 전문

　정주성은 1811(순조11)년에 발생한 홍경래의 난 때 성내의 서장대에서 홍경래가 난군을 직접 지휘하던 곳으로 유명하다. 정주성으로 퇴각한 농민군은 고립된 채 수적인 면에서나 군비에 있어서 몇 배나 우세한 토벌대에 맞서 거의 4개월간 공방전을 펼친다. 주로 박천·가산 일대의 소농민으로 구성된 정주성의 농민군은 관군에 강인하게 저항한다. 결국, 농민군은 관군의 화약 매설로 말미암아 정주성이 폭파되자 진압되고 생포자 가운데 남정 1917명과 홍경래 등 주모자는 모두 처형된다.

　①은 현재 원두막에는 과수원을 지키는 사람이 없음을 보여 준다. 불빛이 외롭게 보이는 것은 과수원을 지키는 사람이 없는 데에 따른 현상이다. 게다가 그 주위를 흐르는 시간도 "헌깁심지에 '아즈까리기름'의 쪼는 소리가 들리는 듯"할 정도로 적막하다. 그 적막함은 ②에 이르러서

더 강화된다. 정주성은 과거에 홍경래가 관군의 공격에 대항하여 농민
군을 지휘했던 곳이지만, 현재에는 '문허진 성터'로 존재할 뿐이다. 그
것이 현실이다. 파란 불빛의 혼이, 또는 커다란 산새 한 마리가 골짜기로
날아가는 정주성은 불안으로 휩싸여 있기까지 하다. 구체적으로 말해서
현실의 모습이 더 뚜렷해지는 것이다. ③은 정주성의 미래를 암시하고
있지 않다. 오히려 그것은 성문의 현실이 어떠한가를, 그 현실의 토대 위
에서 살아가는 사람들의 일상적인 삶이 어떠한가를 드러낸다.

　이 시는 1935년 8월 31일자 『조선일보』에 발표된 백석의 데뷔 작품
이다. 시인은 이 시에서 정주성에 대한 기존의 시각과는 무관하게 오직
자신만의 시각으로 정주성이라는 건축공간의 현실을 포착, 수용함으로
써 과거의 역사적 사실을 환기시킨다. 시인이 포착, 수용한 정주성이라
는 건축공간의 현실은 결코 긍정적인 현실이 아니다. 퇴락할 대로 퇴락
했기 때문이다. 그런데 시인은, ①②에서 보듯이 그 현실을 가급적 순수
한 현실로, 또는 신비스러운 현실로 바꾸어 진술한다. 이 시에서의, 건축
공간의 현실수용은 이렇게 이루어진다.

　의심할 나위 없이, 시는 미학적인 예술일 뿐만 아니라 사회적인 예술
이다. 어떤 경우, 시에서는 자율성보다 타율성이 더 강조되기도 한다. 시
의 건축공간의 현실수용에 대한 논의는 이러한 점에 근거를 둔 것이며,
그 현실수용이 주관적인 수용인가, 아니면 객관적인 수용인가 하는 것
은 시작품마다 다르게 나타난다. 「정주성」은 전자에 해당하는데, 그것
은 건축에 존재하는 가역적 관계와 밀접한 관계가 있다.

①
바다는 없고 하늘만 있다.
中央亞細亞 匈奴의
單于가 가지고 온 하늘
억센 주먹도
말발굽 소리도 아닌
하늘,

②
여름 밤에는 星主 수박만한
달이 뜨고
달이 뜨면 늑대 한 마리
姜畵伯의 파스텔畵처럼
바다 있는 쪽을 바라고
운다.

- 김춘수, 「畵廊 M」 전문

김춘수의 시집 『비에 젖은 달』(1980)에 수록된 이 시는 최소한 두 가지의 현실을 수용하고 있다. 그것의 하나는 물리적 현상으로서의 바다가 아닌, 주관적이고 가변적이며 형이상학적인 바다의 현실이다. 이 점은 다음과 같은 내용을 통해서 확인된다.

바다는 病이고 죽음이기도 하지만, 바다는 또한 회복이고 부활이기도 하다.
바다는 내 幼年이고, 바다는 또한 내 무덤이다. 물새가 거기서 날고 거기서 죽는다. 물새의 죽음은 그러나 주검(屍體)을 남기지 않고, 거기서는 증발하거나 가라앉아 버린다. 흔적이 없다. 말하자면 완전히 抽象이 된다. 나는 이러한 추상을 사랑한다. 릴케의 어떤 詩의 한 구절처

럼…….8)

　김춘수는 또한 "맨발로 바다를 밟고 간 사람은/재가 되었다고 한다."(「눈물」)고 상상하고, "내 손바닥에 고인 바다,/그 때의 어리디 어린 바다는 밤이었다."(「處容斷章 Ⅰ-Ⅷ」) 또는 "울지 말자,/山茶花가 바다로 지고 있었다."(「處容斷章 Ⅰ-ⅩⅠ」)고 회상한다. 그는 바다에 대해 세 가지의 다른 소리를 낸다.9) 그의 '바다'는 이처럼 중충적인 바다이므로 당연히 여러 의미를 내포한다. 그러나 외연의 흔적은 좀처럼 발견되지 않는다. 그것은 시의 내용을 비밀스럽게 하는 데에 어느 정도 기여한다.

　그것의 다른 하나는 매우 부정적인 '하늘'의 현실이다. 이 경우에도, '바다'의 경우와 마찬가지로 분명히 해야 할 것은 현실의 하늘이 아니라 '하늘'의 현실이라는 점이다. '하늘'의 현실이란 무엇인가. 그것은 실제의 현실과 동떨어진 가공적인 현실처럼 보일 수도 있다 그러나 그 현실이 실제의 현실임은 '하늘'을 포괄하고 있는 '화랑 M'은 실제로 존재하는 건축물이라는 점, '하늘'은 '화랑 M'에 전시되고 있는 강화백의 그림 속의 하늘이라는 점, '하늘'은 시인이 지니고 있는 하늘에 대한 이미지와 밀접하게 관련된 하늘이라는 점 등을 통해서 증명된다.

　『史記 흉노 列傳』을 보면 흉노들은 도덕감각이나 도덕적 상상력을 전연 가지고 있지 않았을 듯하다. 완전무결한 정도로 기능주의적이고 실용주의적이다. 勢 약하면 빌어 붙고 勢 강하면 노략질 한다. 흉노의 최초의 가장 강력한 왕이던 모둔 單于는 아비를 죽이고 왕위에 오른 자다. 그는 적을 회유하기 위해서는 애처도 서슴없이 내주곤 했다. 그러나 결국은 적을 치고 그녀를 도로 빼앗아오기도 한다.

---

8) 김춘수, 「바다」, 『김춘수전집 Ⅲ · 수필』(문장, 1983), p. 185.

9) 위의 글, 위의 책.

흉노는 아비가 죽으면 그 妻妾도 남은 형제들의 차지가 된다. 젊은이를 섬기고 늙은이를 함부로 다룬다. 늙은이는 쓸모없고, 젊은이는 유용하기 때문이다. 늙은이는 젊은이가 먹고 남은 음식을 얻어 먹는다. 힘을 받기고 무력함을 멸시한다. 표리가 부동하여 信을 헌신짝 보듯 한다. 진시황은 이들 때문에 잠을 설치는 일이 많아 높고도 긴 만리장성을 쌓지 않았던가? 중국의 역대 황제들은 그들의 單于(흉노의 왕)에게 공주를 보내서 화친을 청했으나 그 청을 수락해 놓고도 공주가 도착하는 대로 태도가 돌변해진다. 잠깐 멈춘 변방침공이 또 시작된다. 중국인들은 그들을 북적이라고 불렀다. 야만이란 무엇인가? 문화가 없다는 것이 아닌가.10)

문화가 정착 경작민들 상호간의 대인관계에서 생겨난다고 한다면 不問可知로 문화의 핵심에 도덕이 자리한다고 해야 한다. 대인관계란 결국은 도덕을 낳기 마련이고, 도덕으로 다스릴 수밖에는 없기 때문이다. 중국인이 흉노를 북적이라고 부른 것도 주로 도덕적 관점에서이리라.11)

'화랑 M'은 1970년대 초 대구시내에 있는 중앙공원(현 경상감영공원) 건너편 병무청 옆에 있던 맥향화랑을 가리킨다. 당시 대구에서는 최초의 화랑이었는데 김춘수는 이곳을 비교적 자주 출입했다. 여기서 김춘수는 강신석 화백이 그린 그림과 자신의 시를 한데 모아 시화전을 열기도 했다. 이러한 점에서 '화랑 M'은 사회적 의미를 지니는 건축이다. 그것은 단독으로 존재하지 않고 지역, 시인, 화가 등과 밀접한 관계를 맺으며 존재한다. 만일 '화랑 M'이 그러한 방식으로 존재하지 않는다면, '화랑 M'은 나름대로의 세계를 확보할 수 없다. '화랑 M'이 나름대로의 세

---

10) 위의 글, 위의 책, p. 310.

11) 위의 글, 위의 책, p. 311.

계를 확보하는 것은 그러한 요소들과의 관계 속에서만 가능하다.

김춘수의 '하늘'이 부정적인 의미를 담게 된 것은 과거에 있었던 사실과도 관계가 있는 듯하다. 한 증언[12]에 따르면, 1970년대의 어느 날 맥향화랑에서 대구의 한 시인이 문인협회 회장 선거 문제로 김춘수에게 시비를 건 적이 있었다는 것이다. 그러나 그와 무관하게 이 시의 ①, ②에서 보듯, '화랑 M'이 건축공간의 주관적 현실을 수용하고 있음은 분명하다.

Ⅳ. 건축공간의 역사 수용

집은 모든 사람의 주의를 끄는 실제적 대상이다. 집은 한 도시 전체의 양상을 결정하는 것이므로 그 주위 환경과 조화를 이루어야 마땅하다. 집은 모든 사람과 관계를 맺고 있으며, 그것은-비록 개인의 사적 소유라 하더라도-공적 요건을 확보하는 근거가 된다.[13]

집은 사회의 직접적인 여건을 갖추고 있다. 독창적인 건축의 시대에 사회적 감각이 건축의 형식을 규정할 수 있는 것은 그 때문이다. 그 규정은 '지배적인 취미' 혹은 '양식 감각'의 형식을 취한다. 그러나 실제로 건축하는 개인은 반드시 그것을 의식할 필요가 없다. 그 개인은 건축에 있어서도 다른 활동에서처럼 단지 경험의 궤도에서 살고 있을 뿐이다. 그러나 이 경우, 궤도 그 자체는 양식 감각만을 신뢰한다.[14]

---

12) http://kr.blog.yahoo.com에는 이상규가 쓴 「시인 김춘수의 詩 '화랑 M'과 강신석 화백」이라는 제목의 글이 실려 있다.

13) N. 하르트만, 『미학』, 전원배 역(을유문화사, 1997), p. 246.

14) 위의 책, p.247.

건축 형식이 '어떤 종류의 전통'이라는 기반 위에서만 발생하는 이유에 대한 해명은 비교적 간단하다. 모든 사회 형태의 후면에는 역사가 숨어 있기 때문이다. 그런데 이러한 해명이 모든 예술에 동일하게 적용되는 것은 아니다. 건축에 있어서의 전통은 다른 예술에 비해 훨씬 더 강하게 작용한다. 그것의 이유는 건축은 형식을 부여한다는 점에서, 그리고 공통적인 형식 감각으로 이루어진다는 점에서 찾을 수 있다. 그 형식 감각은 수세대가 경과하는 과정에서 서서히 성장한다.[15]

여기에서는, 시의 건축공간이 역사를 어떻게 수용하고 있는가 하는 쪽으로 초점을 맞추어 논의하기로 한다.

①
날로 밤으로
왕거미 줄치기에 분주한 집
마을서 흉집이라고 꺼리는 낡은 집
이 집에 살았다는 백성들은
대대손손에 물려줄
은동곳도 산호 관자도 갖지 못했니라

②
재를 넘어 무곡을 다니던 당나귀
항구로 가는 콩실이에 늙은 둥글소
모두 없어진 지 오랜
외양간에 아직 초라한 내음새 그윽하다만
털보네 간 곳은 아무도 모른다

---

15) 위의 책.

③

찻길이 뇌이기 전
노루 멧돼지 쪽제비 이런 것들이
앞뒤 산을 마음놓고 뛰어다니던 어린 시절
털보의 세째 아들은
나의 싸리말 동무는
이 집 안방 짓두광주리 옆에서
첫울음을 울었다고 한다

④

"털보네는 또 아들을 봤다우
송아지래두 붙었으면 팔아나 먹지"
마을 아낙네들은 무심코
차그운 이야기를 가을 냇물에 실어 보냈다는
그날 밤
저릎등이 시름시름 타들어가고
소주에 취한 털보의 눈도 일층 붉더란다

⑤

갓주지 이야기와
무서운 전설 가운데서 가난 속에서
나의 동무는 늘 마음졸이며 자랐다
당나귀 몰고 간 애비 돌아오지 않는 밤
노랑고양이 울어 울어
종시 잠 이루지 못하는 밤이면
어미 분주히 일하는 방앗간 한 구석에서
나의 동무는
도토리의 꿈을 키웠다

⑥
그가 아홉 살 되던 해
사냥개 꿩을 쫓아다니는 겨울
이 집에 살던 일곱 식솔이
어데론지 사라지고 이튿날 아침
북쪽을 향한 발자국만 눈 우에 떨고 있었다

⑦
더러는 오랑캐령 쪽으로 갔으리라고
더러는 아라사로 갔으리라고
이웃 늙은이들은
모두 무서운 곳을 짚었다

⑧
지금은 아무도 살지 않는 집
마을서 흉집이라고 꺼리는 낡은 집
제철마다 먹음직한 열매
탐스럽게 열던 살구
살구나무도 글거리만 남았길래
꽃피는 철이 와도 가도 뒤울안에
꿀벌 하나 날아들지 않는다

– 이용악, 「낡은 집」 전문

이용악 시집 『낡은 집』(1938)에 수록된 이 시는 현재→과거→현재의 구조를 지니고 있다. 서두의 역할을 수행하는 ①에서는 '낡은 집'의 구체적 실상이 제시되고 또한 그곳에 살았던 사람들의 삶이 비극적 삶이었음이 암시된다. ②의 배경은 식민지 시대이다. 일제의 수탈정책으로 많은 유이민이 발생했는데 '털보네'도 거기에서 예외가 아니었다. '털보네’도 다른 사람들과 마찬가지로 집을 버리고 어디론가 떠날 수밖에 없었던 것이다. 이 시에서의 화자는 ‘나’이지만 행동의 주체인 주인공은 ‘나’의 ‘싸리말 동무’인 ‘털보네 셋째 아들’이다. 시인은 ③에서 그 주인공인 ‘털보네 셋째 아들’의 태어남을, 그리고 ④에서는 ‘나의 동무’가 태어난 후부터 가난 속에서 늘 마음이 졸이며 자랐음을 각각 진술한다. ④의 “털보네는 또 아들을 봤다우”라는 마을 아낙네들의 말로 미루어 볼 때 ‘털보네’의 자식은 여럿임을 알 수 있다. 물론 이것은 ‘털보네’가 더욱더 가난할 수밖에 없는 이유 중의 하나였다.

⑤, ⑥, ⑦, ⑧에 의하면, ‘애비’가 당나귀를 몰고 나간 후 돌아오지 않는 밤이면, ‘나의 동무’는 ‘어미’가 일하는 방앗간 한구석에서 ‘도토리의 꿈’을 키운다. ‘나의 동무’는 아홉 살 되던 해 겨울, 북쪽 어디론가 사라지고, 그들이 간 곳에 대해 ‘이웃 늙은이들’은 “더러는 오랑캐령 쪽으로 갔으리라고/더러는 아라사로 갔으리라고” 말한다. 여전히 ‘낡은 집’에는 아무도 살지 않고, 열매를 맺는 나무들도 ‘글거리’로만 남아 있어 꿀벌도 날아들지 않는다.

이 시의 건축공간이 수용한 역사는 과거의 역사적 사실을 환기할 뿐만 아니라, 종국에는 그것을 현재화하기까지 한다. 또한 이 시의 건축공간이 수용한 역사는 독자로 하여금 역사적 사실을 확인하게 하고 그것을 비판하게 한다. 이 점 또한 건축의 가역적 관계와 밀접한 관계가 있다.

①
北岳과 三角이 兄과 그 누이처럼 서 있는 것을 보고 가다가
兄의 어깨 뒤에 얼굴을 들고 있는 누이처럼 서 있는 것을 보고 가다가
어느새인지 光化門 앞에 다다랐다.

②

光化門은

차라리 한 채의 소슬한 宗敎.

조선 사람은 흔히 그 머리로부터 온몸에 사무쳐 오는 빛을

마침내 버선코에서까지도 떠받들어야 할 마련이지만,

온 하늘에 넘쳐 흐르는 푸른 光明을

光化門 — 저같이 의젓이 그 날개쭉지 위에 싣고 있는 者도 드물라.

③

上下兩層의 지붕 위에

그득히 그득히 고이는 하늘

위層엣것은 드디어 치 — ㄹ 치 — ㄹ 일 넘쳐라도 흐르지만,

지붕과 지붕 사이에는 新房같은 다락이 있어

아랫層엣것은 그리로 온통 넘나들 마련이다.

④

玉같이 고우신 이

그 다락에 하늘 모아

사시라 함이렷다.

⑤

고개 숙여 城 옆을 더듬어 가면

市井의 노랫소리도 오히려 太古 같고

⑥

문득 치켜든 머리 위에선

파르르 낮달도 떨며 흐른다.

— 서정주, 「光化門」 전문

　먼저, 1955년 8월호『현대문학』지에 게재된 이 시의 제목인 광화문에 대한 사전적인 설명은 다음과 같다. 광화문은 서울특별시 종로구 세종로 소재 경복궁의 정문이다. 1395년 창건될 때 갖추어진 경복궁의 기본 구조는 正殿인 근정전, 便殿인 사정전, 침전인 慶成殿·延生殿·康寧殿 등이었다. 1399년에는 동·서·남쪽에 성문이 세워지고, 동문은 建春門, 서문은 迎秋門, 남문은 光化門으로 각각 명명된다. 그런데 그 광화문은 임진왜란 때 소실되고, 흥성대원군은 경복궁을 중건할 당시인 1865년에 광화문을 다시 짓는다. 조선시대의 정궁인 경복궁의 정문으로 왕실과 국가의 권위를 상징적으로 대변하던 이 문은 민족항일기인 1927년 문화말살정책의 하나로 경복궁의 여러 곳이 헐리고 총독부청사가 들어설 때 건춘문 북쪽으로 옮겨지지만, 6·25전쟁 때는 폭격을 맞아 편전인 萬春殿과 함께 다시 소실된다. 현재의 광화문의 석축 일부는 1968년에 수리되고 문루는 철근콘크리트구조로 중건된 것이다. 궁궐이라는 말이 궁과 궐의 복합어이고, '궐'의 형태는 높다란 석대 위에 2층 누각을 세우는 것이 일반적이었음에 비추어, 광화문은 조선시대 궁궐의 정문 가운데 유일하게 궐문 형식을 갖추고 있다.16)

　북악과 삼각은 ①에서 보듯 남매의 얼굴로 의인화되어 있다. 이 부분은 과거의 역사를 확인하기 위한 준비 단계이다. ②의 "光化門은/차라리 한 채의 소슬한 宗敎"는 전형적인 은유이다. 시인은 광화문이 지니고 있는 역사적 의미를 하나의 '소슬한 종교'로 인식한다. 바꾸어 말해서, 광화문은 '소슬한 종교'가 되기를 바라는 시인의 마음을 반영한 대상이 된다. 여기서 시인이 '보선코', '날개쭉지' 등 광화문이 지니고 있는 선

---

16) 黃義秀, 「경복궁 광화문」, 정신문화연구원 편『한국민족문화대백과사전』제1권 (한국정신문화원, 1992), p. 886.

을 예찬하는 것은 그러므로 당연하다.

시인은 ③에서 '하늘'을 우리 역사의 배경으로 설정한다. "상하양층의 지붕위에/그득히 그득히 고이는 하늘"의 '하늘'은 기상학적 탐구대상으로서의 '하늘'이 아니다. 그것은 우리 역사와 밀접하게 관련되는 하늘일 뿐만 아니라, 광화문과 밀접하게 관련되는 역사를 담고 있는 하늘이다. ④에 등장하는 하늘도 "玉같이 고우신 이/그 다락에 하늘 모아/사시라 함이렷다."에서 보듯 역사를 담고 있는 '하늘'인 점에서는 앞부분과 동일하다. ⑤의 '시정의 노래 소리도 오히려 태고 같고'는 그러므로 일종의 역사를 수용하는 시인의 자세라 고 할 수 있다. 결국, ⑥에서 시인은 광화문의 수난이 자신으로 하여금 마음의 파동을 일으키게 했음을, 더 나아가 역사를 확인하는 계기로 작용했음을 진술한다.

시의 소재가 되는 건축은 반드시 무엇인가를 의미한다. 그런데 시의 소재가 되는 건축이 무엇인가를 의미하는 것은 건축공간을 매개로 삼을 때에 비로소 가능하다. 이 시 「광화문」도 거기에서 예외가 아니다. 이 시의 건축공간이 수용한 역사가 독자로 하여금 공감을 불러일으키게 하는 데에는 시인이 광화문에 대해 지니고 있는 이미지와 역사에 대한 주관적 인식이 작용하고 있다.

V. 결론

이상에서 논의한 내용을 결론 삼아 요약, 정리해 보면 다음과 같다.

건축은 인식론적으로는 주관의 보편성을 추구하는 예술이고, 건축론적으로는 '구축물의 보편성'을 추구하는 예술이다. 건축공간을 중심으로 보면, '구축물의 보편성'은 주체와 객체의 가역적인 관계의 산물임을

알 수 있다. 시의 건축공간에 대해서는 다음과 같은 두 가지 점이 강조된
다. 그것의 하나는, 시의 건축공간은 실제 그대로의 공간이 아니라 이미
지로 드러나는 건축 공간이라는 점이고, 다른 하나는, 시에 나타나는 건
축공간은 매우 주관적인 건축공간이라는 점이다. 물론 그 '이미지'는 정
신적 이미지, 비유적 이미지, 상징적 이미지 등 모든 이미지를 포괄하고,
그 '주관적 건축공간은 시인의 역사의식이나 심리상태의 영향을 받는
다.

「정주성」은 정주성이라는 건축공간의 현실을 수용함으로써 과거의
사실을 환기시킨다. 그 현실수용이 주관적인 수용인가, 객관적인 수용
인가 하는 것은 시작품마다 다르다. 「정주성」은 전자에 해당하는데, 그
것은 건축에 존재하는 가역적 관계와 밀접한 관계가 있다.

「화랑 M」은 최소한 두 가지의 현실을 수용한다. 그것의 하나는 주관
적이고 가변적이며 형이상학적인 바다의 현실이고, 다른 하나는 과거의
기억과 밀접하게 관련되는 매우 부정적인 '하늘'의 현실이다. 그리고 그
현실이 실제의 현실임은 말할 필요도 없다.

「낡은 집」의 건축공간이 수용한 역사는 실제의 역사적 사실을 환기할
뿐만 아니라, 종국에는 그것을 현재화한다. 또한 이 시의 건축공간이 수
용한 역사는 독자로 하여금 역사적 사실을 확인하게 하고 비판하게 한
다. 이 점은 또한 건축의 가역적 관계와 밀접한 관계가 있다.

「광화문」도 건축공간을 매개로 무엇을 의미한다는 점에서는 예외가
아니다. 이 시의 건축공간이 수용한 역사는 독자로 하여금 공감을 불러
일으킨다. 여기에는 물론 시인이 광화문에 대해 지니고 있는 이미지와
역사에 대한 주관적 인식이 작용하고 있다.

이러한 내용을 다시 요약하면 다음과 같다. 「정주성」과 「화랑 M」은

똑같이 현실을 수용하고 과거를 지향하지만, 건축공간의 성격은 다르다. 「정주성」은 가역적 관계와, 「화랑 M」은 이미지·주관성과 각각 결부된다. 「낡은 집」과 「광화문」은 똑같이 역사를 수용하고 현재를 지향하지만, 건축공간의 성격은 또한 다르다. 「낡은 집」은 가역적 관계와, 「광화문」은 이미지·주관성과 각각 결부된다.

■ 참고문헌

Abercrombie, S.『건축예술론』. 최종현・신안준 역. 세진사, 1996.

김춘수.『김춘수 전집 III・수필』. 문장, 1983.

파커, 라드니 더글라스.「예술과 장소」. 이상헌 역.『건축』39, no. 4(대한건
　　축학회, 1995): 43.

라스무센, S. E.『건축예술의 체득』. 선형종 외역. 야정문화사, 2007.

아게마츠 유우지.『건축공간의 미학』. 이두열 역. 현대건축사, 2000.

이미란.「건축과 음악의 관계성에 대한 연구 1」.『일러스트레이션학』11.
　　no. 1(한국일러스트아트학회, 2002): 141.

이용재・강순덕.「조형예술에 대한 건축의 공간 개념에 관한 연구」,『기초
　　조형학 연구』1. no. 2(한국 기초조형학회, 2000): 61~62.

이창우・이영 편역.『건축의 흐름』. 현대건축사, 1998.1.

하르트만, N.『미학』. 전원배 역. 을유문화사, 1997.

제2부

시론에서의 반발 방식과 새로운 시론의 전개 양상

−1920, 30년대 시론의 경우

Ⅰ. 프롤로그

반발이론을 적용하여 시론의 발생과 소멸을 해명하는 것은 일견 무모한 일로 보일 수 있다. 그러나 실제로 그것은 결코 무모한 일이 아니다. 오히려 다른 이론을 적용할 때보다 반발이론을 적용할 때에, 시론의 발생과 소멸을 더 잘 해명할 수 있는 가능성은 더 많다. 그 점은 반발이론을 적용하여 신고전주의와 낭만주의의 관계, 모디니즘과 포스트모더니즘의 관계, 구조주의와 탈구조주의의 관계를 해명한 필자의 글(「문예사조에서의 반발이론에 대한 연역적 논증」(『영주어문』 제7집, 영주어문학회, 2004))을 통해서도 확인된다.

시론의 경우와 문예사조의 경우는 다르다는 반론도 있을 수 있다. 두 분야의 내용은 물론 다르다. 그러나, 두 분야는 공히 반발이론을 적용할 수 여지를 지니고 있다. 최소한, 두 분야에서 반발이론을 적용할 수 없게 하는 일종의 장애 요인은 발견되지 않는다. 여기서 분명히 말할 수 있는 것은, 반발이론은 문예사조뿐만 아니라 시론의 발생과 소멸을 해명하는 데에도 적용할 수 있는 유력한 이론이라는 점이다.

이 글의 목적은 한국의 1920,30년대 시론이 보여 주는, 전 시대의 시 (시론)에 대한 반발 방식과 그에 따라 나타난 새로운 시론의 전개 양상을 고찰함으로써, 궁극적으로 "모든 문예사조·문학이론의 발생(소멸)근 거는 반발이다"라는 반발이론의 명제를 논증하는 데에 있다. 아울러, 이 글에서 제시한 논증의 내용적 근거는 모두 필자가 이미 발표한 논문들 의 내용 중에서 취한 것임을 밝혀 둔다.

II. 시의 계몽성 거부와 낭만주의시론의 전개 양상

영국의 낭만주의시인들이 낭만주의시대의 영국 사회의 변동에 민감 하게 반응했듯이, 1920년 전후의 한국 낭만주의시인들도 당시의 한국 사회의 변동에 민감하게 반응했다. 그렇다고 해서 사회상황, 시인들의 반응 형식까지 동일했던 것은 아니다. 당시의 영국 사회는 민족주의와 산업주의가 거의 동시에 발흥하던 사회였지만, 당시의 한국 사회는 식 민지사회였다. 또한 영국의 낭만주의시인들인 워즈워스·블레이크· 셸리·바이런 등이 사회상황을 내면화하는 단계를 거쳐 행동화하는 단 계까지 나아간 것과는 달리, 당시의 한국 낭만주의시인들은 사회상황을 내면화하는 단계에 머물렀다. 시(개화기가사·창가·신체시)의 주제가 민족의 자주독립, 자강, 선진문화와 문물에 대한 찬양과 수용, 외세에 대 한 경각심 부패 관료와 정치에 대한 비판 등으로 나타났다가 1919년의 3·1운동의 실패 이후 시의 계몽성을 거부하고 내면세계를 중시하게 된 것은 당시 그러한 사회상황, 시인들의 반응과 밀접하게 관련된다. '시의 계몽성 거부'는 바로 이러한 배경에서 나타난 반발 방식이며, 그것은 필연적으로 낭만주의시론을 등장시킨다.

시의 계몽성을 거부하는 낭만주의시론은 크게 세 가지 양상으로 전개되는데,[1] 그것의 첫째는 감정을 중시하는 시론이다. 낭만주의시론은 프랑스 상징주의 시론과의 관련 속에서 논의하지 않고, 개화기 시가와의 관련 속에서 논의할 때에 반발의 결과로 발생한 시론이라는 점이 잘 드러난다. 김억의 낭만주의시론도 그러하다. 그는 「시단의 일년」에서 시를 세 가지 유형으로 나누고 다음과 같이 주장한다.

> 詩에 대하야 멧마듸를 하랴고 합니다. 나는 詩를 세 가지로 난호고 십습니다. 毋論 여기 詩라는 것은 抒情詩의 뜻입니다. 第一의 詩歌는 詩魂의 恍惚이 詩人 自身의 맘에 잇서, 詩人 自身만이 늣길 수 있고 表現은 할 수 업는 心琴의 詩歌라고 할 만한 것입니다. 그리고 第二詩歌는 心琴의 詩歌가 文字와 言語의 약속 만흔 形式을 밟아 表現된 文字의 詩歌라고 할 만한 것입니다. 또 第三의 詩歌는 文字의 詩歌를 一般讀者가 翫賞하며, 各自의 意味를 붓치는 現實의 詩歌라고 할 만한 것입니다.[2]

'심금의 시가'에서의 '심금'은 시정신을, '문자의 시가'에서의 '문자'는 발표된 시(poetry)를, '현실의 시가'에서 '현실'은 독자가 수용하는 시를 각각 의미한다. 그것은 헤르나디가 말하는 '전달의 수사학적 축'의 형태 그대로이다.[3] 이처럼 김억은 시를 전달의 측면에서 이해하고 있다.

---

1) 이하의 논의 내용은 김병택, 『한국 근대시론 연구』(민지사, 1988)에 수록된 「한국 초기 근대시론 연구」에 의거했다.

2) 김억, 「시단의 일년」 『개벽』 42호 (1923. 12)

3) 이 부분의 앞뒤 내용을 인용해 보면 다음과 같다.
　"詩歌는 原始時代와 現代의 分別업시 理智의 世界에서는 생기는 것이 아니고, 感情

그런데 우리가 여기서 간과해서는 안 될 것은, 그의 이러한 주장에는 시를 감정의 표현으로 생각하는 관점이 전제되었다는 점이다. 그 자신이, 시에 대한 종합적인 설명이 가능하지 않다는 것을 잘 알고 있었으므로, 그것은 당연하다.

시를 감정의 표현으로 생각하는 관점은 「작시법」이라는 글에서도 여전히 나타난다. 여기서 김억은 시가 감정의 세계에서 생기는 것임을 강조하는 동시에 그때의 감정은 '엇던 극에 달하엿슬 째'에 입으로 나타난다고 함으로써 워즈워스의 "강한 감정의 자발적 범람"4)이라는 낭만주의시론과 유사한 견해를 보여준다.

서구시론에 대한 지식을 원론적으로 정리하면서 그러한 관점을 드러낸 글도 있다. 양주동의 「시란 엇더한 것인가」가 바로 그것이다. 이 글의 관점이 독창적인 것은 아니지만, 다른 한편으로 낭만주의시론의 한 방향을 제시하고 있음은 확실하다.

> 具體的으로 完全히 詩를 定義한다 함은 매우 어려운 일이올시다. 古來로 詩를 定義한다던지, 詩에 대한 論을 쓰는 사람이 만치만은, 이것이 꼭 完全無缺한 정의라고 할 만한 것은 거의 업다고 하여도 과언이 안이외다. 그러한 어려운 뒤숭숭한 詩論은 지금 여긔 ——이 列擧할 수도 업고 쏘 열거할 필요도 업겟습니다. 그저 알기쉬웁게 말하자면 詩란 우리 사람의 自然이나 인생에 對하야 늣긴 바 情緒를 個性과 想像을

世界에서만 생깁니다 사람의 感情이 엇던 極에 達하엿슬 째에는 얼골에 남몰을 表情이 생기며, 입에서는 그 째 그 感情을 經驗하는 사람이 아니고는 그러한 소리를 낼 수 업는 音聲이 나옵니다. 詩는 그 때 발서 생긴 것입니다."(김억, 「작시법①」 『조선문단』 7호 (1925. 4))

4) William Wordsworth, Preface to the Second Edition of the Lyrical Ballads, *Criticism: The Major Text*, ed., W. J. Bate (New York: Harcourt Brace Jovanovich, Inc., 1970), p. 337.
"For all good poetry is the spontaneous overflow of powerful feelings"

通하야 가장 單純하고 솔직하게 音律的 언어로 表現한 것이올시다.5)

표현론에서의 표현의 대상은 자연적인 인간의 정서·개인의 성격·개인적 재능·감수성·도덕적 성격 등이다. 양주동도 표현의 대상으로 '자연이나 人生에 대하야 늣긴 바 정서'를 들고 있다. 문학, 특히 시는 자연적인 인간 감정의 자발적인 표현이며, 그것이 시의 근원이 되었을 것6)이라는 견해를 참고하면, 그의 시에 대한 정의가 표현론에 입각한 것임은 분명하다. 물론 이 때, 정서의 표현은 적합한 기교와 방법에 의해 개성적, 독자적으로 이루어져야 한다는 그의 기교론적 주장은 부차적인 의의만을 지닌다.

이은상의 「시의 정의적 이론①」도 양주동의 「시란 엇더한 것인가」와 마찬가지로 서구시론에 대한 종합적 지식에 토대를 둔다. 그런데 그의 글은 영국 낭만주의시론 중에서도 시를 감정의 자발적 표현으로 보는 워즈워스의 이론에 경사되어 있다.

> 우리가 事物에 直感될 때 그 刹那의 緊張된 靈感－詩感－의 眞實된 美的情操를 "그 情緖의 波面에 이러나는 搖曳대로" "그 情緖의 流勢가 急激하면 急激한 그대로 진지하게 傳達하여 自己 以外의 萬心을 動하게 하는 힘을 가진 韻律的 표현"7)

특히 이은상이 같은 글에서 사용한 '유로된 감념'이라는 표현은 워즈워스가 사용했던 "overflow of powerful feelings"8)를 금방 연상시킨다. 또

---

5) 양주동, 「시란 엇더한 것인가」 『금성』 2호 (1924. 1)

6) M. H. Abrams, *The Mirror and the Lamp.* (Oxford: Oxford Univ. Press, 1960), 82~84. 에이브람즈는 이것을 primitivism(原始主義)이라 부르고 있다.

7) 이은상, 「시의 정의적 이론①」 『동아일보』 (1926. 6. 3)

8) William Wordsworth, op. cit., p. 337.

한 이은상은 '그 정서의 파면에 이러나는 搖曳'를 강조하고 있는데, 그것도 워즈워스가 사용했던 'spontaneous'의 의미와 밀접하게 관련된다.

김소월의 「시혼」은 그의 유일한 시론이다. 송욱은, 그의 이 시론이 영국 시인 아더 시몬즈의 '기분의 시학'을 '그림자의 시학', '음영의 시학'으로 둔갑시킨 글이며, 뚜렷한 미의식도, 시에 있어서의 기술의 중요성도 전혀 보여주지 못하고 있다고 비판한다.[9] 그러나 이 글이 내면세계를 중시하고 있는 점은 낭만주의시론으로서의 가치를 지니는 근거가 된다.

> 그러한 우리의 靈感이 우리의 가장 理想的 美의 옷을 닙고 完全한 韻律의 발거름으로 微妙한 節操의 風景만흔 긴우흘, 情調의 불붓는 山마루로 向하야, 惑은 말의 아름답은 샘물에 心想의 적은 배를 젓기도 하며, 잇기도든 慣習의 崎嶇한 돌무덤이 새로 追憶의 수레를 몰기도 하야 惑은 洞口楊柳에 春光은 아리땁고 十二曲坊에 風流는 繁華하면 風飄萬點이 散亂한 碧桃花 꽃닙만 저훗는 움물 속에 그 瞬間에 우리에게 顯現되는 것입니다.
> 그러한 우리의 詩魂은 勿論 경우에 따라 大小深淺을 自由變換하는 것도 안인 同時에 時間과 空間을 超越한 存在입니다.[10]

김소월에 의하면, 영혼이 시혼으로 나아가기 위해서는 두 가지의 과정을 거쳐야 하는데, 그것의 하나는 내면에서 다듬어진 아름다운 말과 마음(생각)을 가져야 하는 일이고, 다른 하나는 외면으로 나타나는 아름다운 사물이나 풍경을 거쳐야 하는 일이다. 그는, 이 두 가지의 접점이 이루어질 때, 영혼은 시혼으로 바뀌게 되고, 이 시혼은 시간과 공간을 초

---

9) 「시혼」을 비판한 글은 송욱, 『시학평전』(일조각, 1963), 136~43과 송욱, 『문학평전』(일조각, 1975), pp. 187~94.에 수록되어 있다.

10) 김소월, 「시혼」『개벽』 59호 (1925. 5)

월한 존재가 된다고 주장한다. 그에 의하면, 영혼도 시간과 공간을 초월하는 존재라는 점에서는 시혼과 마찬가지이다. 다른 점이 있다면, 시혼은 미에 대한 반응에 의해 형성되는 것으로 반드시 시를 통해 표현된다는 것뿐이다. 그가 강조한 것은, 시혼의 본체는 영혼이며, 그것은 영원불변의 존재라는 점이다. 그에 의하면, 이 영원불변의 존재인 시혼은 시작품에 그대로 나타나지 않고 '음영'의 형태로 나타난다.

> 詩作에도 亦是 詩魂 自身의 變換으로 말미암아 詩作에 異同이 생기며 優劣.이 나타나는 것이 안이라, 그 時代며 그 社會와 또는 當時 情境의 如何에 依하야 作者의 心靈上에 無時로 나타나는 陰影의 現象이 變換되는데 지나지 못하는 것입니다.[11]

이처럼 김소월은, 시혼 자체는 불변이며, 다만 변하는 것은 음영의 현상뿐임을 주장한다. 그가 말하는 시혼은 아리스토텔레스의 이데아(Idea)와, 음영은 그 이데아의 세계를 지향하는 시인의 내적 충동과 거의 동일한 것이다. 이러한 논리가 유지될 때에 비로소, 시작품은 시혼을 음영의 형태로 표현한 것이라는 그의 주장은 무리 없이 성립될 수 있다.

김소월의 「시혼」은 시·공간을 초월하는 낭만주의적 발상법으로 씌어졌고, 그것의 구체적 발현인 그의 시도 그 범주를 크게 벗어나지 않는다. 시야의 범위를 넓히면, 그것은 현실과 유리된 상황에서 시를 쓰고자 했던 1920년대의 서정시인들에게서 공통적으로 나타나는 현상이다.

玄哲의 「문학에 표현되는 감정」은 구체적으로 씌어진 감정론이다. 그에 의하면, 감정은 문학 중에서도 순문학인 시가나 희곡·소설에 더 필요하다. 감정이 없는 시가나 희곡은 알콜성이 없는 주류나 향기 없는

---

11) 위의 글, 위의 책.

꽃과 같은 것이므로, 사람으로 하여금 취하게도, 황홀하게 하지도 못한다. 그는 또한 워즈워스의 '시는 힘찬 감정의 표현'이라는 시의 정의를 인용하면서, 순문학이 아닌 경우에도 감정을 '가입'해 표현하면 그 사상의 힘이 굳세고 흥미가 일층 농후해지며 문장에 활기가 생긴다고 주장한다. 그에 의하면, 감정은 어떤 경우에도 문학에서는 없어서는 안 될 요소이다.[12] 그에 의하면, '우수한 감정'은 정당한 것, 힘 있는 것, 정신적인 것, 보편적인 것, 공통적인 것이라는 다섯 가지 요건[13]을 갖추어야 한다. 그가 전개한 감정론에는 객관적으로 이해할 수 없는 부분도 있다. 감정의 본질을 염두에 두지 않고 감정의 정당성[14]을 가늠하는 근거를 설정한 것, 그리고 실제 경험에 의해 나타난 감정의 힘은 틀림없이 사람을 감동시키는 힘을 지니고 있다고 주장한 것이 그것이다.

둘째는 영감을 중시하는 시론이다. 申湜은 「문학과 영감」에서 문학과 영감의 관계를 강조하면서, 영감(정기)이야말로 문학의 가치와 생명을 유지시켜 주는 요소임을 주장한다. 그에 의하면, 영감을 통하지 않은 문학은 아무리 관찰력이 세밀하고 감상력이 풍부하다 하더라도, 진정한 문학의 생명과 정기를 발휘할 수 없다. 造花에 코를 대고 냄새가 진동해 오기를 기다리거나, 사후에 손을 뻗치고 맥박이 뛰기를 바라는 것처럼 도로가 되기[15] 때문이다. 또한 그는 이 글에서, 영감이 독립성·영원성·보편성·타당성을 지니고 있고, 비애·경이·환희·분노·감격·

---

12) 현철, 「문학에 표현되는 감정」『개벽』 8호 (1921. 2)

13) 위의 글, 위의 책.

14) 현철이 감정의 정당성 여부를 가늠하기 위해 제시한 것은, 저녁 단풍에 대한 '아아 天然은 참으로 미묘한 것이다'의 감정, 어두운 밤의 花砲에 대한 '아아, 훌륭하다'의 감정, 상점의 진열 탁자에 대한 '美麗하다'의 감정 등이다. 그는 이들 중 첫째의 감정만 정당하다고 했고 둘째, 셋째의 감정은 정당하지 못하다고 했다.

15) 신식, 「문학과 영감」『개벽』 25호 (1922. 7)

공포·욕망·증오 등으로 발현된다고 주장한다. 그가 말하는 영감은 물론 심리학에서 말하는 영감과는 다른 것이지만, 그 자신이「문학의 본체」에서 중시한 문학의 '神性'·'인간성'과 함께 시를 중심으로 한 그의 문학관의 핵심적 요소이다. 따라서 그의 영감론은 감정론의 하위개념에 해당한다.

셋째는 상상을 중시하는 시론이다. 앞에서 이미 다루었던 양주동의「시란 엇더한 것인가」는 상상의 필요성을 주장한 글로도 꼽힐 만하다. 이 글은 독자로 하여금 당시의 시에 대한 논의 방식을 유추해 볼 수 있게 하는 글이기도 하다.

> 그리고 詩에는 또 想像(imagination)이 잇서야 한다고 나는 생각합니다. 대개 想像은 感情의 한거름 進步된 形式이올시다. 詩는 決코 直覺 惑은 直感으로 滿足될 수 업습니다. 적어도 상상의 高尙한 힘이 잇서야 할 것이외다. 이 想像이 깁고 工巧로울사록, 詩의 所有하는 美─換言하면, 藝術上의 價値는 增大할 것이외다. 詩가 사람으로 하여금, 혹은 神秘蒙幼의 나라로, 혹은 飄逸浩蕩한 지경으로 引導하는 힘이 있는 것은, 詩人의 自由自在로 驅使하는 그 想像力이, 대부분의 遠因이 되는 것이외다.[16]

양주동이, 상상의 깊이·공교로움·고상한 힘 등과 시의 아름다움인 예술상의 가치가 서로 비례한다고 주장한 것은, 그의 낭만주의적 시관을 드러낸 것으로 볼 수 있다. 그의 글에는 음악성을 중시하는 프랑스 상징주의시론의 주장도 빈번하게 등장한다. 그것은 그의 견해에서 낭만주의시론의 영향만이 검출된다고 할 수 없는 이유이다.

1920년대 낭만주의시론은 프랑스 상징주의와의 관련 속에서 해명된

---

16) 양주동, 앞의 글, 앞의 책.

경우가 많았다. 수긍할 수 있는 논리가 적지 않으므로, 그것이 온전히 잘 못되었다고 할 수는 없다. 앞에서 낭만주의시론가로 논의된 김억만을 놓고 말할 때에도 그 점은 확실하다. 그가 프랑스 상징주의를 소개하는 시론(「스핑쓰의 고뇌」)을 쓴 것, 프랑스 상징파 시인들의 시를 모아 번역 시집(『오뇌의 무도』)을 펴낸 것, 개인적으로 프랑스 상징파시인인 베를 렌을 사숙한 것 등은 그것을 뒷받침하는 사실들이다. 그렇다고 해서 그 것이, 1920년대 낭만주의시론의 발생을 해명하는 단초인 개화기 시가의 계몽성을 무시하는 근거가 될 수는 없다. 그 이유는 이미 앞에서 밝힌 바 와 같다.

III. 시의 내면세계 배격과 프로시론의 전개 양상

3·1운동을 기점으로 한국 사회에는 민족주의, 자유주의와 함께 러시 아 혁명 이후 세계 곳곳에 파급되던 마르크스주의가 유입된다. 마르크 스주의의 세례를 받은 지식인과 사회운동 세력은 민족해방운동을 지향 하는 단체들을 결성했고 조선청년연합회(1920), 서울청년회(1921), 무 산자동맹(1922), 조선노동동맹(1922) 등은 그것의 예들이다. 그리고 이 어서 염군사(1922), 파스큘라(1923), 카프(1925) 등과 같은 문화(예술)단 체들이 결성됨으로써 내면세계를 배격하고, 문학의 현실반영과 효용성 을 중시하는 시론(시)들이 주류를 이루게 된다. 이른바 프로시론이 전면 에 등장하게 된 것이다. 프로시론은 박영희와 김기진에 의해 주도되고 김동환이 여기에 가세한다.

프로시론은 두 가지의 양상으로 전개되는데. 시의 사회성론과 국문학 (시)부정론아 그것이다. 먼저 시의 사회성론은, 시는 풍부한 사회성을 지

녀야 하고 사회의 요구를 충족시킬 수 있어야 한다는 박영희의 주장으
로 구체화된다. 그는 시가 사회성을 지녀야 하는 이유를 다음과 같이 주
장한다.17)

> 現今에 詩라는 것은 人間을   써나고 사회를 써나는 超脫의 노래는
> 안이다. 어듸싸지든지 人間味가 豊富하여야 하겟스며 社會性이 잇서
> 야 하겟스며 짜러서 朝鮮이 革命文學을 要求한다 하면 詩는 그 要求를
> 더욱 쓰거웁게 불부칠만한 힘이 잇서야, 그 시의 詩的 價値가 잇는 것
> 이며 짜러서 文學的價値가 잇는 것이 事實이다. 문학적 가치란 文學的
> 使命을 다하는데 잇슬 것이다.18)

박영희는 시의 가치를 내용적 측면과 기능적 측면에서 강조하고 있는
데, 시는 풍부한 인간미와 사회성을, 그리고 사회의 요구를 촉진시킬 수
있는 힘을 지녀야 한다는 것이 주장의 요체이다. 그런데 그가 의도하고
있는 의미의 강음부는 사회성 쪽에 놓여 있다. 그것은 그가 누구보다도
강하게 문학의 사회적 효용성을 주장한 이론가임을 말해준다.

그러한 박영희의 주장은 「고민문학 필연성」에서도 그대로 이어진
다.19) 그가 말하는 '고민기에 있는 생활'이란 '사회'의 다른 표현이며 이
'사회'는 그가 항상 역설하고 있는 '무산계급 문학'의 터전인 무산계급

---

17) 이하의 논의 내용도 김병택, 『한국 근대시론 연구』(민지사, 1988)에 수록된 「한국
    초기 근대시론 연구」에 의거했다.
18) 박영희, 「시의 문학적 가치」 『개벽』 57호 (1925. 3)
19) 이 부분을 인용하면 다음과 같다.
    "우리는 苦憫期에서 생활한다. 짜러서 우리는 이 苦憫期에서 우리의 文學을 建設
    하려 한다. 이에서 우리의 文學은 苦憫期에 잇는 生活을 等閑히 보게 되여서는 그
    文學的價値가 喪失되고 마는 것이다. 우리의 文學이 社會的으로 價値를 갖게 된다
    하면 그것은 우리의 生活이 原因하는 苦憫의 文學일 것이다."(박영희, 「고민문학
    의 필연성」 『개벽』 61호(1925. 7))

사회를 의미한다. 그에 의하면, 조선은 자본주의 사회에서 오랫동안 고민해 왔으며, 조선의 문학은 그 외피를 뒤집어쓰고 있는 "흐느적거리는 문학"20)에 불과하다. 이제 조선은 "위대한 고통에서 짓눌리는 무산적 조선을 해방"21)하고 또한 무산계급의 건전한 문학을, 그리고 "생활의 수평적 향상을 위한 민중적 문학을 건설"22)해야 한다. 그의 이러한 주장은 카프 중심의 프로문학 활동을 촉진시키는 선언적 성격을 지니는 계급주의적 효용론의 한 흐름이다.

박영희의 주장과 거의 같은 주장을 전개한 이론가로는 김기진을 들 수 있다. 그는 「프로시가의 대중화」에서 프롤레타리아 시가가 대중 속에 깊이 뿌리박지 못했음을 지적하고 이것을 문제 제기의 발판으로 삼는다.

一九二八년 以來로 우리들의 詩歌뿐만 아니라 널리 말하야 藝術은 民衆의 것이어야 한다고 말하게 되엇다. 이 말은 프로레타리아 詩歌 — 藝術 — 이 大衆속으로 깁히 들어가 그들에 依하여 成長되고 더 나아가서는 그들의 손으로 制作도 되어야 한다는 것을 意味하는 말인 同時에 正當한 말이다. 프로레타리아 藝術은 勿論 그러해야 할 것이다. 그러면 언제는 대중의 속에 들어가 作用할 수도 업고 그들에 依하야 成長될 수도 업는 것을 가지고 프롤레타리아 藝術 — 詩歌 — 라고 하엿든가.

그러한 것이 아니다. 처음부터 「作用할 수도 업는 것」「成長」될 수도 업는 것을 가지고 프로레타리아 藝術이라고 하야 오지는 안헛다. 얼마만큼이라도 그들에게 들어가는 作用도 하고 그들에 依하야 成長도 되엇기에 오늘날 우리의 藝術運動의 幼稚하나마 이만큼이래도 發展되어 왔다. 다만 우리들이 認識하지 아니하면 안 될 것은 果然 얼마나 만

---

20) 박영희, 「신경향파의 문학과 그 문단적 지위」 『개벽』 64호 (1925. 12)

21) 위의 글, 위의 책.

22) 위의 글, 위의 책.

히 우리의 藝術이 大衆과 接觸되엇느냐 뭇는다 하면 그 「接觸」은 極히 작엇섯다고 말할 수밧게 업는 事實이다. 다시말하면 우리의 藝術은 全 大衆의 속으로 들어가지 못하고 一部 智識靑年들에서만 그 作用을 하 고 그들에 의하야 成長도 되여 왓슬 뿐이오 全大衆 속에 깁히 쑤리를 박지 못하야 왓다는 것이다.[23]

김기진에 의하면, 조선 무산계급운동은 모든 대중 속에 깊이 뿌리박지 못하고 부동하는 일부 계층에서만 전개되고 있다. 그래서 그는, 프롤레타리아 예술을 대중 속에 심는 구체적 실천 방법을 제시하기에 앞서 "대중의 속으로 가지고 드러가야 할 프로레타리아 시가는 현재까지 과연 현재까지 여하히 제작되어 왓스며 그것은 엇더한 임무를 하야 왓는가"[24]를 먼저 검토해야 한다고 주장한다.

김기진에 의하면 '현재'의 예술운동은 대중적 운동이 아닌, 작품 활동으로만 계속되고 있다. 그의 주장은 다음과 같이 계속된다. 작품 활동의 중심은 소설이며 시가와 평론은 그 다음이다. 미술·음악·영화·연극·강연 등의 활동은 전혀 없다고 해도 과언이 아니다. 그런데 시가는 두세 사람에 의해 그 존재를 나타내고 있을 뿐이다. 이 두 세 사람에 의해 창작되는 시가는 대부분 퇴폐적·향락적·이기주의적 사상과 취미로부터 독자를 구출하려는 의도에서 창작되는 것들이다. 물론 한 편의 시가에서 이러한 모든 정신이 한꺼번에 발견되는 것은 아니다. 그러나 그동안 발표된 시인의 여러 작품에 이러한 정신이 들어 있는 것은 화실하다. 이러한 정신은 바로 프롤레타리아시가 취해야 할 정신이다. 그동안 창작되어 온 시는 대중이 섭취하는 시가 되지 못했다. 그 이유는 세 가지

---

23) 김기진, 「프로시가의 대중화」 『문예공론』 2호 (1929. 6)
24) 위의 글, 위의 책.

인데, 첫째 우리가 우리의 시를 그들에게 가지고 가서 보여주지 못하였
고, 둘째 그들이 이해하기 쉬운 말로 쓰지 못했으며, 셋째 그들이 흥미를
느끼고 외우도록 쓰지 못했던 것이 그것이다. 프롤레타리아 시가는 대
중을 소부르주아적 취미 또는 봉건적 취미로부터 구출함으로써 그들의
의식을 진정한 의식으로 바꾸어 놓는데 그 목적이 있으므로, 대중에게
섭취되지 못하면 본래의 임무를 다 수행할 수 없다.[25]

김기진에 의하면, 둘째·셋째의 이유는 그들의 교양 정도와 관련된
다. 구체적으로 그 교양정도는 프롤레타리아 시가를 수용할 수 없는 교
양 정도를 말한다. 그에 의하면, 그들이 부르는 노래는 오십년 전이나 백
년 전의 아리랑·육자백이·새타령·수심가·춘향가·심청가·소상
팔경 등과 최근 수년간 항간에 전파되어 있는 각종 잡가 등의 계급적 노
래이다. 그는, 소위 조직된 노동자의 경우가 이러한 실정이므로 방치되
어 있는 대중의 경우는 더 말할 나위도 없을 것이라고 말한다. 그는 그들
이 이러한 노래만을 부르는 원인을 다음과 같이 파악한다.[26]

재래의 가요는 소년기부터 외우므로 거의 전부가 그들의 기억에 깊이
박혀 있고 습관이 되었다. 재래의 가요는 모두 비관적, 애상적이면서도
향락적이어서 그들로 하여금 현실의 고뇌를 망각하게 한다. 그것은 그
들에게 일종의 우화등선의 감흥과 같은 마취작용을 일으키게 하며 그들
을 유혹한다. 그들은 새로운 가곡을 모른다. 설령 그들에게 개인적으로
현대 가곡을 가르쳐 준다고 해도, 그것은 어렵고 멋이 없는 것일 뿐이다.
한편, 재래의 가요는 더욱더 그들의 흥미를 끈다. 그들의 의식은 점점 더
마취되고, 그들은 필경 새로운 시가에 대해서는 조금의 흥미도 느끼지

않게 된다. 게다가 그들에게는 잡지나 신문에 발표되는 시가를 읽을 만한 학력도 없다. '연내'에 유행하는 잡가는 신작이라고 하지만, 그 곡조는 재래의 그것과 동일하다. 그 가사도 그들이 좋아하는 음담패설이다.

김기진이 말하고자 한 것은, 문학(시)에는 사회성이 꼭 있어야 하며 조선에 필요한 문학은 다름아닌 프롤레타리아를 찬양하는 문학이라는 점이다. 이것은 박영희의 그것과 함께 계급주의적 효용론의 뚜렷한 갈래를 형성한다.

김동환의 국문학(시)부정론은 갑오경장 이전의 우리 국문학을 모두 부정하는 경향문학론과 시조배격론을 통해 구체화된다. 그가 우리 국문학을 부정하는 이유로 내세운 것들은 국문학이 한자로 표기된 문학이라는 점, 일반 대중의 감정과는 동떨어진 추상적, 보수적 문학이라는 점, 평민을 지배하려는 귀족의 논리가 나타나 있다는 점 등이다.[27] 그에 의하면, 이러한 국문학은 국민이 마땅히 가져야 할, 또 국민의 보편적 문학일 수 없다. 그가, 1920년대 최남선·이광수에 의해 주도된 국민문학운동이 국민적 허영심과 과대망상을 고취하고 있을 뿐만 아니라 낙망과 차탄과 상심과 고뇌를 일삼고 있다[28]고 비판한 것도 그러한 주장과 맥락을 같이 한다. 그에 의하면, 참다운 애국문학이란 무산대중의 문학이다.

김동환은 시조에 대해서도 일관된 태도를 보여준다. 그는 「시조배격 小議」에서 시조를 배격하지 않으면 안 되는 이유를 명시한다. 그에 의하면, 시조는 "어제의 예술"[29]이므로 새 시대의 예술로는 적합하지 않

---

27) 김동환, 「애국문학에 대하여」『동아일보』(1927. 5. 14)

28) 위의 글, 위의 신문.

29) 김동환, 「시조배격 小議」『조선지광』68호 (1927. 6)

고, 형식상의 많은 제약으로 인해 "화산같이 폭파되는 정열"30)을 자유롭게 표현할 수 없으며, 제왕·귀족·학자·승려 등의 귀족계급의 문학이므로 무산대중의 문학이 될 수 없다. 이와 같은 그의 논리는 당대를 풍미한 마르크스주의 사상에 감염되어 형성된 것이다.

　이외에도 시의 효용을 중시하는 시론은 또 있다. 예술의 본질을 쾌락 또는 재미에서 찾은 이광수·김억의 심미적 효용론, 이광수의 민족주의적 효용론 등이 그것이다. 그런데 이러한 효용론들에는 개화기 시가에 대한 반발의 측면보다는 예술의 본질, 또는 예술의 존재방식에 대한 설명의 측면이 더 우세하다. 그러나 논의 과정에서 드러난 것처럼, 프로시론은 전대의 낭만주의시론을 분명히 의식하고 있었다는 점에서, 반발의 결과로 발생한 시론의 성격을 지니고 있다.

IV. 과거 시 부정과 모더니즘시론의 전개 양상

　1930년대에 들어서면, 시 자체의 기교를 중시하는 모더니즘시론이 등장한다. 그것의 핵심은 시의 창작방법에 대한 논의 속에 있다. 잘 살펴보면, 시의 창작방법에 대한 논의는 조선조 후기 문인들의 글에서도 발견된다. 이러한 의미에서, 우리는 모더니즘시론에다 전통적 성격을 부여할 수도 있을 것이다. 그러나 김기림에 의해 전개된 모더니즘시론에 대해서는 그것이 허용되지 않는다. 서구 모더니즘시론에 바탕을 둔 것일 뿐만 아니라 과거 시의 감상주의와 프로시의 편내용주의에 대한 반발의 결과로 나타난 것이기 때문이다.

---

30) 위의 글, 위의 책.

김기림에 의하면, 모더니즘시론의 발생 배경으로 먼저 꼽을 수 있는 것은, 1920년대까지의 시가 내용의 진부함과 형식의 고루함을 지니고 있었다는 사실이다.[31] 그에 의하면, 낡은 감상주의는 다만 시인의 주관적 감상과 자연의 풍물만을 노래한다. 그는 이 감상주의가 "시의 제작 과정에 있어서는 예술적 형상의 작용을 방해하고 시의 내용으로서 즉 한 개의 사회적 모랄로서 나타날 때는 단순한 치정의 옹호에 그치고 만다."[32]고 단언한다.

이러한 단언의 기저에는 시인들이 '오늘'의 문명에 대해 지나치게 무관심하다는 그의 비판이 도사리고 있다. 구체적으로 그는, 시인들이 "오늘의 문명의 형태와 성격에 대해서도, 그것이 그 속에 사는 사람들의 심정에 일으키는 상이한 정서에 대해서도 완전한 불감증"[33]을 보이고 있는 것을 비판하고, "우선 오늘의 문명 속에서 나서 신선한 감각으로써 문명이 던지는 인상을 붙잡은"[34] 모더니즘의 출현을 환영한다. 그에 의하면, 모더니즘은 현대의 문명을 도피하려고 하는 모든 태도와는 달리 문명 그것 속에서 자라난 문명의 아들이다. 그는 모더니즘의 출현을, "우리 신시상에 비로소 도회의 아들이 탄생"[35]한 것으로 규정하고, 도회의 제재와 문명이 등장한 점, 그리고 문명 속에서 형성되어 가는 새로운 감각·정서·사고가 나타난 점을 그것의 근거로 제시한다.

다음으로 꼽을 수 있는 것은, 1920년대까지의 시가 지니고 있는 내용

---

31) 이하의 논의 내용은 김병택, 『한국 현대시론의 탐색과 비평』(제주대학교 출판부, 1999)에 수록된 「김기림 시론」에 의거했다.

32) 김기림, 「1933년 시단의 회고」 『김기림 전집』(2) (이하 『전집』이라 한다.) (심설당, 1988), p. 60.

33) 김기림, 「모더니즘의 역사적 위치」 『전집』, p. 56.

34) 위의 글, 위의 책.

35) 위의 글, 위의 책.

의 관념성과 말의 가치에 대한 소홀함이다. 그는, 20세기 서양문학의 특징을(특히 시에 있어서) "말의 가치 발견에 전에 없던 노력을 바친 데"36)서 찾는다. 그는 과거 작시법에서 말을 운율의 고저, 장단의 단위로 생각했고, 조선에서는 그것을 음수 관계에서만 평가했던 점을 지적한다.37) 이러한 지적에는 약간의 문제점도 있다. 그것은, 과거 작시법에서의 말이 운율의 고저, 장단의 단위 이상의 가치를 지니고 있었고, 조선에서 말이 음수 관계에서의 기능뿐만 아니라 여러 가지 의미를 드러내는 기능을 발휘했던 데에서 연유한 것이다.

김기림은 모더니즘이 두 개의 부정을 준비했다고 선언한다. 그가 말하는 두 개의 부정이란, 하나는 "'로맨티시즘'과 세기말 문학의 말류인 '센티멘탈·로맨티시즘'이고, 다른 하나는 당시의 편내용주의의 경향"38)이다. 그는 모더니즘의 시가 "우선 언어의 예술이라는 자각과 시는 문명에 대한 일정한 감수를 기초로 한 다음 일정한 가치를 의식하고 씌어져야 된다"39)고 주장한다.

김기림의 모더니즘시론은 창작방법론을 중심으로 전개되는데, 그의 창작방법론은 그의 다섯 가지 주장을 포괄한다. 첫째는 어법에 대한 주장이다. 그에 의하면, 말은 단순한 수단 이상의 것이다. 그의 모더니즘은 운문 위주의 작시법에 대한 일종의 반대 개념이다.40) 그는 이 점을 누누이 강조한다. 그는 모더니즘이 전대의 운문을 위주로 하는 작시법에 대항해서 그 자신의 어법을 지어냈다고 주장한다. 이때의 '그 자신의 어법'

---

36) 위의 글, 위의 책.

37) 위의 글, 위의 책.

38) 위의 글, 위의 책, p. 55.

39) 위의 글, 위의 책.

40) 위의 글, 위의 책.

이란, 그에 의하면, 말의 함축이 달라지고 전대의 리듬과는 딴판으로 기차·비행기·공장의 燥音과 군중의 규환을 반사시킨 회화의 내재적 리듬을 중시하는 어법을 가리킨다.

둘째는 상념의 객관화에 대한 주장이다. 그에 의하면, 시인은 먼저 그의 의식에 떠오르는 어떤 몇 가지의 상념을 객관화하고 구상화하는 데에 최대의 노력을 집중한다. 그 상념 자체를 정돈하는 것이다. 그 과정에서 사용된 수많은 단어는 시인의 정신의 입김을 받은 언어로서 그 목적을 위해 약동한다. 그것이 바로 시의 기술이다. 시는 어떤 정도로든지 그 시인의 정신의 호흡을 들려주지 않으면 안 된다.[41]

셋째는 말에 대한 주장이다. 김기림은 시인이 사용하는 '말'을 창조된 것으로 보지 않고 선택된 것으로 본다. 그는 시인의 詩作을 "사람의 관념계에 뒹구는 잠자고 있는 말을 주워다가 그의 목적 때문에 생명을 불어넣어 산 말을 만드는 것"[42]으로 설명한다. 그에 의하면, 새로운 의미 세계는 선택 행위의 대상이 현실로 확대될 때 만들어지고, 시인은 평범한 눈으로 발견할 수 없는 현실의 어떤 새로운 의미를, 또 한편으로 언어가 가지고 있는 숨은 의미를 부단히 발굴해[43] 보여준다.

넷째는 주지적 방법에 대한 주장이다. 김기림은 그러한 시인의 시가 주지적 방법(태도)에 의존하지 않을 수 없음을 인정한다. 따라서 그가 배척하는 것은 '자인(존재)'의 세계를 드러내는 자연발생적인 시이며, 그가 적극적으로 옹호하는 시는 '지어지는 시'이다. 그는, 시가 "나뭇잎에 피는 것처럼, 물이 흐르는 것처럼 자연스럽게 쓰여져서는 안 된다."[44]고

---

41) 김기림, 「시와 인식」, 위의 책, p. 75.
42) 위의 글, 위의 책.
43) 위의 글, 위의 책.
44) 김기림, 「시의 방법」, 위의 책, p. 79.

주장한다. 그에 의하면, 시는 우선 '지어지는 것'이다. 그가 "영상을 통하지 않고 추상화한 주관의 감정이 직접 독자의 감정에 감염하려고 하는 그러한 경향의 시,"45) 즉 감상적 낭만주의의 시와 격정적 표현주의의 시를 배척하는 것은 그 때문이다. 그에 의하면, 시인은 즉물주의자가 아니면 안 된다. 그는 과거의 시와 새로운 시를 다음과 같이 구분한다.46)

과거의 시	새로운 시
독단적	비판적
형이상학적	즉물적
국부적	전체적
순간적	경과적
감정의 편중	정의와 지성의 종합
유심적	유물적
상상적	구성적
자기중심적	객관적

김기림에 의하면, 어떤 시대에도 "새로운 시는 항용 비시적이라는 구실을 가지고 심하게 비난되었다."47) 그러나 그는 그 비난을 심각하게 생각하지 않는다. 그는, 그 비난이 "비난하는 편의 시학이 그 새로운 시보다 키가 몇 자 모자란다는 것"48)을 의미하는 것이어서, 어느새 그 비시적이었던 시는 시일이 지남에 따라 시사상에서 그 위치를 차지하게 되리라는 것을 알고 있기 때문이다. 그런데 그러한 생각에 대해서는, 시간

---

45) 김기림, 「시의 모더니티」, 위의 책. p. 80.

46) 위의 글, 위의 책, p. 84.

47) 김기림, 「시와 현실」, 위의 책, p. 100.

48) 위의 글, 위의 책.

적인 격차 사이에서 발생할 수 있는 변증법적 움직임이나 변증법적 관계는 전혀 고려되고 있지 않다[49]는 비판도 있다. 예를 들면, 첫째에서 비교된 '독단적/비판적'의 경우, '독단적'인 것과 '비판적'인 것은 완전무결하게 그러한 요소만으로 이루어진 것이라고는 할 수 없다는 것이다. 시에 있어서의 과거와 현재가 명확하게 구분되는 시간이 아니라 서로 연속되는 시간이라는 점을 인정한다면 그것은 더욱더 그렇다.[50]

　다섯째는 살아 있는 시에 대한 주장이다. 그가 주장하는 살아있는 시는 시정신이 굳세게 움직이는 시이다. 그에 의하면, 시정신이란 "한 시대가 품고 있는 문화 의욕을 자신 속에 나누어 가지고, 그것을 시에 구현해 가는 창조적 정신"[51]이다. 그는, 시 속에서 그 정신이 시대에 대한 감각과 비판에 접할 수 있을 때, 처음으로 바라는 시를 찾았다고 할 수 있을 것[52]이라고 주장한다. 그렇다면 그의 살아있는 시는 다르게 말해서 시대의 시, 현실의 시이기도 하다. 그에 의하면, 애수에 찬 감정이나 정서가 있다 하더라도 그것이 인생의 구체적 현실과 어떻게 관련이 있는가를 알 수 없을 때에, 그러한 감정을 그대로 노출시킨 시와 독자 사이에는 아무 교섭도 성립할 수 없다. 그는 "우리는 그것을 보고 우리들의 눈물을 울어질 수는 있으나, 그것은 억울한 '눈물의 강요'"[53]일 뿐이고, "무엇 때문에 어떤 구체적 현실과 관련해서 그가 우는가를 이해할 때 비로소 우리들의 울음은 진실하게 울어질"[54] 수 있다고 말한다. 그에 의하

---

49) 김윤식, 「전체시론」『한국근대문학사상사』(한길사, 1984), pp. 465~66. 참조.
50) 이승훈, 「김기림의 시론」『한국현대시론사』(고려원, 1993), p. 98. 참조.
51) 위의 글, 위의 책, p. 67.
52) 김기림, 「시의 모더니티」『전집』, p. 80.
53) 위의 글, 위의 책, p. 80.
54) 위의 글, 『전집』, p. 80.

면, 시는 "한 개의 엑스타시의 發電體와 같은 것"[55]이며 하나의 이미지
는 여기에서 성립한다. 그는, 시인은 그의 엑스타시가 어떤 공간적, 시간
적 위치와 관련되고 있는가를 보여 주어야 한다고 주장한다. 그것을 위
해 그는 시인들에게 항상 "즉물주의자가 되"[56]기를 요구한다.

　김기림이 사용하는 즉물주의라는 말은 두 가지를 의미한다. 그것의
하나는 구체적 현실과의 관련성이고, 다른 하나는 감정억제와 사실성의
강조이다.[57] 그가 시인에게 요구하는, '즉물주의자'의 '즉물주의'는 구
체적 현실과의 관련성을 의미하는 용어로 사용된 것이다.[58] 그가 말하
는, 살아있는 시는 물론 새로운 시인 동시에 즉물주의시이다. 그가 스윗
타스의, "무슨 까닭에 우리들의 기계는 아름다운가. 그것은 그들은 일하
고 움직이는 까닭이다. 무슨 까닭에 우리들의 집은 아름답지 아니한가.
그것은 그들이 아무 일도 하지 아니하고 멍하니 서있는 까닭이다."라는
말을 인용하면서 매우 중시했던 '시에 있어서의 새 역학'과 살아있는 시
는 동일한 맥락에 놓이는 것들이다.

　살펴본 대로 김기림의 모더니즘시론은 전대의 '로맨티시즘', '센티멘
탈 로멘티시즘'과 편내용주의의 경향이 발생 배경에서 중요한 동인으로
작용하여 이루어진 시론이다. 처음부터 이 점을 선언한 그가 새로운 시
와 살아있는 시의 필요성을 주장하는 것은 극히 자연스러운 일이다. 시
사적인 맥락에서 볼 때, 그의 모더니즘시론이 명실 공히 현대시를 발족

---

55) 위의 글, 『전집』, p. 80.

56) 김기림, 「시의 모더니티」『전집』, p. 80.

57) 이승훈, 「김기림의 시론」『한국 현대시론사』(고려원, 1993), pp. 94~95. 참조.

58) 이승훈은, 신즉물주의적 요소, 즉 감정 억제와 사실성의 강조를 의미하는 즉물성
　　이란 말은 김기림이 격정적 표현주의를 비판할 때 사용했다고 본다(이승훈, 위의
　　글, 위의 책, p. 95. 참조.).

시키는 데에 있어서의 이론적 근거가 되었다는 점은 결코 간과되어서는 안 될 사항이다. 비록 그의 선구적인 시론이 서구의 시론에 의존하고 있다 하더라도, 그것이 그의 시론이 지니는 문학사적 의의를 쉽게 약화시키는 근거가 될 수는 없다.

V. 에필로그

이상에서 1920~30년대 시론에서의 반발방식과 그에 따라 발생한 새로운 시론이 어떤 양상으로 전개되었는지를 살펴보았다. 이제, 그 내용을 결론삼아 요약, 정리해 보면 다음과 같다.

첫째, 개화기 시가의 계몽성을 거부하고 내면세계를 중시하는 낭만주의시론은 크게 세 가지의 양상으로 전개된다. 먼저 감정을 중시하는 시론이다. 개화기 시가와의 관련 속에서 논의할 때, 그의 시론이 지니고 있는 반발의 측면은 뚜렷이 드러난다. 양주동의 주장은 낭만주의시론의 한 방향을 보여준다. 이은상은 서구 낭만주의시론 중에서도 시를 감정의 자발적 표현으로 보는 워즈워스의 이론에 경사되어 있다. 김소월의 「시혼」은 그의 유일한 시론이다. 그에 의하면, 시혼 자체는 불변이며, 변하는 것은 음영의 현상뿐이다. 玄哲의 주장은 일종의 감정론이다. 그는, '우수한 감정'은 정당한 것이라는 점 등 다섯 가지 요건을 갖추어야 한다고 주장한다. 다음으로는 영감을 중시하는 시론이다. 申湜은, 영감이 독립성·영원성·보편성·타당성을 지니고 있고, 비애·경이·환희·분노·감격·공포·욕망·증오 등으로 발현된다고 주장한다. 마지막으로는 상상을 중시하는 시론이다. 양주동은 상상의 깊이와 공교로움·고상한 힘에 비례하여 시의 아름다움인 예술상의 가치는 증대한다고 주장한다.

둘째, 시의 내면세계를 배격하고, 문학의 현실반영과 효용성을 중시하는 프로시론은 박영희와 김기진에 의해 주도되고, 김동환이 여기에 가세한다. 프로시론은 두 가지의 양상으로 전개되는데, 시의 사회성론과 국문학부정론이 그것이다. 먼저 시의 사회성론은, 시는 풍부한 사회성을 지녀야 하고 사회의 요구를 충족시킬 수 있어야 한다는 박영희의 주장으로 구체화된다. 시는 풍부한 사회성을 지녀야 하며, 사회의 요구를 충족시킬 수 있어야 한다는 그의 주장은 그의 「고민문학 필연성」에서도 그대로 이어진다. 박영희의 주장과 거의 같은 주장을 전개한 사람으로는 김기진을 들 수 있다. 그가 말하고자 한 것은, 문학(시)에는 사회성이 꼭 있어야 하며 조선에 필요한 문학은 프롤레타리아를 찬양하는 문학이라는 점이다. 그것은 박영희의 주장과 함께 계급주의적 효용론의 뚜렷한 갈래를 형성한다. 국문학(시)부정론은 갑오경장 이전의 우리 국문학을 모두 부정하는 김동환의 경향문학론과 시조배격론을 통해 구체화된다. 그에 의하면, 참다운 애국문학이란 무산대중의 문학이다. 그는 시조가 귀족 계급의 문학이기 때문에 무산대중의 문학이 될 수 없음을 주장한다.

셋째, 과거에 씌어진 낭만주의시의 감상주의와 프로시의 편내용주의를 부정하고 시 자체의 기교를 중시하는 김기림의 모더니즘시론은 창작방법론을 중심으로 전개되는데, 그것은 그의 다섯 가지 주장을 포괄한다. 첫째는 어법에 대한 주장이다. 그에 의하면, 말은 단순한 수단 이상의 것이다. 그에 의하면, 모더니즘은 운문 위주의 작시법에 대한 일종의 반대 개념이다. 둘째는 상념의 객관화에 대한 주장이다. 그에 의하면, 시인은 먼저 그의 의식에 떠오르는 어떤 몇 가지의 상념을 객관화하고 구상화하는 데에 최대의 노력을 집중한다. 셋째는 말에 대한 주장이다. 그에 의하면, 시인은 평범한 눈으로 발견할 수 없는 현실의 어떤 새로운 의미를, 또 한편으로는 언어가 가지고 있는 숨은 의미를 부단히 발굴해 보여준다. 넷째는 주지적 방법에 대한 주장이다. 그가 적극적으로 옹호하는 시는 '지어지는 시'이다. 다섯째는 살아 있는 시에 대한 주장이다. 그가 주장하는 살아있는 시는 시정신이 굳세게 움직이는 시이다. 그에 의하면, 시정신이란 한 시대가 품고 있는 문화 의욕을 자신 속에 나누어 가지고, 그것을 시에 구현해 가는 창조적 정신이다.

문예사조에서의 반발이론에 대한 연역적 논증

Ⅰ. 프롤로그

문예사조와 문학작품 사이에 쉽게 등식이 성립될 수 있을 정도로, 어떤 문예사조와 그 문예사조가 지배하던 시대에 씌어진 문학작품의 상관성은 매우 크다. 예컨대, 신고전주의와 신고전주의 시대에 씌어진 문학작품, 또는 낭만주의와 낭만주의 시대에 씌어진 문학작품은 우리가 생각하는 것보다 훨씬 더 밀접한 상관관계에 놓여 있다. 이러한 점은 지금까지의 문학사에 명멸한 다른 문예사조와 문학작품에서도 마찬가지로 나타난다.

그런데 이와는 달리, 여러 문예사조를 설명하는 데에는 르네 웰렉처럼 기술적(descriptive) 정의를 사용할 수도 있다. 웰렉에 의하면, 신고전주의·낭만주의 등의 문예사조는 시대개념(시대용어)으로 한정되지 않는다. 그것은 어느 특정한 시기의 문학을 지배하는 규범적 체계의 명칭인 동시에 규범적 이념이다. 이상적 유형으로서의 그것은 하나의 작품만으로는 이루어지지 않는다. 개별 작품에서마다 다른 특성, 과거로부터 이어져 온 것들, 미래 에 대한 기대, 매우 특이한 개성 등과 분명히 연결되어야 이루어지는 것이다. 그것은 관찰 가능한 사실들과 관련을 맺고 있기는 하지만, 개개의 텍스트에 대한 허술한 대화의 단계를 넘어서는 문학사를 논의하는 데에 절대적으로 요구되는 하나의 구성(constru-ction)이다.[1]

웰렉의 이러한 설명은 대체로 옳지만 완벽한 설명이라고 할 수는 없다. 응당 있어야 할, 문예사조·문학이론의 발생, 소멸에 대해서는 아예 언급조차 하지 않고 있기 때문이다. 웰렉의 설명이 완전성을 확보하는 것은, 그것에다 새로운 이론을 적용할 때에 가능하다. 그 새로운 이론은 다름 아닌 반발이론이다. 반발이론에서는 모든 문예사조·문학이론의 발생, 소멸을 반발원리가 적용된 결과로 본다. 갑자기 등장한 반발이론이라는 명칭이 생소할 수도 있다. 그러나 내용의 성격에 초점을 맞추어서, 신고전주의 이론을 모방이론으로, 낭만주의 이론을 표현이론으로, 사실주의 이론을 반영이론으로, 모더니즘 이론을 차이이론으로 각각 부르고 있는 점을 염두에 둔다면, 문예사조·문학이론의 발생, 소멸에 두루 적용되는 이론을 반발이론으로 부르는 것은 오히려 자연스럽다.

반발이론을 적용하지 않으면, 문예사조·문학이론의 발생, 소멸에 대한 합리적 설명은 어렵다. 따라서 이 글은, 문예사조·문학이론의 발생, 소멸을 합리적으로 설명하기 위해서는 반드시 반발이론을 적용해야 한다는 가정적 명제를 출발 지점으로 삼는다. 이 글은 이런 점에 유의하면서, 신고전주의와 낭만주의, 모더니즘과 포스트모더니즘, 구조주의와 탈구조주의 등에 적용되는 반발이론을 연역적으로 논증하는 데에 목적

---

1) D. W. 포케마·엘루드-쿤네 입쉬, 『현대문학 이론의 조류』, 윤지관 역 (학민사, 1983), p. 13.에 의거.

을 둔다.

II. 신고전주의와 낭만주의: 보편에서 특수로

먼저 신고전주의를 명확하게 이해하기 위해서는 신고전주의 작가들에게 공통적으로 나타나는 특징을 살펴보는 것이 필요하다. 그것은 대체로 다음과 같이 설명된다.[2]

첫째, 그들은 강한 전통주의를 보여준다. 이 전통주의는 개혁에 대한 불신과 자주 관련되는 것으로, 특히 대부분의 주요 문학 장르에서 고정적인 모델을 확립시키고, 최고 수준을 성취했다고 판단되는 고전주의 작가들(특히 로마의 작가들)에 대한 끝없는 존경심에 분명히 나타나 있다. '신고전적'이란 용어는 여기에서 나타난 것이다. 둘째, 그들에게 문학은 무엇보다도 하나의 기교(art)로 생각된다. 그것은 천부적 재능이 요구되기는 하지만 끊임없는 연구와 실천으로 완성되는 기교이며, 독자에게 효용성을 제공하는 데에 효과적이라고 알려진 방법을 응용하는 기교이다. 특히 호라티우스의 「시의 기교(Art Poētica)」에 그 바탕을 둔 이 신고전주의적 이상은 匠人(craftsman)이 지니고 있는 이상이기도 하므로 끝손질과 퇴고와 세부적인 것들에 대한 주의를 요구한다. 그들은 정확성을 위해 노력하고, 문체상 어울림(decorum)의 복잡한 요구에 부응하기 위한 노력을 기울이며, 대체로 자기 예술의 기존 법칙을 존중한다. 시의 법칙들은, 이론상으로는, 오래 남아 있어 그 우수성이 증명된 고전 작품들로부터 도출해 낸, 여러 장르들(서사시, 비극, 희극, 목가와 같은)의

---

2) M. H. Abrams, *A Glossary Literary Terms*(New York: Holt, Rinehart and Winston, Inc., 1981), pp. 113~117.에 의거.

본질적 특성들이다. 당대의 작품들도 우수하고 오래 동안 존속하려면 희곡에서의 삼일치법칙과 같은 특성들이 그 작품들 속에 형상화되어야 한다고 많은 비평가들은 확신한다. 셋째, 인간, 특히 어떤 조직 사회의 유기적 부분으로서의 인간을 시의 소재의 주된 원천으로 본다. 시란 인생의 모방―자연을 향해 처든 거울(a mirror held up to nature)―이다. 또한 시는 모방 대상인 인간 행동들과 모방에 따르는 예술적 형식으로, 그것을 수용하는 독자에게 교훈과 심미적 쾌락을 제공하도록 제작된다. 그들은 예술을 위한 예술이 아닌, 인류를 위한 예술을 신고전주의적 휴머니즘의 이상으로 삼는다. 넷째, 그들은 소재뿐만 아니라 예술적 호소력에 있어서도, 인간이 공유할 수 있는 것―대표적 특징들과 널리 공유되는 경험, 사고, 감정, 취미―에 힘을 기울인다. 시의 일차적 목표는 누구나 다 알고 있는 훌륭하고 평범한 인간 지혜들을 새롭고 완전하게 표현하는 데 있다. 그런 보통의 진리가 널리 퍼져 있고 유지된다는 점이 바로 그것이 중요한 진리라는 점을 가장 훌륭히 보증하고 있기 때문이다. 또한 그들은 전형적이고 익숙한 것을 신기하고, 특수하고, 창조적이라는 반대 속성들을 통해 균형을 유지하거나 강화시킬 필요가 있음을 강조했다는 점에도 유의해야 한다. 그들은 인간의 일반적 본성이 예술의 근원이며 그 가치를 시험하는 수단이라는 점, 장소와 시대를 뛰어넘어 보편적으로 동의한다는 사실 자체가 미적 진리와 함께 물론 도덕적, 종교적 진리를 시험하는 가장 좋은 수단이라는 점에 대해서는 전적으로 견해의 일치를 본 것이다. 다섯째 그들도 그 시대의 철학자들이 그러했던 것처럼, 인간은 도달할 수 있는 목표를 향해 매진해야 하는 전념해야 하는, 본질적으로 유한한 존재라고 여긴다. 이 시기의 많은 풍자적, 교훈적 걸작은, 감히 인간의 자연적 한계를 극복하려는 不敬을 공격하고, 중용의 교훈, 그리고 인간은 만물의 서열ー흔히 자연적 위계조직, 곧 존재의 대연쇄(great chain of being)로 그려진 서열ー에서 점유하고 있는 유한한 위치를 받아들여야 한다는 교훈을 크게 옹호한다. 인생에 있어서 그런 것처럼 예술에 있어서도, 分數의 법칙과 자유의 엄격한 규제가 널리 퍼진다. 시인들은 서사시, 비극이라는 훌륭한 장르들을 극구 찬양하지만, 그들 자신들의 걸작은 운문과 산문 에세이, 풍속 희극, 그리고 특히 풍자처럼 확실히 이류에 속하는 형식으로 쓴다. 그리고 그들은 영국 선배들에 직접 비교되거나 앞설 가능성이 더 많다고 느낀다. 그들은 주제, 구조, 시어에서 최소한 여러 법칙과 기타 제한적 관례들을 거부감 없이 받아들인다.

이러한 점들과 함께 강조되어야 할 것은 신고전주의 작가들은 질서의 원리를 매우 중시했다는 점이다. 질서의 원리는 질서의식에서 나온 것들인데 불변적이고 항구적인 자연성이나 敎化性, 윤리성, 보편성, 이성, 규칙, 절도, 균형, 조화, 형식 등을 의미한다. 그리고 보면 이 질서는 달리 말해서 객관성의 질서이기도 하다. 객관성이란 독자의 입장에서 보면 보편성에 다름 아니다. 그들은 문학이 모름지기 보편성에 호소해야 하고 편벽되고 특수한 것을 배격해야 한다고 보았다. 따라서 남과 다른 특수한 개성, 독창성 등은, 그들에게는 극복해야 할 것들이었다. 실재의 보편타당한 의미를 구현하여 많은 사람들에게 전달하는 것이 그들의 임무였다. 이 질서의 원리는 다시 (1) 자연과 모방자와의 질서, (2) 형식의 질서, (3) 사건의 질서 등으로 설명된다.

(1)은 자연과 모방자와의 질서이다. 17, 18세기의 신고전주의 문학이론에서, 문학이 자연을 모방한다고 할 때의 자연은 시각적 대상으로서의 자연이 아니다. 이 경우의 자연은 영원하고 불변하는 것을 의미한다.

그리고 이것은 신고전주의 작가들에게 질서와 조화를 지닌 합리적인 실체로 인식된다. 따라서 자연은 인간이 본받아야 할 모범이 된다. 이 때, 자연의 개념에서의 핵심은 인간 본성(human nature)이다. 초시간적으로 인간적인 것, 인간의 자연을 형상화하는 일이 그들의 최고의 사명이다. 따라서 자연스러운 것은 전적으로 심리적인 어떤 것을, 그것의 모방은 인간적인 것의 모방을 각각 의미한다. 그러니까 이 경우의 자연은 적어도 들판이나 산이나 구름은 아니며, 원시적인 것과 연결되는 개념은 더더욱 아니다. 그들의 문명을 그들의 문화적 형식을 통해 보편타당한 전형으로, 영원히 인간적인 모범으로 형상화하는 것, 그것이 그들이 추구한 것이다. 그들에게는 그것이 자연을 모방하는 것이다.

고전주의는 문학을 자연의 모방으로 전제하고 출발한다. 플라톤과 아리스토텔레스는 똑같이 문학을 모방예술로 상정하고 있었다. 그러나 두 사람의 모방 개념은 다르다. 플라톤은 이데아의 모방을 이야기하지만 아리스토텔레스는 인간의 심성과 보편적 양상(있을 수 있는 것, 개연성이 있는 것)을 모방하는 것을 문학예술로 본다. 또한 그는 자연물을 살아 있는 유기체로 본다. 유기체는 부분들을 질서 있게 배열하여 하나의 전체로 구성한 것을 말한다. 아리스토텔레스에 의하면, 자연은 여러 부분들이 적절하게 얽혀져 이루어진 유기적인 전체, 곧 생명체이다. 그가 문학을 자연의 모방이라 했을 때, 그것은 곧 유기체의 구성원리, 즉 질서와 균형을 모방해야 한다는 뜻이다. 그러므로 자연의 모방은 질서의 모방으로 귀결된다.

"신고전주의에서 이성이 예술가를 이끄는 가장 중요한 길잡이로 제시되는 것은 거칠고 조잡한 현상들의 세계에 감추어져 있는 본래적 질서를 간파하는 능력, 그렇게 간파된 진실을 청중 또한 공감할 수 있도록,

그 진실에 적합한 방식으로 제시할 수 있게 하는 능력을 지니고 있기 때문이다."3) 따라서 아무런 전제도 없이 신고전주의 문학을 합리적이라거나 이성주의적이라고 말하는 것은 적절하지 못하다. 신고전주의 문학의 초기에는 오히려 염세적 세계관이 강했기 때문이 이성적 인간을 존중하는 분위기가 거의 없었다. 오히려 신고전주의 문학의 초기에는 이성을 추구하기보다는 비이성성을 분석하는 측면이 강했고 그 과정은 냉혹하기까지 했다. 우리가 신고전주의 문학의 특징으로 내세우는 미학적 차원의 명징성·조화·절도·견고성 등은 그러한 과정을 거친 결과들이다.

(2)는 형식의 질서이다. 신고전주의는 개인적 감성과 사상의 억제를 통하여 보편적 합리성에 도달하는 것을 이상으로 삼으므로, 형식적 제약을 받아들이는 것은 당연하다. 또한 신고전주의에는 우주적 질서와 조화를 구현하기 위해서라도 문학적 서술의 질서적, 조화적 전개가 필요하다. 그래서 그들에게는 형식이 중요시되지 않을 수 없다. 이와 같은 형식에의 의지는 그것을 방해하는 자질구레한 세부적 요소들을 제거한다. 결국 전체적 형상을 위한 통일성, 명징성, 단순성, 균형이 뚜렷한 윤곽, 견고한 조직 등이 강조된다. 자연은 변함없는 실재라고 판단하기 때문에, 신고전주의 작가들은 문학적 유행, 진보를 믿지 않고 보수적이며 과거의 모범, 즉 전통을 중시한다. 이를 위해 동원되는 것들이 퇴고, 기승전결의 구성, 수사법, 시어의 확립 등이다. 이러한 형식 존중은 극단의 형식주의(형식제일주의)로 타락했는데 유럽 지성인들은 이를 비꼬아 Pseudo Classicism(擬古典主義)라고 불렀다.

---

3) 심민화, 「고전주의의 형성 과정과 기본 명제」, 오생근·이성원·홍정선 편, 『문예사조의 새로운 이해』(문학과지성사, 2000), pp. 28~29.

(3)은 사건의 질서이다. 소포클레스의 「안티고네」에서 왕 크레온은 안티고네를 불러놓고, 명령을 어기고 반역자인 폴리네이케스의 장례를 지내준 것을 질책한다. 이 자리에서 안티고네는 왕의 명령보다 더 높은 질서를 따랐다고 말한다. 낮은 질서와 높은 질서가, 나라의 질서와 신의 질서가 각각 충돌하고 있는 것이다. 크레온 왕은 낮은 질서(나라의 질서)를, 안티고네는 더 높은 질서(신의 질서)를 각각 주장한다.

이상의 내용만을 통해서도 신고전주의의 성격은 결코 단순하지 않음을 알 수 있다. 성격이 결코 단순하지 않음은 낭만주의도 마찬가지이다. 우선 낭만주의의 개념을 규정하는 일부터 간단하지가 않다. 서로 모순되어 보이는 견해들이 대립과 공존하고 있기 때문이다. 가령 이성에 맞서는 감성, 합리성에 맞서는 비합리성, 계몽주의와 혁명 이념에 대한 거부, 예술과 문학에 있어서의 데카당스의 시발 등은 흔히 낭만주의를 규정짓는 요소들로서 지적된다. 낭만주의의 개념을 규정할 경우, 역사적 측면에서의 조명은 보다 중요하게 인식된다. 이런 점에서 바라볼 때 당대의 이론가였던 F. 슐레겔의 견해는 매우 의미가 깊다. 그에 의하면 낭만적 문학은 진보적인 보편성의 문학이다. 낭만적 문학이 의도하고 있는, 또 마땅히 해야 할 것은, 시와 산문, 창작 시와 자연시를 때로는 혼합, 때로는 융합시켜 문학에 생동감과 친근감을 줌으로써 삶과 사회를 시화하는 것이다. 동시에 이 경우, 낭만적 문학은 모든 현실적 또는 이념적 관심에서 벗어나 시적 반영이라는 날개를 타고 묘사하는 자와 묘사의 대상 사이를 자유롭게 떠다니며, 마치 무한히 늘어서 있는 거울 속처럼 반영된 모습을 끊임없이 강화하고 늘려간다. 낭만적 문학만이 오직 무한하며 또 자유롭다.[4]

---

4) 김주연, 「독일 낭만주의의 본질」, 위의 책, pp. 43~44.

F. 슐레겔의 이러한 견해는, 모든 문학은 낭만적이며 또 낭만적이 되어야 한다고 믿는 사람들에게는 자연스럽게 이해된다. 그것은 '문학=낭만주의 내지 낭만성'이라는 인식을 드러낸 것이다. 극단적으로 말하면 낭만성을 지니지 않은 문학은 문학이 아니라는 인식이다. F. 슐레겔의 낭만주의 문학이론은, 그러므로 계몽주의적 합리성이나 순수이성의 도구적 역할로부터 벗어나 문학의 자율성을 확보하고 있다는 역사적 의미도 지닌다. "그(슐레겔-필자)가 말하는 '진보적'이란 따라서 계몽성으로부터의 탈피라는 의미가 강하고, '보편성'이란 구체적·실용성·현실성 아닌 문학 자체가 지닌 보편적 가치라는 의미로 해석될 수 있을 것이다. '시적 반영이라는 날개'가 바로 이러한 진보성과 보편성을 동시에 말해주는 상징일 것이다. 얼핏 보기에 자유스러운 浮動性으로 나타나는 낭만주의 문학의 이러한 특징은 그러나 사실상 현실성 속에 매몰된 맹목적 이성과 부자유한 정신에 대한 가열한 비판의 성격을 갖고 있다."[5]

낭만주의의 특징[6]을 가장 잘 말해 주는 것으로 동경과 사랑이 있다. 낭만주의 작가의 정신적 기조는 동경이며 그래서 낭만주의의 문학은 동경의 문학이라고 할 수 있다. 동경에서 출발하여 동경 속에서 진행된다. 낭만수의자는 이 끝없는 동경에나 사랑을 결부시킨다. 사랑은 동경을 진정시키는 수단이라고 본 것이다. F. 슐레겔은 무한자에 대한 동경을 W. 슐레겔에게 고백하고 있고 이 무렵에 그 동경을 사랑과 결부시킨다. 그러면 동경의 대상은 무엇인가. 동경은 원래 플라톤의 이데아에 대한 애모, 그리고 플라톤의 이데아를 더욱 발전시킨 플로티누스에서 유래한

---

5) 위의 글, 위의 책, p. 45.

6) 별도의 각주 없이 낭만주의의 특징을 논한 내용들은, 모두 박찬기, 『독일문학사』(일지사, 1980), pp. 246~248./문덕수, 『문예사조』(개문사, 1985), pp. 68~82. 참조.

다. 그런데 18세기 말엽에 낭만주의 운동에 영향을 준 피히테에 의하면 동경은 '어떤 미지의 세계에 의한 충동'인데 낭만주의자들의 동경은 이러한 형이상학적인 데에만 머무르지 않고 '신에 대한 동경', '무한자에 대한 종교적 사랑'으로까지 확대된다.7) 다른 한편으로 낭만주의 작가는 외국(특히 동양)이나 중세, 미지의 세계를 동경하기도 한다. 처음에는 그리스에 심취했던 F. 슐레겔의, 고대 인도에 대한 연구, 노발리스의 동양에 대한 동경, 그 외에 외국 문학의 섭취·번역 등이 모두 이에 해당한다. 화려한 騎士 생활과 신비적인 카톨릭 신앙 등은 그들에게는 무한한 詩情의 원천이었다. 물론 봉건군주의 압제라든지, 승려의 타락 등 중세의 암흑면에는 외면하고 중세적 예술의 분위기가 그윽한 독일 고유의 분위기를 동경한 것이다. 그 결과 많은 독일의 전설, 민요, 동화, 민담 등이 정리, 소개된다.

낭만주의는 동경에서 벗어나지 못한 채 완성에 이르지 못하고 영원한 생성과정 속에 존재한다. 이 영원한 생성과정이라는 것도 낭만주의의 특징이다. F. 슐레겔은 『아테네움』지에서 "다른 형식의 시는 이미 완성된 것이며 이제는 완전히 분석할 수 있다. 낭만시풍은 현재도 生成하는 과정에 있다. 이 사실이, 즉 그것이 영원히 생성, 발전하여 결코 완성하지 않는다는 사실이, 실로 낭만시의 본질이다. 그것은 어떠한 이론으로도 구명할 수 없고 다만 豫感的 비평만이 그 이론의 특징을 천명하고자 하는 시도를 감행할 수 있다. 낭만시만이 무한하며 낭만시만이 자유"8)라고 주장한다.

낭만주의자들에게서 가장 중요한 감정은 애정이다. 18세기 문학은 교

---

7) 문덕수, 위의 책, pp. 72~73. 참조.

8) 지명렬, 「낭만주의와 동경의 문제」, 김용직·김치수·김종철 편, 『문예사조』(문학과지성사, 1979), p. 49.에서 재인용.

양과 예절과 우아함이 강조되는 문학이다. 그러나 그렇다고 남녀간의 관계를 다룬 작품이 없다고 보는 것은 오해이다. 이 시대의 남녀 관계를 다룬 작품에는 육체적 욕망과 저속한 육욕을 다룬 작품도 적지 않다. 그런 작품들은 이러한 남녀 간의 관계를 단지 심리적 게임으로 보거나, 또는 남자가 여자를 차지하는 것을 중요한 주제로 다룬다. "이러한 사랑 게임에 낭만주의자들은 강하게 반발했다. 이러한 경향을 대표하는 작중 인물로서 우리는 괴테의 파우스트와 마르가레테를 들 수 있다. 이들에게 있어서 사랑은, 진정으로 정신적인 고귀함이 있고 진실로 부러워할 가치가 있는 것으로 여겨졌다. 이 같은 사랑은 육체적 만족을 가져오기 때문에 고귀한 것이 아니다. 오히려, 사랑 때문에 불행해지는 한이 있더라도, 이러한 고통스러운 행복 없이는 인간은 존재 가치를 잃는 것이기 때문이다."9)

루소는 자신을 정신적으로 독특하고 전무후무한 사람이라고 말한 바 있다. 이처럼 개성에 대한 강한 인식은 필연적으로 소외 의식을 가져오게 되고, 또한 다른 사람이 자기를 이해하지 못한다는 느낌을 불러일으킨다. 우리가 우리 당대의 사람으로부터 이해되지 못한다면, 우리는 언제나 자연의 크나큰 포용에서 공감을 느낄 수 있다. 워즈워스가 말한 바처럼, 자연은 자연을 사랑하는 사람을 결코 배반하지 않기 때문이다.10)

"낭만주의에 대한 개념 규정을 하고자 할 때 나타나는 또 다른 개념이 이른바 '창조적 자아'라는 문제다. 여기서 흥미로운 사실은, 계몽주의가 신비주의와 기독교의 관념성을 거부하고 현실적인 합리성을 그토록 고창했음에도 불구하고 신에 맞서는 자아를 생각해보지 못했음에 비해서,

---

9) 이재호 외 역, 『세계문예사조사』(을유문화사, 1990), p. 228.

10) 위의 책, p. 229.

기독교를 그 나름으로 수용한 낭만주의 오히려 창조적 자아를 내세웠다
는 점이다. 자아의 중요성이 절대성으로, 절대성이 창조성으로 발전된
것인데, 창조란 기독교 안에서 오직 신의 속성과 능력일 뿐이다."11) 그
런데도 창조적 자아는 인간이 신의 자리에 앉겠다는 것을, 신에 대한 도
전을 의미한다. 그럼에도 이 시기에 창조적 자아가 반기독교적이라는
인식은 그렇게 많지 않았다. 그러나 낭만주의는 여기서 결정적인 계기
를 확보한다. 즉 문학은 창조라는 인식을 지니게 된 것이 그것이다. 이러
한 인식은 F. 슐레겔의 이론, 곧 문학의 진보성 및 보편성과 함께 낭만주
의 문학의 개념을 구성하는 데에 기여한다.

　낭만주의는 다르게 말해서 主我主義이다. 주아주의는 모든 가치를
내적 체험에만 두는 주관주의라고 할 수 있다. 바꾸어 말하면 모든 가치
의 근거를 자아에 두어야 한다는 주장이다. 세계의 실재도 자아의 사유
가 그 근거이며 세계를 유지하는 것도 자아이며 도덕이나 윤리의 근거
도 자아이다. 이것은 또한 무한한 힘을 인간의 의지에 부여하는 것이다.
이런 의미에서 노발리스도 주아주의를 주장했다고 할 수 있다. 이 주아
주의는 T. E. 흄이 낭만주의를 휴머니즘의 극단적인 형태로 본 것과도
관련이 있다. 그런데 앞서 고찰한 F. 슐레겔의 이론에서 보이는 내용도
결국 이 주아주의라고 할 수 있는데 이런 점은 독일의 철학자인 피히테
의 이상주의적, 주관적 관념론의 철학에 영향을 받은 것이다.

　낭만주의 작가는 마법적 관념을 지니고 있다. 마법적 관념이란 신비
스러운 내부충동을 말한다. 이 말은 노발리스가 자기의 입장을 가리킨
말이다. 그래서 이 말은 주로 노발리스의 예술적, 천재적 창조력의 신비
스러운 내부충동을 의미하는 경우에 쓰인다. 그것은 무한에의 갈구이며

---

11) 김주연, 앞의 글, 앞의 책, p. 45.

거의 자신을 忘我의 경지까지 이르게 하는 인간의 힘이요, 의지작용이다. 이 마법적 관념론의 특징은 철학과 시를 동일화하는 것이다. 노발리스도 "시는 진실로 절대적인 실재 그 자체이다. 시야말로 내 철학의 핵심이다. 시이면 시일수록 진리"12)라고 주장한다.

낭만주의 작품은 형식과 법칙을 초월한다. 문학은 보편시일 것을 요구한다. 따라서 일체의 전통적인 법칙과 형식이 배제되고, 서정시·서사시·희곡 등의 구별마저 명백하지 않게 된다. 심지어 예술은 음악, 회화, 문학, 건축의 한계를 벗어나서 종합예술의 경지에까지 이른다. 이 점은 낭만파의 소설이나 희곡 속에 가끔 가요, 서정시 등이 혼입되어 있는 것에서 확인할 수 있다. 그리고 특히 그들은 작자의 자유로운 공상을 되도록 충분히 보장하기 위하여 대체로 번잡한 형식이 수반되는 희곡을 좋아하지 않는다. F. 슐레겔은 그래서 소설을 최고의 문학형식으로, 노발리스는 한층 더 나아가 동화를 문학 형식의 극치로 삼는다. 거기에는 공상의 자유가 최대한 허용되기 때문이다.

낭만주의 작가는 낭만적 이로니(Ironie)와 강한 개성을 존중한다. 모순, 또는 이율배반을 의미하는 이로니의 대상은 많이 있지만 낭만적 이로니의 경우는 특히 자기 스스로와 자기 작품을 대상으로 한다. 즉 자기를 파괴함으로써 자기를 초월하려 하는 태도, 또는 자기 작품을 파괴하여 그 작품에서 초월하려는 태도를 가리킨다. 예를 들면, 연극 속에 또 하나의 연극을 삽입해서 배우로 하여금 무대 위의 사건이 환상적인 것임을 말하고자 하는 태도를 가리킨다. 실제 관객은 그 연극을 현실적인 것으로 생각하려 하는데, 그러한 관객의 착각을 파괴해 버린다. 다른 예로는, 이야기의 진행 중에 갑자기 작가 자신이 나타나서 그 작품의 분위

---

12) 문덕수, 앞의 책, p. 71.에서 재인용.

기를 파괴한다든지, 진지하고 비장한 장면에 익살스러운 장면이 끼어드는 것을 들 수 있다. 이것은 피히테의 주관철학이 그들에게 끼친 영향의 결과이다.

열광주의도 낭만주의의 특징으로 추가되어야 한다. 여기에서의 열광이란 격렬한 정열을 의미하는 말이다. F. 슐레겔은 이 열광주의를 특히 찬미했고, 예술과 과학의 원리라고 주장한다. 그에 의하면 이러한 열광주의는 무한자에 대한 동경, 권위에 대한 반항, 상상의 자유로운 활동 등의 태도에 적용된다.

이처럼 낭만주의 시대는 인간 감정의 비이성적 측면과 통찰의 과정에 대한 재평가를 가져온 시기이지만, 또 한편으로는 자연에 대한 새로운 이해를 가져온 시기이기도 하다. 고전 시대부터 18세기에 이르기까지는 자연이라고 하면 단지 존재하는 것의 모든 것, 그리고 우주의 법칙과 우주의 운행 등을 포함한 우주 속에 존재하는 생물 및 무생물 모두를 지칭하는 것이 고작이고, 그 외의 다른 뜻으로 쓰일 경우에는 인간의 전체적인 자연성 — 보편적인 인간의 본성 — 을 지칭했을 뿐이다. 그러나 낭만주의 시대에 와서는 자연을 숭배하는 경향이 생겨, 자연이라는 용어는 이제 아주 구체적인 것을 의미하게 된다. 즉, 낭만주의 시대에 와서 자연이란 시골과 시골의 경치, 그리고 바다와 산 같은 인간의 산물과는 거리가 먼 물질적 세계를 의미하게 된다. 어느 의미에서 보면 이와 같은 자연의 이상화는 새로운 것이 아니다. 사실, 히브리·그리스도교 전통은 낙원에서 시작된다. 그리스와 로마의 고전 문학에도 전원시와 목가라는 장르가 있고, 이러한 시들은 인간과 자연, 그리고 동물이 같이 어울려 사는 검소한 생활을 소재로 하고 있다. 루소에 와서는 인간과 자연이 서로 유리되어 존재한다는 것을 인식하게 되었고, 이러한 그의 인식은 '자연'에 대한 再定義를 시도하기에 이른다. 교양이 있고 정중한 것을 주요 덕목으로 하는 신고전주의 사회는 근본적으로는 도시 생활이 주요 주제로 등장한다. 단지, 궁정, 의회, 살롱, 카페와 위트, 담소가 있는 피곤한 도시 생활에서 벗어나 쉬기 위하여 귀족이 시골에서 잠시 휴양을 하는 것이 시골의 효용의 전부이다. 도시로 상징되는 인간의 질서 의식과 또한 시골에 가서 이런 저런 허드렛일을 하는 번거로움을 적당히 배합한 것이 소위 도시의 규격화된 정원이다.

이와 같이 신고전주의와 낭만주의는 서로 다르다. 특히 19세기의 첫 30년간의 주요 개혁자들의 낭만주의적 이상들과 작품들이 신고전주의의 것들과 가장 현저하게 다른 점들은 다음과 같다.[13]

첫째, 영국 낭만시의 지배적인 태도는 소재, 형식, 문제에 있어서 전통주의 대신에 혁신에 동의하고, 고전적 선례를 존중하지 않는다. 영국 낭만시는 워즈워스와 콜리지의 공저『서정 민요집』재판(1800) 서문에 있는 일종의 선언문, 곧 혁명적 목적을 지닌 진술로 시작된다. 워즈워스가 작성한 이 서문은 이전 세기의 시어를 비판하고, 사람들이 실제로 사용하는 언어로 보통 사람들의 삶에서 얻은 소재를 다루자고 제안한다. 일상 언어로 비루한 내용을 진지하게 또는 비극적으로 다루는 것이, 진지한 장르가 알맞게 고양된 문체로 고상한 내용을 다루어야 한다고 주장한 신고전주의의 기본 법칙인 어울림(decorum)에 어긋나는 것임은 물론이다.

둘째,『서정 민요집』서문에서 워즈워스는, 훌륭한 시는 "강한 감정의 자발적 범람(the spontaneous overflow of powerful feelings)"이라고 반복하여 말한다. 이 시론에 의하면 시는 행동하는 인간의 거울이 아니다. 그

---

13) M. H. Abrams, 앞의 책, pp. 115~116.

와는 반대로, 시의 본질적 요소는 자신의 정서이며, 창작법은 자연발생적인 것이므로, 신고전주의 비평가들이 강조한, 예정된 목적을 달성하기 위한 수단을 기술적으로 조작하는 것과 배치된다. 워즈워스는 시를 "마음이 고요할 때 회상된 정서(emotion recollected in tranquility)"로 묘사하고, 적합한 자발성이란 그 이전에 있었던 심사숙고의 결과이며, 재고와 수정이 이어질 수 있음을 명시함으로써 이 진보적인 원칙을 조심스럽게 완화시킨다. 그러나 진정한 시가 되려면, 직접적인 창작 행위는 자연발생적인 것이어야 한다. 곧, 강요되지 않고, 워즈워스가 '인공적'이라 묘사한 바 있는 그들이 지켰던 법칙들과 관례들로부터 자유로워야 한다. "나무에서 잎이 나오듯, 시가 자연스럽게 나오지 않는다면, 아주 나오지 않는 편이 더 낫다"고 키츠는 말한 바 있다. 철학적인 경향의 콜리지는 외부로부터 시인에게 부여되는 신고전주의 법칙들에 대하여 상상력의 유기적 법칙이란 개념으로 맞선다. 즉, 각 시 작품은 성장하는 식물처럼 그 내재적인 고유의 원리에 따라 발전하여 그 마지막 유기적 형태를 지니게 되는 것이다.

셋째, 지나칠 만큼, 외적 자연이 시의 집요한 제재가 되었고, 옛 작가들은 유례를 찾기 힘든 정확성과 감각적 뉘앙스를 지닌 자연 묘사의 시를 쓴다. 그러나 낭만주의 시인들을 단순하게 자연 시인들이라고 평하는 것은 잘못이다. 워즈워스와 콜리지가 지은, 그리고 이들보다 범위는 좁으나 셜리와 키츠가 지은 적지 않은 주요 시들이, 산수풍경 또는 그것의 변화에서 시작하여 그 곳으로 귀결되긴 하지만, 외부 장면은 그 자체를 위해 제시되지도 않고, 시인으로 하여금 가장 특징적인 사고의 행위를 수행하게 하는 자극물로서만 제시된다. 가장 중요한 낭만주의 시들은 사실상 핵심적인 인간 문제들을 다루는, 풍부한 느낌의 명상시들이다.

넷째, 신고전주의 시는 타인에 관한 시이지만, 많은 낭만주의 시는 시인 자신을 묘사한 시이다. 그런데 워즈워스의 「서시」와 다수의 낭만주의 서정시에서처럼 직접적으로 묘사하기도 하고, 바이런의 「귀공자 해럴드」에서처럼 변하긴 했지만 알아볼 수 있는 형식으로 묘사하기도 한다. 산문에서도 램과 해즐릿의 자기 자신을 드러내는 수필과 많은 영적, 지적 자서전들—드퀸시의 「어느 영국 아편 상용자의 고백」, 콜리지의 「문학 평전」, 칼라일의 소설화된 「다시 재단된 재단사」—에 이와 비슷한 경향이 발견된다. 그리고 낭만적 소재가 시인 자신들이었건. 다른 사람들이었건 간에, 그들은 이미 조직 사회의 일원이 아니라, 전형적으로 오랫동안—그리고 때로 끝없이 손에 잡힐 듯하다가 결국은 빠져나가는—무엇인가를 추구하고 있는 고독한 인물들이다. 그들은 흔히 사회적 관례에 순응하지 않는 사람들이거나 사회로부터 버림받은 사람들이다. 많은 중요한 낭만주의 작품은, 프로메테우스, 카인, 방랑하는 유대인, 사탄적인 주인공 겸 악한, 또는 위대한 무법자와 같이, 선한 반역자건 악한 반역자건 반역자를 주인공으로 삼는다.

다섯째, 프랑스 혁명이 전도가 양양한 것처럼 생각되었기 때문에 낭만기 작가들은 그들의 시대가 새로운 시작과 높은 가능성의 시대라는 생각을 지닌다. 많은 작가들은 개인을, 시인의 상상력에 의해 상상된, 무한한 善을 향한 무한한 열망을 지닌 존재로 본다. 한계를 초월하려는 인간의 끝없는 열망은 신고전적 도덕가에게는 비극적 결함이다. 그러나 낭만기 작가들에게 그것은 인간의 영광이며 한심스러운 환경을 이겨내게 하는 요인이 된다. 이와 유사한 방식으로, 최고의 예술은 제한된 목표의 완전 달성이라는 과거의 판단 대신에 물려받은 법칙에 대한 불만이 부각된다. 많은 낭만주의 작가들은, 최고 예술을 유한한 인간의 가능성을 초월하려는 노력의 결과로 본다. 그에 따라, 제한되었기 때문에 완벽하게 성취될 수 있었던 일에 대한 신고전주의적 만족은, 예술가의 실패가 바로 그의 목표의 위대성을 증명하는 불완전의 영광(glory of the imperfect)에 대한 選好로 대치된다. 낭만주의 작가들은 다시 한 번 그들의 가장 훌륭한 선배들과 가장 힘든 장르들을 가지고 대담한 장시를 짓는 경쟁을 벌였던 것이다. 워즈워스의 「서시」, 키츠의 밀튼적 서사시, 「하이피어리언」, 현대 유럽 문명에 대한 아이러닉한 개관인 바이런의 「돈 환」이 그러하다.

반발이론을 적용할 수 있는 문학적 경향으로는 질풍노도(Sturm und Drang) 문학운동도 있다. 프랑스는 유럽 계몽주의의 본산이다. 새로 나타난 낭만주의의 본거지는 이제 안개가 낀 북쪽 독일로 옮겨가게 된다. 독일에서 1770년대에 나타난 질풍노도 문학운동은 문학에 있어서 낭만주의의 의식적인 표출이다. 이 운동을 이끈 젊은 작가들은 자연에 의해 영감을 받아, 프랑스의 영향을 타파하고, 고전주의의 찌꺼기를 몰아내고자 했다. 이들은 모두 20대의 작가들로서, 그들의 주장을 다음의 몇 가지로 요약할 수 있다. ①천재(하늘이 준 재질이라는 뜻의)는 우리를 구속하는 어떤 제재나 속박을 넘어서는 것이다. ②인간의 정서(감정 또는 정열)는 思辨보다 우위에 있다. 사변이란 단지 귀찮게 간섭하는 역할만을 할 뿐이다. ③인간의 마음에 깃든 정서를 바탕으로 하여 순박한 사람의 시를 써야 한다. ④인간의 영혼은 자연에 깃든 혼과 같다. ⑤문학은 철학적 진리, 즉 모든 존재의 밑에 깔려 있는 절대적 실재를 추구하는 도구가 되어야 한다. 이들은 최초의 전위(avant-garde) 그룹이었다. 질풍노도 문학운동에 기여한 작가들 중에서 가장 두드러진 인물로는 괴테를 들 수 있다. 그의 「파우스트」 제1부는 이 시기에 씌어졌으며, 여기에는 낭

만주의 정신이 아주 잘 깃들어 있다.[14)

III. 모더니즘과 포스트모더니즘: 근대에서 탈근대로

포스트모더니즘은 ①자아와 주관성에 대한 새로운 입장, ②패러디와 패스티쉬, ③행위와 참여, ④임의성과 우연성, ⑤주변적인 것의 부상, ⑥탈장르화나 장르 확산, 그리고 ⑦자기 반영성 등에 있어서 모더니즘과 변별적인 차이점을 지니고 있다.[15)

첫째, 포스트모더니즘은 자아나 주관성에 대한 새로운 태도에 의해 특징지어진다. 사실상 자아나 주관성의 문제는 서구 휴머니즘 전통의 근간을 이루어온 매우 중요한 개념이다. 현대 철학의 효시로 흔히 인정되고 있는 데카르트는 일찍이 인간의 본질을 사고의 특성에서 찾았다. 그런데 이런 사고는 다름아닌 자아의 개념에서 비롯된 것이다. 이미 잘 알려져 있는 바와 같이, 모더니즘은 자아와 주관성, 그리고 그것에 기초하고 있는 개인주의를 무엇보다도 중시한다. 특히 문학을 비롯한 예술의 경우 자아나 주체는 텍스트에 존재하는 고정된 의미를 만들어내는 장본인일 뿐만 아니라 그 의미의 기원에 해당된다. 그러나 이런 자아나 주관성은 포스트모더니즘에 이르러 심각한 도전을 받게 된다. 좀더 구체적으로 말해서 최근에 들어와 자아의 중요성이나 총체성의 문제보다는 오히려 자아의 분산이나 자아의 상실의 문제가 더욱 중요하게 대두되기 시작한 것이다. 둘째, 포스트모더니즘은 특징적으로 패러디나 패스티쉬를 매우 핵심적인 예술적 장치로 사용한다. 두말할 필요도 없이

14) 이재호 외 역, 앞의 책, p. 231.에 의거.
15) 김욱동 편, 『포스트모더니즘의 이해』(문학과지성사, 1995), pp. 433~457.에 의거.

이 특징은 어디까지나 자아의 분산이나 상실의 경우와 마찬가지로 탈정
전화나 탈중심화에서 비롯된 현상이다. 18세기 초엽부터 널리 사용되어
온 패러디의 대상은 그것이 모방하는 원형의 약점이나 위선 혹은 자기
인식의 결여 등을 드러내거나, 작품이 될 수도 있고, 혹은 작가나 작가
집단의 어느 한 공통적인 스타일이 될 수도 있다. 경우에 따라서는 문학
작품이나 스타일이 아닌, 정치가나 저널리스트 혹은 학자의 글이나 말
이 그 대상이 되기도 한다. 셋째, 포스트모더니즘은 특징적으로 행위와
참여를 중시한다. 이제까지 모더니즘이 주로 고립과 무관심 그리고 형
식에 의해 특징지어진다고 한다면, 포스트모더니즘은 바로 참여와 관심
그리고 실천적 행동에 의해 특징지어진다고 할 수 있다. 그것은 글로 씌
어진 문학 텍스트이건 비언어적 텍스트이건 독자나 관객으로 하여금 창
조적으로 참여하여 그 경험을 함께 공유하도록 요구한다. 넷째, 포스트
모더니즘은 임의성과 우연성 그리고 유희성의 특징을 지닌다. 이 특징
은 모두 방금 논의한 세 번째 특성에서 파생되는 문제로서 넓은 의미에
서는 그것에 포섭된다고 할 수 있다. 이 특징은 지금까지 모더니즘이 형
식을 통해 추구해온 질서나 조화, 그리고 시간과 공간을 초월하는 일반
성이나 보편성에 대한 일종의 반작용이라고 할 수 있다. 특히 포스트모
더니즘의 이 특징은 예술이 영원불변한 존재가 아니라 오히려 상호 보
완적인 관계를 맺는다. 다섯째, 포스트모더니즘은 전통적인 계급적 질
서의 붕괴, 그리고 새로운 계급의 출현에 의해 특징지어진다. 포스트모
더니즘에 이르러 프로이트가 말하는 이른바 억압된 것의 복귀가 매우
핵심적인 문제로 대두되기 시작한다. 그 동안 주변적인 것으로 무시되
거나 도외시되던 모든 것들이 이제 새로운 의미를 부여받으면서 그 중
요성이 새롭게 부각되기 시작한 것이다. 여섯째, 포스트모더니즘은 탈

장르화나 장르 확산에 의해 특징지어진다. 모더니즘의 경우 문학을 비롯한 예술 장르는 마치 군대의 계급이나 천사의 계급 조직처럼 서로 엄격히 구분된다. 특히 문학의 경우 시를 비롯하여 소설과 희곡 그리고 비평 사이에는 깊은 심연이 가로놓여 있다. 그러나 포스트모더니즘에 이르러 이런 장르 사이에 놓여 있던 높은 장벽이 무너지고 각각의 장르가 서로 혼합되고 결합되기 시작한다. 그렇기 때문에 어느 한 장르를 다른 장르와 서로 엄격히 구분한다는 것이 거의 불가능하게 된다. 이것이 바로 흔히 탈장르화 혹은 장르 확산으로 알려진 현상이다. 일곱째, 포스트모더니즘의 특성 가운데에서 가장 중요한 특성이라고 한다면, 그것은 무엇보다도 자기 반영성이다. 이미 앞서 지적한 바와 같이, 리얼리즘의 작가들은 우주나 자연 혹은 삶의 실재를 있는 그대로 객관적으로 모방하거나 재현하는 것을 가장 중요한 목표로 삼고 있었다. 이렇게 리얼리즘이 외부 현실의 반영에 주로 관심이 있다면, 포스트모더니즘은 주로 자기 반영에 관심이 있다. 여기서 자기 반영이란 문자 그대로 어느 한 문학 텍스트가 텍스트 밖에 존재하는 세계를 반영하거나 재현시키는 것이 아니라 텍스트 그 자체를 반영하는 것을 말한다. 쉽게 말해서 자기 반영적 소설은 그것이 창작되는 과정 그 자체를 중요한 주제로 다루고 있는 소설을 가리킨다. 만약 리얼리즘 소설가들이 자연이라는 외부 세계를 향하여 거울을 들고 있다면, 포스트모더니즘 소설가들은 자연을 향해 들고 있는 거울을 향해 또 다른 거울을 들고 있다고 한 수 있다. 그러므로 이런 관점에서 이 유형의 소설은 흔히 '메타픽션'이라고 불린다.

모더니즘에 대한 물음과 실천적 차원이 연결되는 것은, 이론적 차원에서 볼 때 모더니즘과 포스트모더니즘의 사이에는 그 내용의 차이가 분명히 존재하고 있음에도 불구하고 동일한 사유를 지니고 있는 것처럼 여겨지는 데에서 기인한다. "순전히 형식적 관점에서만 따질 때 포스트모더니즘의 '포스트'는 이미 모더니즘을 형성하는 운동 자체에 속하지 않을까? 이렇게 물을 수 있는 것은 모더니즘의 형성 원리가 새로움의 추구에 있기 때문만이 아니다. 사실 포스트모더니즘은 모더니즘을 모더니즘이게 하던 이 새로움과 독창성이 아류의 범주를 넘어서지 못한다는 시대 의식을 담고 있다. 그것은 곧 독창성이 근거하는 기원이 존재론적 지위를 잃어버리는 사건이다."16) 그런데도 여전히 포스트모더니즘은 과거 사조의 단순한 모방이나 반복이 아니라 새롭게 보인다. 왜 그러한가. 그 이유는 이 글의 줄기를 이루고 있는 반발이론의 대립적 성격, 즉 근대와 탈근대의 관계에서 찾을 수 있다.

사실 포스트모더니즘의 이론적 진원지라 할 수 있는 형이상학의 극복 또는 해체의 작업은 형이상학적 초월을 일의적으로 해석하고 있다는 혐의를 벗어나기 어렵다. 그 해석에 따르면, 형이상학의 '상'은 감성적인 것에서 초감성적인 것으로의 이행을 뜻한다. 따라서 형이상학적 초월은 논리적 추상(감성적 내용의 사상)과 다르지 않다. 이런 편협한 해석 위에서만 탈형이상학의 '탈'은 형이상학의 '상'과 구별될 수 있는 것이 아닐까? 그 글자의 뜻이 그렇게 일의적으로만 번역될 수 없다는 것이 밝혀진다면(가령 데카르트의 「셋째 성찰」에 나타나는 이중적 초월을 생각한다면), 현대의 탈형이상학은 한계를 드러내게 마련이다. 기존의 형이상학의 역사는 단지 부분적으로만 해체된 셈이기 때문이다. 더 나아가서 탈형이상학의 '탈'이 형이상학의 '상' 안에서 실행되어왔던 초월적 사유의 여러 가지 양상들 중의 하나이거나 그 변종에 불과한 것으로 간주될 수 있다면, 포스트모더니즘은 문제의 성격상 당연히 모더니즘의 자기 갱신

---

16) 김상환, 『해체론 시대의 철학』(문학과지성사, 1996), pp. 363~364.

과 자기 확장의 운동으로 간주될 수 있을 것이다.[17]

포스트모더니즘이란 용어는 때때로 제2차 세계대전 이후의 문학과 예술에 사용되는 수가 있다. 그 시기는 누구나 다 알고 있는 대로, 나치즘과 가공할 만한 죽음의 경험, 원자탄에 의한 세계 인구 전멸의 위협, 자연 환경 파괴, 인구 과잉 등의 극악한 사실들이 사람들의 뇌리에 박혀 있었던 때이다. 포스트모더니즘에는 모더니즘의 극단적이고 반전통적인 실험의 연속이라는 측면도 있지만, 동시에 다시 전통화되어버린 모더니즘의 형식들로부터 탈피하고자 하는 다양한 시도들도 있다. 포스트모더니즘 작품에서 발견되는 낯익은 시도는 주로 삶의 무의미성과 불안・심연・공허・허무 등을 드러내는 것과 기존 사상과 경험 양식들의 토대를 전복시키는 것과 밀접하게 관련된다. 최근의 언어학과 문학이론에서는, 언어 자체의 토대를 전복시켜 그 외견상의 의미성이, 불확정한 것들의 유희로 흩어진다(dissipate)는 사실을 보여주려는 노력이 있다.[18]

Ⅳ. 구조주의와 탈구조주의: 구조에서 탈구조로

구조주의의 특성[19]은, 그 특성 자체가 처음부터 스스로의 숙명적인 해체요인이 되어 왔던 것처럼 보인다. 왜냐하면 구조주의는 우선 개개의 텍스트들의 특성과 가치는 무시한 채, 전체적인 구조만을 중시함으로써 개체를 전체에 종속시키는 전체주의적 독선을 보여주고 있기 때문

---

17) 김상환, 위의 책, pp. 364~365.

18) M. H. Abrams, 앞의 책, p. 110.에 의거.

19) 김성곤, 「탈구조주의의 문학적 의의와 전망」, 김성곤 편, 『탈구조주의의 이해』(민음사, 1990), pp. 13~14.에 의거.

이다. 여컨대 구조주의자들은, 작가의 언어가 리얼리티를 반영하는 것이 아니라 언어의 구조가 리얼리티를 창조하는 것이라고 말함으로써, 한 문학작품의 의미가 작가나 독자의 개인적 경험에 의해서가 아니고 그 개인을 지배하는 언어체계에 의해서 결정된다고 주장한다. 둘째, 구조주의는 보편적인 구조, 문법, 구문, 법칙을 찾아내고 수립하려는 과정에서 스스로 경직된 과학적 이론이 되고 만다. 그러므로 과학적 엄격함을 주장하는 구조주의는 우리가 인지하고 경험하는 것의 서술적 분석을 통해 의미에 접근할 수 있다고 생각하는 현상학적 태도를 배격하며, 따라서 모든 경험적 리얼리티와의 연계성을 스스로 포기한다. 구조주의는 또한 인간의 모든 행위의 기본이 되는 어떤 규칙이나 틀을 찾아내려는 과학적 태도를 갖고 있음으로 해서 늘 인간을 규격화하고 조직화하며 패턴화하려는 위협적인 존재로서 등장하게 된다. 셋째, 구조주의는 하나의 구조, 하나의 체계를 분리해 내는 과정에서 필연적으로 역사를 무시하는 비역사적 태도를 보여주게 된다. 따라서 구조주의자들은 텍스트가 씌어진 시대나 그것의 역사적 배경이나 수용과정에 대해서는 전혀 관심이 없다. 그들은 다만 내러티브의 구조나 미학적 체계에만 관심이 있을 뿐이다. 넷째, 구조주의의 이와 같은 태도는 자연히 자아나 주체나 개인의 사유를 인정하지 않고 모든 것을 객관화시키는 비인본주의적·비실존주의적 태도를 보여준다. 왜냐하면 구조주의자들에 의하면 인간이 사고 역시 하나의 고정된 틀 속에서 생성되고 기능하는 것이기 때문이다. 다섯째, 구조주의에 의하며 구조는 곧 모든 것의 기원이나 센터가되며 개체에 대해 특권을 부여받은 존재가 된다. 이러한 생각은 물론 랑그/파롤, 말/글, 심층구조/표면구조, 자연/문명, 서술/묘사 등으로 모든 것을 이분화시킨 다음, 첫 번째 것에 특권을 부여하는 구조주의의 이분법적 사고방식에서부터 비롯된 것이다. 여섯째, 구조주의는 비록 지시어와 지시대상의 사이에 필연적이 아니고 임의적이라는 것은 인정했지만, 궁극적으로는 언어의 재현 가능성을 믿었던 낙관주의에 근거한다. 다시 말해 구조주의자들은, 모든 것의 근본이 언어체계로 설명될 수 있다고 믿는다. 그들은 또한 언어체계는 곧 기호체계이기 때문에 구조주의는 자연 기호학적 특성을 띠게 되고, 더 나아가 기호의 재현능력을 결코 의심하지 않는다.

라이치에 의하면 "글쓰기의 전반적인 평가절하와 음성적 글쓰기(말하기에 대한 모방으로서의 글쓰기)에 대한 두드러진 선호가 이성중심주의 시대를 특징짓는다. 글쓰기는 완전한 말하기를 그대로 옮길 때 고유한 기술적 역할을 수행한다. 글쓰기는 목소리를 옮기며 목소리는 그 자신과 자신의 기의, 그리고 다른 것들에게 완전히 현존한다. 이성중심주의는 이와 같이 지속적으로 글쓰기를 말하기로 와해시킨다."[20] 그는 이성중심주의가 철저히 음성중심적임을 강조한다. 그의 설명은 다음과 같이 계속된다. 이성중심주의 시대의 동력은 다음과 같은 가치론적 대립으로 이루어진 일반 역사적, 문화적인 틀을 생성시킨다. 목소리/글쓰기, 발화된 단어/씌어진 부호, 소리/침묵, 존재/비존재, 음성적 문자/비음성적 글쓰기, 의식/무의식, 근원적 말하기/부수적 부호, 내부/외부, 사물/기호, 본질/외양, 기의/기표, 진리/거짓, 현존/부재 등에서 이성중심주의 전통은 각 쌍의 첫 번째 항에 우월한 지위를 부여한다. 소쉬르의 기호학은 이 인식론적 체계 또는 틀인 인식 속의 한가운데에 위치한다. 데리다는 소쉬르의 새로운 학문에서 이성중심주의적 역할을 들추어낸다. 이 구조

---

20) 빈센트 B. 라이치, 『해체비평이란 무엇인가』, 권택영 역 (문예출판사, 1988), pp. 43~45.

언어학과 기호학의 아버지를 적절하게 인용하면서 펼쳐지는 데리다의 비평은 우리를 소쉬르를 넘어 후기 구조주의 시대로 이끈다.

사실 데리다가 구조언어학을 비판한 것은 그것이 의식적이며 철저하게 음성학적 토대 위에 구축되었다는 점 때문이다. 구조언어학은, 언제나 드러난 소리와 로고스는 연구대상으로 삼지만, 씌어진 부호나 흔적은 연구 대상으로 삼지 않는다. 말하기에 대해서는 찬양하고 글쓰기에 대해서는 비난한다. "처음에는 씌어진 것으로 여기게 되는 소쉬르의 기표조차 청각 이미지이다. 씌어진 기표는 '말해진' 기표에서 파생된 것이며 그것의 대리물이다. 글쓰기에서 우리는 기표를 얻지만 이 기표는 그 이전의 일차적 기표인 드러난 소리를 나타낸다."21) 다른 곳에서처럼 여기서도 이성중심주의 핵심인 음성중심주의는 구조언어학이라는 과학을 지배하고 그 연구 분야를 규정한다. 라이치는, 그럼에도 불구하고 소쉬르의 텍스트는 무심결에 드러난 소리가 아니라 씌어진 부호가 언어 분석에 적합한 요소일 것이라는 가능성을 열어 놓는다고 본다.

탈구조주의는 우선 전술한 구조주의의 여섯 가지 특성을 다음과 같이 해체하면서 시작된다.22)

   ① 전체적인 구조보다는 개체의 존엄성과 자유를 인정한다.
   ② 사고의 경직화 및 문학과 학문의 과학화를 배격하며 이성중심적 태도를 지양한다.
   ③ 역사의 중요성을 인정하고 역사에 대한 새로운 관심을 표명하며, 과거를 향수가 아닌 탐색의 대상으로 취급한다.
   ④ 자아와 주체를 중요시한다.

---

21) 위의 글, 위의 책, pp. 44~45.

22) 김성곤 편, 앞의 글, 앞의 책, p. 15.

⑤ 절대적인 진리나 센터나 근원의 독선과 횡포를 거부하며 이분법
적 사고방식으로부터 탈피하여 타자를 인정하고 포용한다.
⑥모든 기호와 그것들의 재현능력을 불신한다.

데리다는 모두 1967년에 출판된 세 권의 책인『문자학에 관하여』,
『글과 차이』,『말과 현상』등에서 자신의 주장을 피력한다. 그 이후, 그
는 잇달아 출판된 다른 책들과 정기 간행물에 실린 논문들에서 그 이론
적 주장을 반복하고 다듬는다. 그에 의하면, 언어와 언어 사용에 대한 서
양의 모든 이론들과 문화는 로고스 중심적이다. 그는 그것이 로고스 중
심적인 첫째 이유를, 음성 중심적인(즉, 모든 언어의 연속된 말이나 글을
분석하는 모델로, 글보다 말에 우위 또는 특권을 부여한) 데에서 찾는다.
현존이란 데리다에게 있어서 이른바 초월적 시니피에 또는 궁극적 지시
대상을 의미한다. 즉 그것은 언어 자체의 유희 밖에 존재하는 절대적 근
원이다. 그에 의하면 그 절대적 근원은 말해진 또는 씌어진 것을 언어 체
계 속에 정착시킬 수 있도록 그 체계를 집중(center)시키기에 충분하다.
그는 이러한 초월적 현존에 절대적인 토대가 있음을 증명하고자 하는
모든 시도는 환상적인 것임을 보여주고 싶어한다. 그리고 특히, 그는 말
하는 순간, 어떤 화자가 발하는 말의 의미가 그의 의식 속에 즉시, 그리
고 완전히 현존한다는 소리 중심적 가정(그는 그것을 본질적인 가정으
로 보고 있다)에 대해서는 회의적인 반론을 전개한다.[23]
　확정된 의미의 가정된 현존을 해체하는 데리다의 나양한 빙빕들 중에
서 가장 탁월한 것은, 첫째, 전통적인 계층 구조, 즉, 글에 대한 말의 우위
를 뒤집는 것이다. 그 방법은, 글의 모든 본질적 특징들(화자의 부재에

---

23) M. H. Abrams, 앞의 책, pp. 38~41.에 의거. 이후에 전개되는 데리다의 주장도 이
　와 같음.

따른, 의미의 보증자인 화자의 인식 상태의 부재)은 연속된 말에도 존재
한다고 할 수 있기 때문에, 글이 말의 '기생충적'인 파생물이라고 생각
하는 대신, 말을 글의 파생물로 생각할 수도 있음을 보여준다. 다음 단계
로서, 데리다는 하나의 허구적인 구성물이지만 말과 글의 밑바탕에 깔
려 있다고 생각할 수 있는 원형문자(archi-ecriture)를 가정해 놓음으로써
이 전도된 계층 조직을 대치시킨다. 그러나 데리다의 회의적 반론의 핵
심은, 시니피앙과 의미들은 그 자체의 적극적 또는 객관적 특징들 때문
이 아닌, 그것과 다른 시니피앙, 의미와 차이가 있기 때문에 자기 동일성
을 지니게 되는 것이라는 소쉬르의 견해로부터 나온 것이다. 데리다는
이 견해로부터 시니피앙과 시니피에를 식별하는 특징들 — 이 둘은 차이
적 관계들의 조직망에 불과하므로 — 은 결코 현존하지 않는다는 주장을
도출한다. 그러나, 이 식별하는 특징들이 부재한다고도 말할 수도 없다.
그 대신, 어떤 말이나 글에 있어서, 외견상의 시니피에 즉 의미는 '표면
에 나서지 않는' 흔적(trace)으로서만 효과가 있다. 이 흔적은 모든 부재
의미들로 구성되고, 그 부재 의미들은 현존하는 시니피에(의미)와 차이
가 있다. 데리다에 의하면, 그 결과에 따라 확정적으로 현존하는 의미는
절대로 없고, 다만 의미의 외견상의 '효과들'만이 있다.

자기만의 독특한 방법으로, 데리다는 두 말의 음과 의미를 합해서 디
페랑스(differance, 差延)라는 신조어를 만들어 내었는데, 이 말에서 프랑
스어의 difference(차이)의 어미 -ence가 -ance로 바뀐 것은 동음이의를 지
닌 프랑스어의 두 단어 differer(차이)와 differer(연기)가 융합되었음을 말
해준다. 그의 주장의 핵심은, 어떤 말과 글에 있어서도, 의미의 효과는
그것과 그 말과 글의 다른 수많은 의미들과의 차이에 의해 생성되며, 동
시에 이 의미는 절대적 현존에 결코 머무를 수 없기 때에, 그 의미를 확

정하는 것은 끝없는 움직임 속에서 이 대치적 언어 해석에서 저 대치적 언어 해석으로 자꾸 연기된다는 데에 있다. 그가 그의 많은 신조어 중의 또 한 신조어로 표현한 데에서도 나타나는 것처럼, 모든 말이나 글의 의미는 흩뿌려진다(disseminated). 이 용어에는 의도적으로 상충된 것들, 즉 '의미의 효과를 지닌다', '무수한 가능성들 사이에 의미들을 분산시킨다', '의미를 부정한다' 등의 개념들이 들어 있다. 언어란 단순하게 말하면 디페랑스의 끊임없는 유희이다. 그러므로 우리가 말하고, 쓰고, 해석하는 어떤 말에라도 그것에 하나의 확정적 의미, 아니, 심지어는 擇一할 수 있는 한정된 의미들을 귀속시킬 근거가 없다. 그가 『글과 차이』에서 말한 바처럼, 초월적 시니피에(또는 현존)의 부재는 의미의 영역과 유희를 무한히 확대시킨다.

데리다의 글에는 소쉬르, 루소, 레비-스트로스, 그리고 주로 다른 철학적 작가들이 쓴 구절들에 대한 해석이 많이 들어 있다. 그는 그가 내세우는 해체적 방법을 이중해석(double reading)이라고 부른다. 즉, 어떤 면에서는 그 방법은 환상적인 의미의 효과들을 제공하는 본문의 '읽기 쉬움'을 인정하고 있지만, 다른 한편으로는 디페랑스, 흩뿌림과 같은 해체적 주요 용어들을 통해 모든 텍스트가 그 자신의 토대와 통일성을 뒤엎고 그 외견상의 의미들을 불확정성 속으로 흩어버리는 아포리아(aporia)를 지니고 있음을 보여준다. 그는 로고스 중심적 언어 체계와 그 내적 자기모순을 피할 방도가 선혀 없음을 주장한다. 그에 의하면, 모든 본문은 사실상 스스로 해체할 수밖에 없다. 또한, 해체적 해석들은 로고스 중심주의의 언어를 통해서만 표현될 수 있다는 사실, 즉 자기 자신의 본문들은 다른 본문들을 해체시키는 바로 그 행위 과정에서 스스로도 해체하고 있다는 사실을 인식한다. 그러나 그는 해체가 그 적용을 받는 본문을 파괴하는 것은 아니라고 강변한다.

V. 에필로그

지금까지 신고전주의와 낭만주의, 모더니즘과 포스트모더니즘, 구조주의와 탈구조주의 등에 적용되는 반발이론을 연역적으로 논증해 보았다. 그 과정에서 거듭 확인한 것은, 그 반발의 양상이 예상외로 뚜렷했다는 점이다.

반발의 양상은 철학적 세계관, 사물에 대한 관점, 문학에 대한 시각, 창작 방법 등을 중심으로도 논증될 수 있는 여지가 많다. 그러나 이 글에서는 반발의 양상에 대한 논증이 내부적 반발과 외부적 반발을 중심으로 이루어졌다.

구분해서 말하면, 내부적 반발은 신고전주의에서의 '보편'과 낭만주의에서의 '특수'를 통해, 모더니즘에서의 '근대'와 포스트모더니즘에서의 '탈근대'를 통해, 구조주의에서의 '구조'와 탈구조주의에서의 '탈구조'를 통해, 그리고 외부적 반발은 신고주의에서의 절대왕정과 낭만주의에서의 두 혁명(산업혁명과 프랑스혁명)을 통해, 모더니즘에서의 '사회로부터의 고립'과 포스트모더니즘에서의 후기 자본주의사회를 통해, 구조주의에서의 전체주의와 탈구조주의에서의 개체주의를 통해 각각 논증되었다.

그렇다고 해서 이 글에서 논증된 반발이론이 여타의 문학이론·문예사조의 발생, 소멸에도 똑같이 적용된다고 말하기는 어렵다. 그것은, 예술이란 정의를 허용하지 않는다는 비트겐쉬타인적인 개념의 측면 때문이 아니라, 다소 애매한 말처럼 들리는 말이기는 하지만, 모든 인문학 이론이 지니고 있는 운명 때문이다. 그 운명이란, 수학 이론이나 물리학 이론과는 달리, 인문학 이론의 발생, 소멸은 다른 양상으로 나타날 수도 있다는 의미의 운명이다.

지역 문화예술사의 서술방법론

Ⅰ. 역사인식 · 시간인식의 확인

　문화예술사를 쓰고자 하는 사람들이, 무엇보다도 먼저, 자신이 지니고 있는 역사인식을 확인해야 하는 까닭은, 문화예술사는 근본적으로 역사이기 때문이다. 이 점은 어떤 문화예술사에도 예외 없이 적용된다. 그러나 사람들이 지니고 있는 '역사인식'의 내용은 각각 다를 수 있다.

　'역사적 생성(Geschichte)'과 '역사적 서술(Historie)'을 구분하는 독일어와는 달리 프랑스어는 'histoire'라는 말로 두 가지를 포괄한다. 역사[1] 가 제기하는 철학적 문제에는 크게 인식론적 문제와 형이상학적 문제가 있다. 전자가 역사학의 방법론을 말한다면, 후자는 역사의 궁극적인 의미에 관련된다. 역사에 대한 인식에 관련되는 문제는 크게 네 가시이다.

　첫째는 역사란 과거에 대한 과학인가 하는 점이다. 역사가가 파악하고자 하는 것은 과거 자체가 아니다. 그것은 시간이라는 변수를 통해 매

---

1) 이에 대한 논의는 엘리자베스 클레망 외 2인, 『철학사전』, 이정우 역 (동녘, 1996), pp. 175~177에 의거.

개되고 연대기적으로 조직된 이야기들을 통해 드러나는 인간의 행위와 사회적·정치적 사실들이다. 우리가 그것을 역사학적 담론의 특수성으로 이해하는 것은 매우 자연스럽다.

둘째는 역사란 과학인가, 이야기인가 하는 점이다. 역사는 일종의 이야기로서 인물과 사건이 얽히는 장(場)의 형식을 취한다. 'histoire'라는 말이 '역사'와 '이야기'라는 뜻을 동시에 가지는 것도 그런 이유에서이다. 역사가는 '이야기를 해주는' 사람이다. 역사가 순전히 문학적인 담론이라면 그것의 목표는 미학적이거나 도덕적인 것일 것이다. 그러나 역사는 문학이 아니며 스스로를 과학, 즉 객관적인 담론으로 만들기 위해 노력한다. 그러나 순수하게 객관적인 역사가 가능할까? 물론 페늘롱이 주장했듯이 "좋은 역사가는 어떤 장소도 어떤 시간도 가지지 않는다." 그것은 역사적 객관성이지만 그릇된 규칙일 수밖에 없다. 역사란 현재 실존하는 역사가의 작업이기 때문이다. 예를 들어, '4·3'이 그토록 중시되고 많이 연구되는 것은, '4·3'이 오늘날 우리의 삶의 가치와 깊이 연관되기 때문이다. 모든 역사는 또한 기억이기도 하다.

셋째는 역사란 사건의 과학인가 아니면 구조의 과학인가 하는 문제이다. 역사가 문학적이 되는 것을 피하기 위해 19세기 말의 역사가들은 실증주의의 입장을 견지했다. 즉, 모든 해석을 배제하고 연대기적으로 확인할 수 있는 사실들만 말하려고 했다. 그러나 그러한 역사는 단순한 사건들만 수집함으로써 역사적 실재의 '거품'만을 다룬다는 비판에서 자유로울 수 없다. 경제·인구·심성 등 좀더 심층적인 영역을 배제한 채 군사·정치 등 표면적인 영역만을 다루는 것은 실증주의적, 사건 서술적 역사가 지니고 있는 약점이다. '새로운 역사'는 사건들의 짧은 시간으로 환원할 수 없는, 그 자체의 고유한 지속을 가지는 역사적 실재의 서

로 다른 층들이 존재함을 밝혀냈다. '새로운 역사'는 장기 지속, 즉 구조
적인 역사적 진화의 지속을 강조했으며, 통계적이고 양적인 취급을 중
시했다. 그와 같은 방식을 통해 사건들에서는 발견되지 않는 규칙성을
드러내려고 한 것이다.

　넷째는 인간 과학의 지위에 관련된 문제이다. '새로운 역사' 역시 사
건 대신 구조를 내세우기는 하지만 실증주의적 정신에 충실하다. 사회
적 현상에 대해 완전히 객관적이고 양적인 분석에 도달하려고 하는 것
은 곧 인간과 인간의 의도를 고려하지 않는 것이기 때문이다. 그러나 역
사가 과학이 되는 방식은 물리학 같은 학문들과는 다르다. 역사가는 사
실이나 법칙을 수립하려고 할 뿐만 아니라 인간적 행위의 의미를 이해
하려고 한다. 역사인식은 일종의 해석학, 즉 해석의 과학이며, 문화예술
사는 그러한 역사인식을 바탕으로 서술된다.

　역사학은 또한 인식론적인 문제 외에 형이상학적인 문제를 발생시킨
다. 우선 역사 속에서의 인간의 역할이라는 문제가 있다. 의식적인 목표
를 추구하는 인간을 고려하지 않고는 역사란 존재할 수 없다. 그러나 인
간은 역사를 만들어 내는 존재인가, 아니면 객관적인 역사적 힘을 무의
식적으로 대행하는 존재인가. 역사적 인식에 대한 다양한 입장들은 이
문제에 관해서도 서로 다른 답을 내놓는다. 사건 서술적인 역사는 '영웅
들'의 행위가 가져온 영향력을 장조하고 적어도 부분적으로는 역사적
생성을 이들의 인격과 연관시킨다. 구조와 '장기 지속'을 중시하는 역사
는 익명의 대중과 역사적 진화의 객관적인 원인을 강조한다.

　역사 속에는 이성의 존재에 대한 물음도 있다. 영웅과 사건에 부여되
는 중요성은 역사를 인간적 행위의(결국 우발적이고 예측할 수 없는) 결
과로 여기게 만든다. 그러나 역사가 인간적 자유의 열매라면, 즉 서로 뒤

얽히고 모순된 열정이 빚어내는 광경이라면, 역사는 근본적으로 비합리적인 것이어야 할 것이다. 그러나 우리는 그와 같은 우발성·무질서·비합리성 뒤에 어떤 필연성·질서·합리성이 숨어 있는 것은 아닌가 물어 볼 수 있다.

19세기에 헤겔과 마르크스가 제시한 역사적 결정론은 다음과 같은 네 가지 주요 관념에 근거를 둔다.

첫째, 역사 속에서 외관의 수준(행위와 사건)과 본질의 수준을 구분해야 한다. 본질의 수준이란 역사적 생성에 비가시적인 질서를 부여하는 근본적인 법칙들이다. 그래서 헤겔에게 있어서 역사는 그 근저에서 볼 때 정신의 점진적인 실현이다. 마르크스는 그와 같은 관념론을 비판하면서 역사의 법칙을 생산 양식의 수준에서 발견하려고 했다.

둘째, 인간이 역사를 만든다. 그러나 인간이 원하는 대로 역사를 만들 수 있는 것은 아니다. 인간 행위의 의식적인 목표와 목표의 심층이라고 할 수 있는 역사적 의미 사이에는 어긋남이 있다. 헤겔에 의하면, 개인들의 동기는 '이성의 술책', 즉 합리성과 보편성이 완성되기 위한 우회로일 뿐이다.

셋째, 역사는 '의의'와 '방향'이라는 두 가지 의미를 지진다(프랑스어 'sens'에는 '의미' 외에 '방향'이라는 뜻도 있다). 역사는 실현된 보편자로서의 어떤 목적(헤겔의 절대적 지식, 마르크스의 공산주의)을 향해 나아간다. 이 목적은 또한 인간이 주인, 즉 의식적 주체가 되는 또 다른 역사의 도래요 시작이기도 하다.

넷째, 모든 심층적인 역사적 변형은 진보로 보아야 한다. 19세기 철학은 18세기의 위대한 진보주의자인 칸트, 콩도르세 등이 제기한 이런 주장을 발전시켰다.

　20세기에 발생한 전쟁, 동족 살상 등의 큰 사건들은 역사적 진보라는 환상을 깨버렸으며, 오늘날 많은 사람들은 과거의 역사 형이상학들이 역사에 대한 종교적인 희망을 공식화한 것에 지나지 않는다는 것을 인정한다. 그러나 오늘날 팽배한 역사 상대주의가 스스로 극단화됨으로써 다시 하나의 신화를 만들어내고 있는 것은 아닌가 하는 시각도 있다. 역사에 의미를 부여하는 것은 칸트가 말했듯이 '실천적인' 요청이다. 역사의 의미는 정해져 있는 것이 아니라 우리가 만들어가야 한다. 문화예술사도 여기에서 결코 예외가 아님은 물론이다.

　역사는 필연적으로 시간을 수반한다. 시간을 수반하지 않는 역사는 존재할 수 없다. 그런데 문화예술사에서의 시간은 다른 분야의 역사와 구별된다. 문화예술사를 쓰고자 하는 사람들은 이런 점에 대해 유의하지 않으면 안 된다. 이른바 자신이 지니고 있는 시간인식을 확인해 볼 필요가 있는 것이다.

　신화와 종교는 끊임없이 흘러가는 시간에 대한 공포와 죽음에 직면했을 때의 절박함과 관련된 시간2)의 非可逆性을 부정하려고 한다. 그것은 시간에 대한 순환적 이해나 시간 바깥의 시간인 영원에 대한 사유를 통해 구체화된다. 플라톤의 『국가』편에 나오는 에르 신화는 윤회와 업의 과정을 다루고 있다. 여기에 등장하는 세대들의 바퀴는 인간의 실존을 순환적인 운동 속에 재통합한다. 그 운동에서 과거는 반복되며, 각각의 사물은 일단 어떤 단계에 이르면 다시 과거로 회귀한다. 그러나 바로 그 바퀴는 인생을 그만큼의 운명으로 언제까지나 확인하는 필연적 모습을 지닌다. 시간의 순환성이 과거의 무게를 없애 주는 것은 사실이지만, 그것은 또한 인간을 가능한 행위의 場이자 자유 실현의 장소인 미래로

---

2) 이에 대한 논의는 위의 책, pp. 205～208에 의거

부터 차단한다. 마찬가지로 초월에 대한, 내세에 대한 갈망인 영원은 '지금, 여기'에서의 삶의 가능성을 방해한다. 그래서 우리는 시간의 비가역성을 받아들이지 않고서는 시간의 특수성을 수용할 수 없다. 분명히 시간의 線形性은 과거를 치유할 수 없는 영역으로 만들고 미래를 죽음의 관점에서 바라보게 하지만, 이 둘 사이의 긴장과 왕복 운동은 우리의 현재를 자유를 향해 열어 준다.

"내가 시간을 아는 만큼 당신도 안다면, 당신은 그것을 하나의 사물처럼 써 버린다고 말하지 않을 것이다. 시간은 인격체이다." 르 샤플리에는 날짜만 가리킬 뿐 시간을 가리키지 않는 시계를 보고 놀라는 앨리스에게 이렇게 대답하면서(루이스 캐럴, 『이상한 나라의 앨리스』), 시간의 주요 패러독스 중의 하나를 강조한다. 시간은 우리가 직접 잡을 수는 없고 단지 시계 바늘만이 가리킬 수 있는 객관적 실재이며 외부적 가능태이다. 그러나 동시에 우리는 어떤 사람과 더불어 살듯이 일종의 감정을 가지고 시간과 더불어 살고 있다고도 할 수 있다.

베르그송이 지적했듯이, 주관적 시간과 과학적 시간 사이에는 아무런 공통점도 없다. 보편적이고 객관적이며 과학적인 시간은 역설적으로 그 누구를 위해서도 존재하지 않는다. 내적 의식의 수준에서 볼 때, 시간은 삶의 사건과 순간의 심리 상태에 따라 늘어나거나 가속되며, 강화되거나 약화된다. 그래서 습관의 힘은 아무런 일도 일어나지 않았다는 인상을 주고, 기다림이나 초조함은 매 순간을 힘들게 만든다. 체험의 시간은 주관적이다. 문화예술에서의 시간도 그러하다. 그것은 질적이며, 이질적인 순간과 서로 다른 속도로 이루어져있다. 그러나 과학이 불변적인 간격의 이어짐으로 제시하는 시간, 즉 순간은 모두 동일한 시간이다.

과학이 우리에게 유일하고 절대적인 준거틀로서의 시간을 제시한다면, 그것은 아마도 우리가 시계를 사용해 시간을 마치 하나의 사물처럼 포착할 수 있기 때문일 것이다. 그런데도 시간 자체는 역사, 즉 측정 도구로서의 역사를 지닌다. 시간은 일종의 객관적인 성질로서 자연현상 속에 존재하는 것이기보다는 규칙적인 간격의 계기이다. 즉 시간은 인간과 외부 세계 사이의 관계가 진화하면서 발생한 결과다. 그래서 고대 사람들은 일식을 정확히 예측했으면서도 일상적인 생활은 근사치를 통해서만 대강 측정할 수 있었다. 중세에 이르러 하루 일과의 리듬과 종교 생활은 시간에 새로운 규칙성을 새겼다. 시간은 고정된 측정값을 가지게 되었다. 그러나 17세기에 이르러서야 시간을 측정하는 기구들은 일상생활 속으로 스며들기 시작했다.

시간은 모든 현상을 조절하는 유일하고 보편적이고 절대적인 준거틀이 아니다. 시간은 관계들의 체계이며, 인간의 경험에 내재하는 구조와 인간의 역사에 따라 나타나는 상대적인 어떤 것이다. 그런 점에서 시간을 사물의 객관적인 성질이 아니라 감성의 아프리오리한 형식으로, 즉 주체가 세계와 관계 맺을 때 매개되는 구조로 파악한 칸트의 생각은 획기적이다. 그래서 시간은 과학이 측정하는 것도 아니고 한 개인이 주관적으로 느끼는 것도 아니다. 시간은 다양하고 이질적인 시간성들 사이의 관계 체계일 뿐이다. 문화예술에서의 시간과 같은 체험의 시간, 과학의 시간, 경제적 시간 등은 각각 서로 다른 리듬을 가지고 존재한다. 이 시간들에 대한 인간의 인식은 곧 인간이 이룩해 온 역사의 층위들을 나타낸다. 그리고 역사는 하나의 유일한 선을 따라 진행되기보다는 발산되는 시간성들의 논리 속에서 진행되는 것이다.

시간성은 시간 바깥에 존재하는 것의 특성인 영원성과 대립한다. 현상학자들과 사르트르는 의식의 특징 가운데 하나를 정의하기 위해 이 말을 사용했다. 시간성은 인간이라는 실재, 즉 '죽음으로 향하고 있는 존재'인 현존재를 구성한다. 따라서 시간적 의식으로서 실존한다는 사실은 유한성을 함축한다. 유한성은 단지 우리가 시간 속에 제한되어 있다는 사실만 가리키는 것은 아니다. 유한성은 사르트르가 『존재와 무』(1943)에서 말한 것처럼 우리의 존재를 파악하기 어렵다는 것을 의미하기도 한다. 끝없이 흐르는 시간 속에 놓인 우리는 존재한다기보다는 실존한다. 즉, 우리는 의식을 통해서 우리 앞에 현존해 있는 모든 것에 '無'를 도입한다. 예를 들어, 내가 그에 나 자신을 대립시키는 대상은 내가 아니다. 나의 과거와 과거로 흘러간 나의 '자아'는 더 이상 현실적으로 존재하지 않으며, 회상의 형태로만 존재한다. 시간 속에 놓여 있으며 또 언제라도 자유로울 수 있는 의식은 과거에 기댈 수도 없고 과거로부터 벗어날 수도 없다. 우리는 오로지 미래를 향해서만 우리가 바라는 것을 투사할 수 있다. 문화예술은 바로 이런 점들을 우리에게 보여 준다.

II. 문화예술사의 유형 선택

E. H. 카아는, 결정론[3]을 "모든 일에는 하나 또는 몇 가지 원인들이 있으며, 하나 또는 몇 가지 원인에 변화가 없는 한 어떠한 변화도 일어날 수 없다고 하는 신념"으로 정의한다. 그에 의하면, 결정론은 역사의 문제가 아니라 모든 인간 행위에 관한 문제이다. 인간의 행위에 원인이 없고 따라서 결정되지 않은 인간은 사회 밖에 존재하는 개인처럼 하나의 추상적인 관념에 불과할 뿐이다. "인간사에서는 모든 것이 가능하다."는

---

3) 이에 대한 논의는 E. H. 카아, 『역사란 무엇인가』, 조동희 역 (을지출판사, 1988), pp. 116~119에 의거.

주장은 무의미하거나 거짓이다. 일상생활을 영위하는 사람들은 아무도 그렇게 믿지 않으며 또한 믿을 수도 없다. 모든 것은 원인을 지니고 있다는 공리는 우리들의 주변에서 진행되고 있는 일을 이해하기 위한 인간 능력의 한 전제조건이다. 카프카 소설의 몽환적인 성격은 어떤 사건이나 명백한 원인, 확인할 수 있는 원인을 갖지 않는다는 사실에서 비롯된다. 그것은 결국 인간의 인격을 전면적으로 붕괴시킨다. 인간의 인격은, 사건에는 원인이 있고, 또한 그러한 원인 가운데 대부분은 확인할 수 있으며, 따라서 인간의 마음속에 행동의 지침으로 삼을 만한 일관된 과거와 현재의 유형이 형성될 수 있다는 전제를 바탕으로 할 때 비로소 논의의 대상이 된다. 인간의 행동은 원칙적으로는 확인될 수 있는 원인에 의하여 결정된다고 전제하지 않으면 일상생활은 불가능할 것이다. 자연현상은 신의 지배를 받는 것이 분명하므로 자연현상의 원인을 연구하는 것은 신에 대한 모독이라고 생각한 사람들이 있었다. 그러나 그들은 아주 오랜 과거 시대의 사람들이다.

　바람직하지 않은 이론으로는 우연사관4)도 있다. 우연사관은, 역사는 어느 면에서 보나 우연의 연속이고, 우연의 일치에 의해 결정된, 전적으로 우발적인 원인의 소치라고 판단할 수밖에 없는 사건의 연속이라는 이론이다. 우연사관에 의하면, 악티움海戰의 결과는 역사가가 일반적으로 주장하는 원인 때문이 아니라 안토니우스가 클레오파트라에게 빠져버렸기 때문에 생긴 것이 된다. 바자제트가 痛風 때문에 중앙 유럽에로의 진격을 중지했을 때 기번은 "한 사람의 한 가닥의 힘줄에 심한 종기가 생긴 덕분에 많은 국민들의 불행이 예방되거나 지연될 수 있었다."고 말했다.

---

4) 이에 대한 논의도 위의 책, pp. 122~123에 의거.

역사의 시조 헤로도토스는 그의 저술 목적을 그리스 사람과 야만인의 행위에 대한 기억을 보존하고 "특히 무엇보다도 그들 사이에 일어난 전투의 원인을 밝히는 것"으로 규정했다. 그의 뒤를 이은 제자가 고대에는 거의 없다. 투키디데스마저도 명확한 인과관계의 관념이 없었다는 비난을 받아왔다. 그런데 18세기에 이르러 근대의 역사 서술의 기초가 굳어지기 시작했을 때, 몽테스키외는 「로마인의 위대성과 성쇠의 원인에 대한 고찰」에서 "모든 왕조에 작용하여 그 왕조를 일으키고 유지하고 무너뜨리는 정신적·물질적·일반적인 원인이 있다."는 원리와 아울러 "모든 사건은 이런 원리에 따른다."는 원리를 출발점으로 삼았다. 그리고 몇 년 후 그는 『법의 정신』에서 이 관념을 발전시켜 일반화한다. "우리들이 이 세상에서 보는 모든 결과를 맹목적인 운명의 산물"이라고 생각하는 것은 어리석은 일이다. "인간은 환상의 지배만을 받는 것은 아니며", 인간의 행동은 '사물의 본질'에 입각한 일정한 법칙이나 원리를 따르는 것이다. 그 후 200년 동안 역사가와 역사철학자는 역사적 사건의 원인과 이를 지배하는 법칙을 발견함으로써 인류의 과거의 경험을 조직화하려는 시도에 몰두해 왔다. 원인과 법칙은 어느 때에는 기계적 관점에서, 어느 때에는 생물학적인 관점에서, 어느 때에는 형이상학적인 것으로, 어느 때에는 경제적인 것으로, 어느 때에는 심리적인 것으로 고찰되었다. 그러나 원인과 결과의 질서 정연한 연쇄에서 과거의 사건을 정리하는 것을 통해 역사가 완성될 수 있다는 이론은 널리 인정되고 있었다.5)

로버트 스필러는 시간개념과 인과판단이 적용되는 사례에 따라 문학사를 네 개의 유형6)으로 나누어 검토한 바 있다. 여기서는 그것을 문화

---

5) 위의 책, pp. 109~110에 의거.

예술사에 적용하여 살펴보기로 한다.

제1유형은 인과연쇄가 고려되지 않는 문화예술사이다. 이 경우, 여기서 '시간'은 대범하게 연대순을 의미한다. 시간과 공간, 원작자의 전후 관계에 따라 과거의 문화예술 작품을 발견하고 규정하는 것이 이 문화예술사이다(역사의 굴절은 역사의 거부와는 다르다. 문화예술의 진실을 파악하기 위해 역사가 원용되는 것이 굴절이다.).

제2유형은 연대기적 입장을 지양·극복한 문화예술사이다. 여기서, 역사는 이미 일정한 보폭을 지닌 시간의 집적을 의미하는 데 그치지 않는다. 이 경우, 그것은 해석자의 판단을 토대로 취사선택이 이루어진 사실들의 흐름이다. 뿐만 아니라 여기서는 인과관계도 고려된다. 이루어진 사실들은 선행한 것들과의 상관관계를 통해서 이해·평가되는 것이다. 그와 함께 후속한 작품과 작가에 끼친 영향도 검토·추적된다. 인과판단은 문화예술의 테두리에 국한되며 문화예술작품의 원천과 영향은 '문화예술적'일 때만 의의가 있다. 여기서 제작자나 독자와 문화예술 사이에 개재하는 상관관계는 고려되지 않는다. 이 문화예술사는 모든 지역 문화예술작품이 그 자체의 독자적 인과계열에 의해 형성·전개된다는 가설에 의거한다.

제3유형은 인과판단이 문화예술의 테두리를 넘어서는 문화예술사이다. 이 경우, 그것은 과거의 문화예술 작품을 발견하고 한정하는 데 그치시 않을 뿐만 아니라 원인과 영향의 테두리를 지역 문화예술의 제작·전개에 관계되는 여러 배경·여건 쪽으로 넓게 확대시킨다. 그리고 여기서 배경·여건은 제작자의 체험에서부터 독자와 그 집단에 미치는 영

---

6) 이에 대한 논의는 전적으로 김용직, 『한국근대시사』(새문사, 1983), pp. 35~38에
   의거.

향까지를 포괄하는 공간을 뜻한다. 이 유형은 제2유형에 속하는 문화예술사의 인과판단이 지닌 폐쇄성에 비추어 볼 때 상대적인 의미에서 매우 포괄적인 유형이다.

제4유형은 시간의식과 인과판단이 아울러 독특한 성격을 띠는 문화예술사이다. 이 경우, 시간은 무한대의 개념에 의거한 영원회귀의 그것이다. 또한 여기서는 지역 문화예술도 작품만을 뜻하지 않는다. 이 유형의 문화예술사에서의 문화예술은 신화라든가 상징·가치를, 인과연쇄는 시간과 공간을 초월한 가운데 포착되는 내재적 공통성을 각각 뜻한다. 대부분의 경우, 그 공통성은 원형이라는 이름으로 포착된다. 이 방법에 대해 흔히 원형론이라는 이름이 부수되는 까닭도 그런 데 있다.

스필러의 방법에서 추출되는 네 유형의 문화예술사에는 각기 그 나름대로의 이점과 함께 난점들이 내포되어 있다. 제1유형의 문화예술사는 이제까지 우리 주변에서 가장 많이 제작된 것이다. 그리고 그것은 다른 방법에 의거한 문화예술사가 쉽게 확보하지 못하는 덕목을 지닌 것이기도 하다. 그것이 문화예술사의 소재에 해당되는 사실 또는 기록을 최대한 수용할 수 있게 하는 점이다. 그러나 이 문화예술사의 발판을 이루고 있는 시간인식의 고식성은 우리에게 적지 않은 문제점을 제기한다. 얼핏 볼 때에도 드러나는 바와 같이, 이 방법의 바닥에 깔려 있는 생각은 산수의 차원에서 시간의 정량화가 가능한 양 믿는 경향을 내포한다. 인과율에 대한 외면현상 역시 이 유형의 문화예술사가 지니는 또 다른 난점이다. 어떤 경우에도, 역사를 단편적인 사실의 나열로 그치게 할 수는 없는 일이다.

제2유형의 문화예술사 역시 그 논리의 전제에 난점을 안고 있다. 앞에서 우리는 거듭 문화예술사가 지역 문화예술과 역사의 유기적인 조직체임을 확인했다. 그럼에도 이 유형의 문화예술사는 이 평범한 진실을 망각하고 있는 것이다. 뿐만 아니라 문화예술사의 인과판단이 지역 문화예술의 테두리에 국한된다는 것은 작품에 작용하는 상상력의 역할을 간과하는 처사이기도 하다. 그것은 그대로 지역 문화예술의 창조성을 외면하는 결과를 낳을 수도 있다. 이에 대해서 스필러는 "예술가를 표절자로 떨어뜨릴 수 있다."고 지적한다.

제4유형의 문화예술사에서의 영원회귀 시간은 문화예술사를 위해 너무 벅찬 개념인 것 같다. 앞에서 우리는 역사가 인간의 행동을 대상으로 한다고 파악한 바 있다. 그런데 인간의 행동 실적 내용물이 되는 것에는 감각이라든가 감정이 포함된다. 그리고 그것은 문예비평에서 반응의 문제로 손꼽히는 것이다. 반응의 포착과 형태화도 문화예술사가 담당해야 할 중요 분야의 하나다. 그런데 우리 자신의 감정이나 반응은 시간이나 공간의 이동에 따라 그 내용이 달라진다. 이 경우, 우리는 한 특정 공간에 위치한 한 그루 꽃나무를 문제 삼아도 무방하다. 해마다 봄이 돌아오면 꽃나무에는 같은 모양과 크기, 빛깔을 가진 꽃이 핀다. 그것을 바라보는 우리 자신도 동일한 사람이다. 그러나 문화예술에서 문제되는 반응은 이때 우리가 품는 느낌이 그때마다 다른 것을 전제로 한 개념이다. 그럼에도 시간을 영원회귀라고 보는 입장에 따르면 그런 진실이 살아남지 못한다. 그것은 무한대의 시간관념이 문화예술사에 제대로 적용될 수 없음을 뜻하는 것으로 보아야 한다. 이에 대해서 "역사의 개념이 부정된다."고 본 까닭도 그런 데 있을 터이다.

결국, 우리는 우리가 기도하는 문화예술사에서 인과판단의 영역을 작품 밖에까지 확대시키지 않을 수 없다. 그와 동시에 시간 개념 역시 경험수용이 가능한 쪽을 택해야 한다. 결과적으로, 우리가 무리 없이 선택할 수 있는 것은 스필러가 말한 제3유형의 문화예술사이다. 그것으로 문화예술사는 역사를 능동태의 입장에서 수용할 수 있고 지역 문화예술의 진실을 가능한 한 효과적으로 살려나갈 수 있다. 이제 우리는 다시 두 가지 점을 확인해야 한다. 그것의 하나는, 우리가 선택한 방법에서 시간은 우리 자신의 경험을 집약시킬 수 있다는 점이고, 다른 하나는 인과판단의 범위 역시 지역 문화예술의 테두리를 넘어서 문화 전반을 수용하는 자리에까지 걸친다는 점이다.

III. 서술 대상[7]의 설정

먼저 정체성을 지닌 지역 문화예술을 내세우지 않을 수 없다. 정체성을 지닌 지역 문화예술은 지역이 지니고 있는 전통을 계승한다. 이와 함께 정체성을 지닌 지역 문화예술은 다른 지역 문화예술의 유익한 요소를 흡수한다. 따라서 한 지역의 문화예술과 다른 지역의 문화예술 사이에서는 영향 관계가 성립한다. 이런 의미에서, 정체성을 지닌 지역 문화예술은 폐쇄적 문화예술이 아니다. 그것은 지역 문화예술이 민족적 예술일 수 있는 중요한 근거가 된다. 이 경우, 한 지역 문화예술과 다른 지역 문화예술의 우열을 논하고자 하는 시도는 별다른 의미가 없다. 우수한 지역 문화예술, 열등한 지역 문화예술은 따로 존재하지 않기 때문이다. 가령, 제주도에서 활동하는 작가의 작품과 전라도에서 활동하는 작가의 작품은 우수하거나 열등하지 않고, 다를 뿐이다. 지역의 특색이 서로 다르기 때문이다. 그 지역의 특색은 다르게 말해서 지역의 정체성이

---

7) 이에 대한 논의는 김병택, 『제주 현대문학사』(제주대학교 출판부, 2005), pp. 25~33 에 의거.

며, 그것의 배경은 다음과 같이 설명될 수 있다.

첫째, 어느 지역이나 그 지역 나름대로의 정치적·경제적 조건, 환경·풍속·습관, 공동의 지역 심리와 언어가 있다. 그것들이 바로 각 지역의 특색을 형성하는 요소들이다. 문학은 사회의 반영이므로, 지역 문화예술이 그 지역의 특색을 반영하는 것은 당연하다.

둘째, 어느 지역이나 그 지역 특유의 전통이 있다. 그것은 그 지역과 다른 지역을 구별할 수 있게 하는 중요한 요소이다. 그것은 역사 속에 용해되어 있는 것일 수도 있고, 지역 문화예술 속에 용해되어 있는 것일 수도 있다. 예를 들면, 제주도 신화에는 제주도 신화를 다른 지역 신화와 구별할 수 있게 하는 중요한 요소들이 분명히 존재한다.

셋째, 어느 지역이나 그 지역 나름의 고유한 지역정신(기질)이 있다. 그것이 지역 문화예술작품에서 발휘되면, 그 지역 문화예술 작품은 다른 지역의 지역 문화예술 작품과 구별되는 지역적 특색을 드러내게 된다. 지역정신(기질)은 지역적 긍지·지역감정·지역 심리상태·지역의 문화 교양, 그리고 오랫동안에 걸쳐 보편적으로 존재하게 된 공통성을 모두 포괄한다. 모든 작가는 이런 지역정신과 기질을 지니고 있다. 심지어 어떤 작가는 완전히 생소한 세계를 바라보는 경우에도, 자기 지역의 요소가 포함된 눈으로 그것을 바라본다.

지역 문화예술의 지역적 특색, 즉 정체성은 이상의 세 가지 요소가 융합되어 이루어진다. 그러면 지역 문화예술의 지역적 특징은 어떻게 표현되는가. 그것은 내용과 형식의 두 측면에서 살펴볼 수 있다. 먼저 지역 문화예술의 내용면에서 보면, 각 지역의 지역 문화예술은 그 지역 사회를 반영한 내용이 주류를 이룬다. 각 지역의 제도·지리적 환경·풍토적 인심·생활 방식·복식·윤리적 관념과 정조·절개 등의 표현 방식은 각기 다르므로, 지역 문화예술 작품이 반영한 지역사회는 각기 다른 지역적 색채를 지니게 되는 결과로 이어진다. 지역 문화예술의 형식면에서 보면, 지역마다 상이한 방언은 가장 먼저 부각될 수밖에 없다. 그것은, 지역 문화예술이 언어예술이라는 점, 그리고 언어는 민족적 특색뿐만 아니라 지역적 특색도 가장 분명하게 드러낸다는 점에서 그렇다.

다음으로 내세울 수 있는 것은 특수성을 지닌 지역 문화예술이다. 그 특수성은 외형적으로는 자연을 통해 드러난다. 자연은 특수성을 지닌 지역 문화예술의 중요한 소재로 등장하는 이유가 바로 여기에 있다. 그런데 그 자연은 엄밀하게 말해서 그냥 그대로의 자연이 아니라, 역사적·심리적 환경에서 형성된 자연이다. 따라서 모든 지역의 자연은 지역이 나름대로 지니고 있는 역사적·심리적 환경에 따라 각각 다르게 수용될 수 있다. 다르게 말하면 자연은 지역에 따라 각각 다른 것들이 상징된다. 이처럼 지역의 역사적·심리적 환경은 지역 문화예술가들로 하여금 그 자연이 왜 그렇게 표현될 수밖에 없는가를, 왜 그렇게 판단될 수밖에 없는가를, 왜 그렇게 이야기될 수밖에 없는가를 설명해 주는 근거이다.

그렇다고 해서 그러한 자연만이 의미가 있는 것은 아니다. 지역 문화예술 작품에서의 자연은 보통 ①만물을 뜻하는 우주, ②초 자연적인 것과 구별되는 감각과 지각의 세계, ③도시와 비교되는 시골, ④유기적으로 성장하는 것, ⑤부자연스러운 것과 구별되는 자발적인 생성, ⑥생명력을 가진 것, ⑦신, ⑧사물 자체, ⑨인간의 본성 등 아홉 가지로 나뉘어 논의될 수 있는데,8) 지역 문화예술에서의 자연은 기본적으로 이런 것들을 모두 포괄하는 복합적인 성격을 지니고 있는 자연임을 인식하는 것도 지역 문화예술사를 서술하는 사람에게는 중요한 일이다.

---

8) 고소웅, 「낭만주의」, 이선영 편 『문예사조사』 (민음사, 1990), p. 59.

　그와 함께, 특수성을 지닌 지역 문화예술은 반드시 일정한 서사를 포함해야 한다는 점도 강조되어야 한다. 이 경우의 '서사'가, 소설·서사시·극·신화·전설·역사 등의 언어적 서사물뿐만 아니라 영화·연극·발레·오페라 등의 비언어적 서사까지를 포괄하는 말임은 말할 필요도 없다.

변시지 그림의 대상 선정과 화법

I. '대상 선정과 화법'의 원천으로서의 미술사조

그림에서는 이데아와 의미, 느낌과 감동 등이 반드시 색과 형태로 표현된다. 이것이 그림과 문학의 가장 큰 차이점이다. 문학에서는 개념의 언어를 사용해서 "나는 기쁘다"라고 말할 수 있지만, 그림에서는 언어를 사용할 수가 없다. 그림은 어디까지나 눈으로 보는 것이므로 좋은 그림과 그렇지 않은 그림은, 화가가 선·색·형태 등의 조합으로 의미·감정 등을 얼마나 설득력 있게 표현했느냐에 따라 판별된다.

굳이 언어라는 말을 사용한다면, 그림의 언어는 개념의 언어가 아니라, 눈에 보이는 선·색·형태의 언어이다. 그래서 좋은 그림은 어떤 의미·감정 등을 명확하게 표현하는 선·색·형태의 언어를 갖춘 그림이다.[1] 그렇다면 이 경우, 좋은 그림을 그리기 위해 화가가 갖추어야 할 것은 무엇인가 하는 물음이 제출될 수 있다. 그 물음에 대한 답은 아주 간

---

1) 이에 대해서는 야자키 요시모리·나카무라 겐이치, 『그림을 보는 법』, 이수민 역 (아트북스, 2005), pp. 12 f 참조.

단하다. 그것은 대상을 선정하고 그에 어울리는 선·색·형태를 투여하는 방법, 즉 화법이며 그것의 원천은 미술사조이다.

미술사조2)는 미술의 사상적 흐름으로서, 미술작품이나 미술이론에 나타난 사상이 일정한 흐름을 형성하고 있는 양태를 지칭하는 말이다. 그러나 여기에는 단서가 따른다. 즉, 미술사조는 미술의 역사에서 이정표가 되거나 과거와 현재의 미술을 이해하는 데 도움이 될 수 있는 중요한 사상적 흐름, 정신적 조류이어야 한다는 것이 그것이다. 신고전주의·낭만주의 등은 단순히 과거의 미술사를 이해하는 데뿐만 아니라 현재의 미술에 대한 논의에도 없어서는 안 될 중요한 개념이므로 당연히 미술사조에 속한다.

미술에서의 사상은 선·색·형태 등을 통해서 표현된 사상만이 참다운 의미를 지닌다. 그런 까닭에 미술사조라는 말은 자동적으로 선·색·형태 등의 문제와 연결되지 않을 수 없다. 이런 의미에서, 신고전주의·낭만주의·표현주의 등의 사조를 특정한 선·색·형태 등의 특성 속에서 유사한 사상적 내용을 표현한 작품들을 포괄하는 명칭으로 보는 데에는 무리가 없다. 다시 말해서 미술사조를 구분 짓는 사상적 흐름은 개별 작품들 사이의 주제사상의 동일성이나 유사성보다도 선·색·형태 등을 통해서 드러난 현실을 파악하는 작가의 지각의 틀, 세계관과 가치관, 표현수법의 유사성 등에 바탕을 둔 개념이다. 사조라는 개념 속에 한 가지로 묶일 수 있는 사상에는 현실을 인식하는 작가의 지각의 틀과 세계관, 가치관, 이것과 일정하게 연결되는 예술관이 포함되는데, 작품창작 과정에서의 특징적인 화법은 이로 인해 나타난다.

어떤 미술사조와 그 미술사조가 지배하던 시대에 그려진 미술작품의

---

2) 이에 대한 논의는 최유찬, 『문예사조의 이해』(실천문학사, 1995), pp. 11~12 ff 참조.

상관성은 매우 크다. 예컨대, 신고전주의와 신고전주의 시대에 그려진 미술작품, 또는 낭만주의와 낭만주의 시대에 그려진 미술작품은 우리가 생각하는 것보다 훨씬 더 밀접한 상관관계에 놓인다.

한편, 응당 있어야 할 미술사조·미술이론의 발생, 소멸에 대한 해명은 새로운 이론을 적용할 때에 가능하다. 그 새로운 이론은 다름 아닌 반발이론(reactive theory)이다. 반발이론에서는 모든 미술사조·미술이론의 발생, 소멸을 반발원리의 적용 결과로 파악한다. 갑자기 등장한 반발이론이라는 명칭이 생소할 수도 있지만, 내용의 성격에 초점을 맞추어서, 신고전주의 이론을 모방이론으로, 낭만주의 이론을 표현이론으로, 사실주의 이론을 반영이론으로, 모더니즘 이론을 차이이론으로 각각 부르고 있는 점을 염두에 둔다면, 미술사조·미술이론의 발생, 소멸에 두루 적용되는 이론을 반발이론으로 부르는 것은 자연스럽다. 반발이론의 '반발'은 새로움을 추구하는 예술가의 정신에 의해 나타나는 것으로서 양식의 변화, 창작방법의 변화를 수반한다.

이상의 논의에서 확인된 것처럼, 변시지 그림의 대상 선정과 화법에 대한 논의가 그것의 원천인 미술사조와의 관련 속에서 이루어지는 것은 얼마든지 가능하다. 여기서 미리 그것의 윤곽을 한 문장으로 제시한다면, "인상파적 사실주의 기법에 반발하여 극사실주의 기법이 발생했고, 극사실주의 기법에 반발하여 생태상징주의 기법이 발생했다." 정도가 될 것이다.

Ⅱ. 인물 또는 인상파적 사실주의: '제3파르테논' 시대

연보에 의하면, 변시지는 해방되던 해인 1945년에 오사카 미술학교 서양학과를 졸업하고 그 해에 도쿄로 가 아테네 프랑세즈 불어과에 입학한다. 그는 어느 날 우연히 가나안학교로 가는 버스를 탔는데, 거기에서 사진으로만 보던 데라우치3)를 만난다. 그는 데라우치에게 자신을 정중히 소개하고 문하생이 되기를 자청한다. 데라우치의 승낙을 받은 그는 첫 방문 때부터 작품을 들고 가서 데라우치의 평을 듣는다. 그는, 데라우치의 집으로 작품을 들고 가 평을 듣고, 작품을 들고 자신의 집으로 돌아와 다시 고쳐 그리는 작업을 수없이 되풀이한다. 그는 데라우치로부터 빛의 반사작용에 대해 다음과 같은 내용을 배운다. 예를 들면, 노란 사물이 있다고 치자. 여기에 햇빛이 비치면, 이 노란 사물은 하얀 컵에 빛을 반사하고 하얀 컵은 노랗게 된다. 이처럼 색들은 서로 영향을 주고받는다. 데라우치의 이와 같은 지도로, 그는 당시 일본 화단의 주류였던 인상파적 사실주의 분위기가 강한 인물화와 풍경화를 창작한다.

　변시지는 고전파적 사실주의와 인상파적 사실주의를 분명하게 구별한다. 그에 의하면, 박득순과 김인승은 전자에, 자신은 후자에 속한다. 그의 주장은 계속된다. 고전파적 사실주의자는 인물화를 그릴 때, 가장 밝은 데는 살색으로 칠하고 어두운 데는 검정색으로 칠한다. 인상파적

---

3) 데라우치 만지로(寺内萬治郎)(1890~1964년): 오사카에서 태어났다. 메이지 42년(1909) 오사카 텐노지 중학교를 졸업하고 도쿄의 백마회규교(白馬会葵橋)서양화 연구소에 들어가 구로다세이키(黒田清輝)의 지도를 받았다. 다이쇼 5년(1916) 도쿄 미술 학원을 졸업한 후, 다이쇼 14년(1925)에 제6회 제국미술전람회에 「裸婦」를 출품해 특선에 당선되었다. 쇼와 26년(1951) 제1회 사이타마현전의 심사원이 되었고, 같은 해 일전(日展)에 출품한 「横臥裸婦」외 몇 裸婦 작품으로 일본 예술원상을 받았다. 35년(1960)에는 일본 예술원 회원이 었다. 데라우치는 일본인 裸婦의 모습에 애착을 가지고, 이것을 모티프로 한 그림을 그렸다. 그는 프랑스의 코로(Corot, Jean-Baptiste-Camille)와 드랭(Derain, Andre)의 영향을 받았고 인상파적 요소가 강한 사신주의를 추구한 화가였다. 그는 파랑 회색이나 흑을 가방에 배치한 질감 있는 밝은 다갈색에 빛나는 일본의 나부를 계속 그려왔다. 그는 '데생의 신'이라고 불리는 묘사력과 중후하고 품위 있는 작품을 그려 '裸婦를 그리는 성자'라고도 불렸다(http://www.pref.saitma.lg.jp/A12/BEOO/ijin/07.html).

사실주의자는 가장 밝은 데는 밝고 강한 색을 칠하지만 어두운 데는 검정색이 아닌 파란 색을 칠한다. 고전파적 사실주의자는 팔레트의 검정색을 아끼면서 사용하지만, 인상파적 사실주의자는 팔레트에서 검정색을 아예 없애버린다. 인상파적 사실주의자는 검정색을 사용하지 않는 것이다. 고전파적 사실주의자는 검정색으로 사람의 그림자를 그리지만, 인상파적 사실주의자는 파란색으로 사람의 그림자를 그린다. 고전주의 화가인 앵그르(Ingres, Jean Auguste Dominique)는 검정색으로 명암을 칠했지만, 고흐(Gogh, Vincent van)·세잔(Cézanne, Paul)·르누와르(Renoir, Auguste) 등 인상주의 화가들 중에서 검정색으로 명암을 칠한 화가는 없다.

변시지의 데뷔와 청년기의 창작 활동은 일본의 官學界 아카데미즘에 토대를 두고 있다. 아카데미즘(academism)[4]이란 전통과 권위를 중시하는 학풍을 말하는데, 정부에 의해 설립·비호되고 전통에 의해 지지되고 있는 대학이나 미술·음악의 고등훈련기관에 있어서의 연구, 창작 태도, (일반적으로 나타나는) 학문이나 예술의 官學·官展系의 작풍·양식·수법 등을 포괄한다. 따라서 미술사적으로는 고전적 규범에 충실한 고전주의적 경향을 의미한다. 그러나 근대 미술사에서는 반드시 고전주의적 경향에만 한정되어 나타나는 것은 아니다. 19세기 이래의 미술사는 새로운 유파·양식과 아카데미즘의 교체의 역사라 할 수 있다. 이를테면, 낭만주의·사실수의·인상주의 등은 어느 깃이든 치음 발생할 때는 동시대의 아카데미즘과 격렬히 대립하지만, 시기가 지나면 아카데미즘으로 변질되는 경우가 많다. 하나의 새로운 양식이 대중적으로 받아들여져 단순한 형식적 전통으로 고착될 때, 그것을 비판적인 의미

---

4) 월간미술 편, 『세계미술용어사전』(월간미술, 2002), pp. 303~304.

에서 아카데미즘이라 지칭하는 것이다. 그러나 좋은 의미에서의 아카데미즘은 학문·문예·음악 등 인류의 유산을 후대에 올바르게 전하여 궁극적으로는 창조적인 예술의 발전에 이바지하는 것으로 평가된다.

인물화5)란 사람을 주제로 하여 그린 그림의 총칭인데, 동서를 막론하고 회화사의 발전과 전개는 인물화를 중심으로 하여 이루어졌다고 해도 과언이 아니다. 인물은 가장 오랜 옛날부터 지속되어 온 그림의 대상이고 가장 중요하게 인정되어 온 제재이다. 본래, 인물화는 특정 개인의 개체적 특징을 그리는 초상화, 또는 그와 같은 개인의 모임을 그린 집단 초상화를 말한다. 여기에는 전신상뿐만 아니라 상반신이나 두부를 그린 것, 군중을 그린 것도 포함된다. 근대 일본화에서 인물화는 곧 '미인화'라고 할 수 있으며, 서양화에서도 '부인상'과 '나부상'은 그림의 가장 흔한 대상이다. 인물화는 일본에서 서양화가 발전하기 시작한 메이지 말기부터 '文展'을 중심으로 한 아카데미즘 계열에서 가장 많이 다루었다. 변시지의 청년시기 작품들에 이 인물화가 많은 것은 당시 일본 화단의 분위기와 밀접한 관계가 있다.

변시지는 인물을 잘 그리는 화가의 능력을 매우 중시한다. 대상이 풍경인 경우, 좀 작은 것을 크게 그리고 큰 것을 작게 그려도 간과될 수 있지만, 대상이 인물인 경우는 좀처럼 속일 수가 없기 때문에 화가의 능력이 그대로 드러난다고 보는 것이다. 그는 화가로 성공하려면 인물을 잘 소화해서 자유자재로 그리는 것이 절대적으로 필요하다고 확신한다.

변시지가 거주하던 동네는 도쿄 이케부쿠로의 릿교대학 근처였는데,6) 여기에는 15~20평 정도의 낡은 아틀리에들이 모여 있었다. 화가

---

5) 위의 책, p. 379.

6) 필자는 2008년 12월과 2009년 2월, 두 차례에 걸쳐 약 7시간 동안 그에 대한 전기적 사실과 화법에 대한 전반적인 내용을 직접 들으며 녹음한 바 있다. 이 글의, 그에

여인 | 캔버스에 유채 | 110×83㎝ | 1947
| 일본 가누마 미술관 소장

여인 | 캔버스에 유채 | 110×83㎝ | 1948
| 일본 가누마 미술관 소장

지망생들은 대부분 이곳에 살면서 작품을 창작했고, 그들은 이 동네를 그리스 신전 이름을 따서 '파르테논'이라 불렀다. 네거리를 중심으로 분포된 아틀리에 촌은 제1, 제2, 제3, 제4파르테논이라는 이름으로 구분되었고 변시지는 제3파르테논에서 살았다. 후에, 조각으로 전환한 문신이 살았던 곳은 제1파르테논이었다.

데라우치 만지로의 문하생으로 들어가 두 해가 지난 1947년은 변시지에게 있어서 미술인생의 새로운 전기를 마련해 준 해로 기록된다. 일본 최고 권위의 광풍회 제33회 공모전에 첫 출품한 작품 「겨울나무」A, B 두 점이 입선한 것이다. 또한 같은 해 가을에 문부성이 주최한 「일전」에서 「여인(femme)」이 입선하고, 1948년에 광풍회 제34회 공모전에

대한 전기적 사실과 화법에 대한 내용은 그 때의 채록 내용에 토대를 둔 것이다.

서 마침내 23세라는 최연소의 나이로 최고상을 수상함으로써 그의 천부적 재능이 부각된다. 당시의 수상작은 「베레모의 여인」「만돌린을 가진 여자」「조춘」「가을 풍경」 등 넉 점이었다.

「여인」과 「베레모의 여인」은 인물 좌상이라는 공통점을 지닌다. 구체적으로 말하면, 공통적으로 두 여인은 의자에 앉아 어느 한 쪽을 응시하고 있다. 좀더 세부적으로 살펴보자. 화가가 두 여인을 의자에 앉아 있게 한 것은 두 여인으로 하여금 대상을 응시하게 하기 위한 포즈로, 또한 두 여인으로 하여금 대상을 응시하게 하기 위한 포즈는 두 여인으로 하여금 생각하게 하기 위한 포즈로 보인다. 그런데, 두 여인이 의자에 앉아 어느 한 쪽을 응시하면서 무엇을 생각하고 있는가 하는 물음에 답은 전적으로 감상자의 몫이다. 그 답은 어떤 내용의 답이든 정답과 오답으로 구분될 수 없다. 그러나 두 여인의 진지한 표정, 전체적으로 안정된 구도, 포근하고 따뜻한 마티에르 등은 그 답의 내용을 정하는 데에 좋은 참고가 될 수 있을 것이다.

외광파7)의 후신인 광풍회8)의 공모전은 일본 최고 권위의 공모전으로

---

7) 옥외의 밝고 신선한 빛이나 색채의 효과를 중시하고, 작품을 시종 옥외에서 그리려고 하는 생각을 외광주의라고 하며, 그러한 제작 방법을 취하는 화가들을 총칭해 외광파라고 한다. 외광파는 풍경화 제작에 가장 관련이 깊은 말로, 19세기 후반 이후의 프랑스에서 가장 성행하였다. 모네를 비롯한 인상파의 풍경 화가는 거의 모두 이 입장을 취하고 있다. 서양에서는 전통적으로, 현장에서 그린 사생을 기초로 하여, 아틀리에 안의 인공적 광선에 의해서 유화를 완성하였다. 그러나 근대적인 실증주의 사조의 등장과 함께 회화에서도, 자연을 냉정하고 객관적으로 그리려고 하는 사실주의에 대한 생각이 강해져, 빛이 물건의 형태 및 색채에 미치는 여러 작용이나, 대기의 습도에도 주의를 기울였다. 외광주의는 1850, 60년대의 혁신적인 생각으로, 전통적 작업방식에 의문을 가지고 있던 화가들에 의해 행해지기 시작했다. 구로다세이키(黑田淸輝), 구메게이이치로(久米桂一郞)가 19세기말 프랑스에서도 입한 화풍도 일종의 외광주의이다. (http://100.yahoo.co.jp/detail/%E5%A4%96%E5%85%89%E6%B4%BE)

8) 외광파의 화풍을 추구하던 白馬會가 1911년에 해산되자 그 후신으로, 中沢弘光, 山

평가 받는다. 보통, 광풍회 회원의 자격은 입선 4, 5 차례, 특선 2, 3 차례를 거친, 나이 오십을 넘은 화가에게 부여된다. 23세의 조선 청년이 최고 상을 차지한 것은 그래서 광풍회 역사상 전무후무한 사건으로 기록된다. 이로 인해, 변시지가 NHK 등 당시 언론의 집중적인 조명을 받았음은 물론이다. 그 기록은 90년이 훨씬 넘는 광풍회 공모전 오늘까지 깨지지 않고 있다.

1950년 '일전'에서 입선9)한 「오후」는 사색적인 분위기의, 어느 공장 일각을 소재로 한 조형성이 두드러진 작품이다. 기본적으로 수평구도를 취하면서 건물·담·철로 등을 직선과 사선과 곡선의 질서로 강조하는 한편 여름날 오후의 정적감을 잘 드러내고 있다. 이러한 특색이 드러나는 것은 마이니치 신문사 주최의 제3회 「미술단체 연합전」에 출품한 「백색 가옥과 흑색 가옥」에서도 마찬가지이다. 심성적이고 사색적인 분위기와 단순화된 색조가 모두 그러하다. 이를 통해, 우리는 자연에 대응하기보다는 자연을 수용하고 인식하려는 그의 동양적인 세계관의 일단을 접하게 된다.10)

인상주의자들은 대체적으로 아카데미의 전통 교육과 낭만주의의 기

本森之助, 三宅克己, 杉浦非水, 岡野 栄, 小林鐘吉, 跡見 泰 등 7명의 젊은 화가가 발기하여 1912년에 창립된 단체이다. 우에노에서 제1회 전시회를 개최했고 "숨은 무명의 꽃을 자유롭게 소개하는 넓은 화원을 개척한다"는 것, 즉 후진을 육성하는 것이 설립 취지였다. 오랜 전통의 광풍회는 문부성미술전람회(文展), 제국미술전람회(帝展), 일본미술전람회(日展)의 중해으로 발전하여, 권위 있는 단체로 평가 받고 있다(http://www.h4.dion.ne.jp/~koufukai/aboutkfk.html).

9) 변시지가 '일전'에 입선했을 때의 심사위원은 사이토 요리와 데라우치였는데, 두 사람은 서로 잘 아는 사이였다. 두 사람은 심사 작품들을 한 바퀴 돌아보다가 변시지의 그림 앞에서 멈추었다. 이 때, 데라우치가 말했다. "이 그림을 어떻게 생각합니까?" 사이토가 대답했다. "이 그림을 인정하면 일본의 대가들 그림이 위험하지요." 데라우치가 후일 그의 제자들이 모인 자리에서 꺼낸 일화이다.

10) 서종택, 『변시지』(열화당, 2000), p. 30.

본 이념에 반대하는 성향을 보였다. 그들은 예술가의 정서 상태보다도 오히려 자연 혹은 삶의 편린 등을 가능한 한 객관적이며 과학적인 정신에 의해 기록하는 것을 예술의 제일의 덕목으로 삼는 사실주의의 태도에 동조했다. 이 운동은 19세기 후반에 널리 보급되었던 과학적 사실주의의 한 일환으로 볼 수도 있지만, 그들의 예술관은 사회주의 사실주의와는 달리 사회의 개혁에는 관심을 두지 않았다. 인상주의의 시대적 배경으로는 자포니즘[11]의 만연과 사진기의 발달로 인한 미술의 초상화적 기능의 쇠퇴, 현대 시민사회의 형성과 광학의 발달, 신고전주의 역사화에 대한 반발 등으로 정리된다.

풍경화[12]는 이제 망막의 실제 이미지를 재생하고 밝은 광선에 비친 생생한 장면의 등가물을 그림 물감을 사용해 재창조하는 행위로 인식된

11) 자포니즘(Japonism)이란 19세기 중반 이후 서양 예술 전반에서 일본의 영향이 나타나는 현상을 지칭하는 말이다. 이 말은 예술의 형식, 내용, 양식, 기법 등 거의 모든 국면과 관련되며, 그 범위도 회화, 조각, 공예로부터 건축, 사진에 이르기까지 실로 광범위하다. 그만큼 일본 취미는 19세기 중반 이후 전 유럽을 통해 확산된 현상이었으며 그 유행의 배경은 대체로 다음 두 가지 측면으로 요약될 수 있다.
첫째는, 미학적 측면으로, 당시 유럽의 전위 예술이 일본의 예술을 받아들이기에 적합한 풍토를 제공했다는 점이다. 영향의 정도나 성과는 영향을 미치는 쪽의 힘뿐만 아니라 받는 쪽의 필요에 의해서도 크게 좌우되기 때문이다. 물론 19세기 이전의 서구에도 일본의 미술은 어느 정도 알려져 있기는 했다. 그러나 본격적인 서양미술사의 맥락에서 그 영향관계가 보이기 시작한 때는 그때까지 여전히 원근법과 명암에 의한 현실 재현의 미학에 부동의 권위를 지녀 왔던 서구의 미학이 큰 변화를 맞이하는 시기와 일치하고 있다.
두 번째는, 일본에서는 사회문화적 특성의 하나로 예술이 자연스럽게 생활의 일부를 차지하고 있었다는 점이다. 예술 작품이 곧 하나의 독립된 소우주를 의미했던 서구적 사고와는 달리, 일본의 전통적 예술관에서 보면 일상용품은 끊임없이 예술품이 되고자 했으며, 또한 예술 작품 역시 본래의 예술적 특성을 간직한 채 생활 속에서 하나의 역할을 담당하곤 했다, 즉 실용과 미, 나아가서는 생활과 예술의 융합이라는 새로운 예술의 통합개념이 일본의 미술에서는 이미 어느 정도 세련된 모습으로 실현되고 있었다(월간미술, 앞의 책, p. 390.).

12) 월간미술, 앞의 책, pp. 380 f.

다. 음영은 회색이나 검정색이 아니라 대상의 보색으로 칠해지고, 윤곽선을 배제됨에 따라 대상의 입체성이 상실된다. 따라서 인상주의 회화는 빛과 대기의 회화, 지시색과 반사색의 유희로 치부된다. 전통적인 다갈색 대신 흰색이 초벌로 칠해진 캔버스 위에 혼합되지 않은 그림 물감을 사용하는 필법, 검정색의 배제 등은 직접 관찰에 기인한 것이었다. 인상주의는 미술 이외의 다른 가치 기준들이 예술에 관여하는 것을 금하고, 비례·균제·규칙성 등의 기하학적 법칙들을 거부하며, 자연을 모방하는 참된 방식은 선이나 형태가 아닌 색 자체에 충실하게 지각하고 묘사하는 특징을 지닌다.

인상주의자들의 화법[13])의 배후에는, 화가의 임무는 자연을 모방하는 것이라는 사실주의 사상이 존재한다. 이들은 전통적으로 내려온 윤곽선의 사용법이 실제로는 근거 없는 공상에 불과하고, 오히려 색채들을 투명하게 화폭에 옮기는 것이야말로 참된 자연을 묘사할 수 있다고 생각한 것이다. 선이나 형태는 추상적인 기하학적 존재로서 실제의 살아 있는 자연에서는 결코 발견되지 않는다. 경험주의자들의 설명에서 보았듯이, 우리는 선을 직접 지각하는 것이 아니라, 우리의 의식이 구성해내는 것이다. 실제로 선이나 형태는 최소한 두 가지 이상의 색깔들을 필요로 하고, 그 색깔들의 관계에 의해 성립한다. 인상주의자들은 색깔들을 관찰하는 것이 자연을 엄밀하게 관찰하는 것이라고 생각했다. 자연의 빛을 붓 자국으로 성실하게 캔버스에 옮기는 것을 우리는 소위 색조분리의 법칙이라고 부른다.

사실주의[14])란 현실을 존중하고 객관적으로 묘사하려는 예술제작의

---

13) 월간미술, 앞의 책, p. 381.
14) 월간미술, 앞의 책, p. 214.

태도 또는 방법을 가리키는 말이다. 묘사하려는 대상을 양식화·추상화·왜곡하는 방법과 대립하여 대상의 세부 특징까지 정확히 재현하고 객관적으로 기록하는 것을 말한다. 사실주의의 본래 의미는 단순히 장면을 정확하게 묘사하는 데 있는 것이 아니라, 현실 그대로의 일상생활을 주제로 삼는 것을 뜻한다.

한편 도쿄 시절의 변시지의 작품은 스승 데라우치 만지로와 광풍회원들의 영향을 받아 인상파적 사실주의의 화법을 사용한 인물화가 대부분을 차지한다. 「네로의 像」「등잔과 여인」「K씨의 像」「3인의 나부」 등은 모두 도쿄 시절의 작품들이다.

Ⅲ. 고궁 또는 극사실주의: '비원파' 시대

변시지의 서울 생활은 6·25전쟁 후의 황량하고 무질서한 사회적 분위기속에서 시작된다. 1958년 5월, 그는 네 번째 전시회를 서울의 화신화랑에서 연다. 그것은 자신의 귀국전이나 다름없었다. 그림에 조예가 깊고 직접 그림을 그리기도 했던 시인 조병화는 전시회를 관람하고 다음과 같이 평한다.

소박하면서도 단조로운 통일 가운데 고요히 가라앉은 윤택한 시심과, 탁하지 않은 맑은 빛과 색이 라후한 화면의 굴곡을 타고 흐르는 뉘앙스의 폭은 먼 거리를 타고 비쳐 오르는 아름다움을 우리들 앞에 보여주고 있다. 그것은 어디까지나 착한 화심에 젖은 순수한 아름다움의 여행을 의미하는 것이요, 조잡한 지식과 이론을 캐내고 있는 것은 아니다. (…)또한 작품 「네모의 상」을 비롯한 여인을 중심으로 한 인물화들에서 보여주는 화면 깊이 '비쳐 오르는 아름다움', 이러한 것이 야욕 없

는 순수한 질서를 가지고 우리들의 먼지 묻은 미의식을 자극해 주고 있
다.15)

　변시지는 서울대 미대의 초청으로 서울에 오긴 했지만, 그의 서울 생
활은 결코 평탄하지 않았다. 6·25전쟁이 끝난 후 겨우 5, 6년이 지난 시
기여서 사회가 무질서했고 경제적으로 어려웠으며 '당파싸움'으로 인한
중상모략에 시달렸기 때문이다. 모든 것에 솔직할 수 없는 데에 그의 불
만이 있었다. 그는 이른바 '당파싸움' 때문에 자신이 느끼는 솔직한 의
견을 말할 수 없었다. 그는 좋지 않은 것도 좋다고 해야 하고, 좋은 것도
나쁘다고 해야 하는 것이 괴로웠다. 일본에서는 스승이 싫으면 싫다고
마음대로 말할 수 있고 그릴 수 있는데, 서울에서는 사정이 달랐다. 게다
가 오랜 일본생활 후의 귀국을 수상하게 여기는 기관원들의 눈길도 피
곤함을 가중시켰다. 국내 화단의 현실도 그에게 답답함을 안겨 주기는
마찬가지였다.

　'국전'은 1956년 분규를 치르는 동안 보수 세력의 아성으로서 더욱
경화된 아카데미즘으로 내닫는 추세를 보였다. '국전'이 아카데믹한
보수 일변도로 치우치는 요인은 이른바 원로급이 작품 심사를 독점함
으로써 새 시대의 미의식을 수용할 여지가 없었다는 데서도 찾을 수 있
다. 1950대 후반으로 접어들면서 진취적 미술의 급격한 등장에 의한
미술계의 구조적 변혁이 절실히 요청되고 있었음에도 '국전'을 중심으
로 한 원로 중진 작가들은 여전히 전 시대적인 미의식을 고집하는 한편
권위주의를 더욱 신장시켜 갔다. '국전'은 구조적으로 더욱 경직화로
내닫게 되고 이에 대한 신진세대의 불신이 신구의 갈등으로 심화되는
양상을 드러내게 되었다. 그나마 1950년대 초기의 '국전'은 다소 신선

---

15) 조병화, 「제4회 유화 회고전」, 『경향신문』, 1958. 5. 21.

한 인상을 주었으나, '국전' 분규를 고비로 안이한 미의식이 지배하면
서 고질적인 헤게모니 쟁투의 마당으로 전락해 가고 말았다.16)

변시지는 결국 한국인의 생활방식, 습관 등 한국적인 것이 배어 있는 대상으로서의 고궁을 그리기 시작한다. 그런데 이 때, 그는 일본에서 배운 것이 서양철학에서 나온 것이므로 한국에서 느낀 한국적인 것을 표현하려면 일본에서 느끼고 그렸던 형식으로는 안 된다고 생각한다. 그래서 그는 가장 먼저 서양철학을 버리는 연습을 해야 했으며, 이를 위해 가장 한국적인 건축물인 동시에 역사적인 것이라고 볼 수 있는 비원에 들어가 지금까지의 모든 것을 원점으로 돌리고 처음부터 그림을 공부하는 자세로 작업에 임한다.17)

변시지는 무엇인가 화풍이 달라야 한다고 판단한다. 일반적으로 사람들은 서양화의 터치는 굵은 것으로, 동양화의 터치는 섬세한 것으로 인식한다. 서양화에서는 페인트를 사용하고 동양화에서는 먹을 사용하기 때문이다. 그는 비원에 들어가 서양물감으로 정자를 그린다. 그가 그린 그림을 두고, 동양화보다 더 섬세하게 그린 그림이라는 비평가들의 평이 잇따른다. 그런 점은 동양화를 그리는 전문 작가에게도 영향을 끼쳐, 몇 년 후에는 그 이전보다 훨씬 섬세하게 동양화를 그리는 경향이 나타나기도 한다. 손응성·천칠봉·이의주·장리석 등은 이러한 고궁 그리는 작업에 동참한 사람들인데, 비평가들은 이들을 비원파라고 불렀다.

변시지는 꼼꼼하게 기왓장 하나하나를, 이파리 하나하나를 세어가면서 그린다. 그 다음에는 거기에다 글레이즈(glaze)를 한다. 전체적으로 위에 살짝 색을 칠하는 것이다. 이런 기법은 기왓장 하나하나에, 이파리

---

16) 오광수, 『한국 현대미술사』(열화당, 1995), pp. 150 f.

17) 서종택, 앞의 책, pp. 46 f.

하나하나에 모두 적용된다. 그는 현장의 대상을 직접 보고 그림을 그린다. 사진을 보고 그린 그림에서는 리얼리티를 기대하기 어렵기 때문이다. 어쩌다 미완성의 그림을 집으로 가져와서 완성시키는 경우도 있지만, 매일 3시간 정도는 비원에서 가서 그린다. 10호 크기 그림 한 장을 그리는 데 소요되는 기간은 한 달 정도이다. 빠르게 그려야 20일 정도이다. 그는 무엇보다도 감성적으로 우러나오는 표현을 중시한다.

극사실주의(Hyper-Realism)[18]는 1960년대 후반 미국에서 일어난 새로운 미술경향으로 일상적인 현실을 지극히 생생하고 완백하게 묘사하는 것을 특징으로 한다. 슈퍼리얼리즘, 포토리얼리즘, 래디컬리얼리즘, 마이뉴트리얼리즘, 스튜디오리얼리즘, 샤프포커스리얼리즘 등 여러 가지 명칭으로 불리기도 한다. 극사실주의자들은 주관을 적극 배격하고 어디까지나 중립적 입장에서 사진과 같이 극명한 화면을 구성하는데, 주로 의미 없는 장소, 친구, 가족 등을 대상으로 선택한다. 극사실주의는 미국적인 사실주의로, 특히 팝아트의 강력한 영향 아래에서 일어난 것이다. 따라서 팝아트처럼 일상적 생활, 즉 우리의 눈앞에 늘 있는 진부한 이미지의 세계를 반영하고 있다. 그러나 팝아트와는 달리 극히 억제된 것으로서 아무런 코멘트도 없이 다만 그 세계를 현상 그대로 다룰 뿐이다. 그렇게 감정을 배제한 채 기계적으로 확대한 화면의 효과는 매우 충격적이다. 우리가 육안으로는 식별할 수 없었던 점들이 그대로 클로즈업되어, 보통이라면 지나쳐버릴 수도 있는 시실성이 보는 사람으로 하여금 충격을 받게 한다. 극사실주의는 미국적 즉물주의의 발상 또는 미니멀아트의 몰개성주의와 서로 통한다고 볼 수 있지만, 한편으로는 종래의 추상미술로부터의 완전한 이탈이라는 의미와 함께 사진 그 자체와

---

18) 월간미술, 앞의 책, p. 53.

가을 비원 | 캔버스에 유채 | 55×45.5㎝ | 1964 |
개인 소장

가을의 애련정 | 캔버스에 유채 |
62.2×112㎝ | 1965 | 개인 소장

양쪽에 대한 아이러니의 표현이라고도 볼 수 있다. 그러나 미국에서 일어난 극사실주의와 변시지의 극사실주의는 분명히 다른 점도 있다. 미국의 극사실주의는 사진을 이용하는 것을 얼마든지 허용했지만, 그는 그것을 완강히 거부하고 '현장에서의 그리기'를 철저히 지켰다.

변시지가 1960년대부터 70년대 초까지 극사실주의의 화법으로 그렸던 작품들은 대부분 고궁이다. 「가을 비원」 「부용정」 「반도지」 「비원」 「가을의 애련정」 「경회루」 등이 그것인데, 봄을 배경으로 하는 고궁을 그린 작품은 없다. 그는 그 이유를, "현란하고 눈부시게 화려한 꽃이 만개한 춘색은 엄숙한 분위기의 고궁에 어울리지 않는 데"에서 찾는다.

「가을 비원」의 앞쪽에 있는 나무들은 희미한 햇살을 받으며 서 있다. 저쪽 멀리 서있는 나무들은 화가가 일부러 조성한 약한 빛 때문에 제 모습을 제대로 드러내지 못하고 있는 것처럼 보인다. 나무들 옆을 지나가는 사람도 없고 그저 계절의 시간에 순응하는 나무들의 고적하고 쓸쓸하기까지 한 모습들만이 있을 뿐이다. 그 나무들은 그런 방식으로 가을 비원의 분위기를 대변한다. 「설풍경(雪風景)」도 조형적 표현에 있어서는 극사실주의의 화법을 사용하고 있다. 「가을의 애련정」이 감상자들에게 풍성한 느낌을 준다면, 이 작품은 그와 반대로 냉정한 느낌을 준다. 그것은 무질서하게 서 있는 나무들이 눈(雪)으로 인하여 다른 느낌을 주는 데에 연유한다.

변시지가 귀국했다고 해서 그와 일본과의 관계가 단절되었다고 말할 수는 없다. 그는 1972년부터 75년에 이르기까지 일본 후지 화랑이 주최한 「한국 현대미술계 최고 일류 저명작가전」과 고려미술화랑 주최의 「한국거장명화전」을 통해 작품을 일본에서 전시한 바 있다. 이때 참여한 화가는 김인승·도상봉·박득순·장이석·이종우·오승우 등이었다.

동양적인 세계를 추구하는 미술운동 단체인 '오리엔탈 미술협회'가 1974년에 창립된다. 여기에 참여한 김인수·박창복·박성삼·안병연·윤여만·이명식 등은 대부분 변시지의 제자들이다. 그는 이 모임의 대표를 맡아 7회 정도 전시회를 가지면서 작품의 보편성·세계성·민족성·풍토성 등의 근본적인 문제들에 대해 진지하게 고민하고 성찰한다. 그에 의하면, "현대미술에 대한 많은 사람들의 생각과 방법은 그 저류에 있어서는 공통된 점이 있다. 이는 인간의 본성에 근간을 둔 때문일 것이다. 동시에 민족·시대·기후적 조건 등이 예술의 모체가 되고 정신문화의 체온을 형성한다고 볼 수 있으며, 이것이 예술의 풍토"19)이다.

---

19) 변시지, 「풍토의 미」, 『신동아』, 1976. 2.

설풍경(雪風景) |
캔버스에 유채 |
53 × 45.5㎝ | 1970 |
개인 소장

Ⅳ. 자연 또는 생태상징주의: 제주시대

생태상징주의는 다음의 세 가지 성격을 지닌다. 첫째, 생태상징주의
에서는 상위개념과 하위개념의 무게가 비슷하다. 얼핏 보면 '생태' 쪽보
다 '상징주의' 쪽에 무게가 더 실릴 것 같지만 실제로는 그렇지 않다. 오
히려 그 반대일 경우가 얼마든지 나타날 수 있다. 둘째, 생태상징주의에
서는 서구 19세기 말 프랑스를 중심으로 전개되었던 역사적 사조인 상
징주의와는 아무런 관련이 없다. 그것은 '상징'의 의미가 19세기 상징주
의의 '상징'과는 다른 차원에서 사용되고 있기 때문이다. 셋째, 생태상
징주의는 20세기 후반의 회화적 기법을 지칭하는 용어로 사용된다는 점
이다. 이 글에서는 특히 그러하다.

카시러에 따르면 '신호와 상징'[20]은 서로 다른 논의의 세계에 속하는
것들이다. 신호는 그것이 사용될 때에도 직접적이고 물리적인 성격을

20) 신화와 상징에 대한 내용은 박일호, 『예술과 상징 상징형식』(예전사, 2006), pp.
　46~47 ff에 의거.

지니고 있다는 점에서 물리적 존재세계의 일부로 다루어지지만, 상징은 기능적 가치만을 지니는 인간적 의미세계의 일부로 다루어진다. 또한 신호가 특정한 대상과의 일대일 상응관계로 고정되는 기계적이고 지시적인 기호라면, 상징은 보편적이면서도 가변적이고 융통성을 갖는 기호라고 할 수 있다. 즉 하나의 상징으로서의 대상을 묘사하는 데에 있어서, 화가는 지시하는 하나의 대상과 단 하나의 방식으로만 관계하지 않는다. 그런 점에서 상징은 보편적이다. 또한 우리가 특정한 사고나 이념을 서로 다른 용어들로도 나타낼 수 있다는 점에서 상징은 가변적이고 융통성을 갖는다.

카시러는 인간적 기호로서 상징이 보편성과 융통성을 갖는 기호이고, 그것을 만들어 내고 사용하기 위해서는 관계적 사고를 통해야 한다고 주장한다. 그리고 상징이란 정신적인 의미가 함축된―어떤 방식으로이든 간에―일체의 감각적 현상들을 의미하며, (관계적 사고를 근거로 하는) 상징은 그것이 의미하는 대상의 총체적 경험내용을 재현하는 성격을 갖는다고 말한다. 그에 의하면, 이러한 상징은 우리 의식의 선험적 능력인 상징적 기능과 그 형식인 상징형식에 의해 만들어진다. 여기서 상징적 기능이란 우리 의식에 주어진 경험내용들을 조직화하고 의미화하는 구성적 종합행위를 말하며, 따라서 모든 상징은 단순한 의사소통의 매개체가 아니라 인식행위의 산물이고, 세계이해를 향한 우리들의 관점을 형성한다고 할 수 있다.

생태상징주의는 "생태학과 생태학적 개념을 '상징'에 적용하는 그림에서의 의도적 화법"이라고 할 수 있다. 변시지는 '예술적 풍토'라는 말을 사용하고 있지만, 그의 다음 주장은 이 생태상징주의의 근거로 삼아도 무방할 정도로 생태상징주의의 화법과 일치한다.

오늘날 현대미술에 대한 많은 사람들의 생각은 다기다양하다. 그러나 이러한 다양성도 저류에 있어서는 어딘가 공통된 점이 있다. 그 까닭은 인간의 본성에 그 근간을 둔 때문인지도 모른다. 동시에 민족, 시대, 기후적 조건 등이 예술의 모체가 되고 정신문화의 체온을 형성한다고도 생각할 수 있고 이것을 예술의 풍토라고도 말할 수 있다. …조상이 물려준 우리의 문화재는 고유한 풍토의 미, 즉 자연지리학적인 풍토만이 아니라 정신적 풍토로서 인간 본연의 풍토인 것이다. 그러므로 우리는 우리의 민족정신이 깃든 전통적인 풍토 위에 새 시대의 흐름 속에 인간 자신을 빛낼 수 있는 현대적 예술관을 정립하고 (…) 전진해야 할 것이다.[21]

당시 제주의 문화 예술적 풍토는 여전히 척박했다. 변시지는 오랜 시간을 두고 제주에 머무르며 찬찬히 새로운 화법을 만들어내는 데 골몰했다. 그는 비원파 스타일로 제주의 본질을 표현하는 것은 불가능하다고 생각했다. 그에게는 제주를 표현하기 위한, 제주에서의 새로운 화법이 필요했다. 그러나 새로운 예술세계를 모색하는 과정은 고통의 연속이었다. 변시지는 그 생각 하나에만 골똘했으나 해답은 쉽게 얻어지지 않았다.

변시지는 죽음의 문턱까지 이르는 정신적 방황, 육체적 고통 속에서도 결코 캔버스 앞을 떠나지 않았다. 이때는 가족과의 단란한 생활은 아예 꿈도 꿀 수 없을 만큼 정신적으로 초조한 시간이었고 고독과 방황의 시기였다. 인내의 극한상황까지 몰리면서 죽음이 가장 편안하고 행복하지 않을까 하는 생각도 들었다. 그는 죽음에 대한 공포가 사라지면서 심야에 바닷가의 자살바위 근처를 배회하는 경우도 허다했고, 신내림 현상을 체험하기도 했다. 그러나 무서운 열병에도 불구하고 그는 캔버스

---

21) 『제민일보』, 1993. 9. 1.

와 맞서 싸웠다. 붓을 꺾는다는 것은 예술적 패배를 의미했으므로 그는 고통을 물리치고 붓을 들었다."22)

제주에서의 새로운 화법 창출을 위해 변시지는 마침내 이전의 모든 것을 버리기로 결심한다. 일본 시절의 인상파적 사실주의 화풍, 비원시절의 극사실적 필법을 모두 잊기로 한 것이다. 백지와도 같은 상태가 되자 새로운 발상들은 속속 떠올랐지만 그것을 어떻게 표현해야 하는가에 대해서는 막막했다. 제주 풍경은 제주에 정착하기 이전에도 가끔 등장하기도 했는데, 가령 「폭포」와 「서귀포 풍경」에서 보듯 제주로 정착되어 가는 과정의 변화를 읽을 수 있다. 서울에서의 투명하고 밝은 색조나 잔잔한 톤의 정감적인 묘법은 제주에서의 작품 「석양」 「어느 날」 등에도 지속된다. 이러한 완만한 지속성과 변화는 그러나 1977년에 이르러 확연한 변화로 바뀌게 된다. 바탕색이 장판지처럼 꺼칠한 황갈색조로 변하고 어눌한 먹선이 간결한 선으로 화면을 덮친다. 변시지가 황갈색의 제주의 빛을 발견하게 된 것은 이즈음이었다. 그는 이 바탕색을 제주도의 자연광으로부터 얻는다.23)

변시지 그림의 황토색은 생태상징의 배경임을 분명히 보여 주고 있다. 그 황토색은 두 가지의 성격을 지닌다. 먼저, 그의 황토색은 상징적인 색이다. 그는 새로운 화풍을 만들어야 한다는 생각으로 우아하고 화려했던 색을 전부 버리고 해변가에 앉아 온종일 고심에 고심을 거듭한다. 그러다가 하루는 해변가에서 태양빛이 하얗다 못해서 누렇게 변하는 현상을 본다. 태양빛이 하도 강렬하게 비치니까 고유색이 변해 하얀 색이 누런 색으로 변한 것이었다. 그는 바로 이 누런 색을 제주의 상징적인

---

22) 김용삼, 「제주와의 만남은 운명이었다」, 『월간조선』, 1995. 7.

23) 서종택, 앞의 책, p. 62.

폭풍 |
캔버스에 유채 |
62.1×130.3㎝ | 1983 |
개인 소장

색으로 삼기로 작정한다. 다음으로, 그의 황토색은 풍토적인 색이다. 그의 작품은 "그 개인에 의해 창조된 세계라기보다는 제주도라는 풍토가 창조해낸 세계라고 표현하는 것이 더 적합할 것같이 보인다. 그만큼 순수하고 자생적이다. 의도적으로 창조된 것이 아니라 자연발생적으로 우러나온 것이다. 변시지란 개인은 없고 제주도란 커다란 시·공간이 그가 되고 제주도가 변시지가 되는 세계, 여기에 변시지 예술의 독특한 구조의 내면을 엿보게 한다. (…) 제주시대의 작품들은 전체적으로 누런 장판지를 연상케 하는 기조에 검은 선 획으로 이미지를 묘출해 주고 있어 약간 건삽한 마티에르와 먹선에 가까운 운필이 까칠까칠한 돌팍과 빈핍한 흙의 건기가 더욱 실감 있게 전해지고 있다. 어떤 색깔이나 운필로 표출한다 해도 이처럼 제주도가 갖는 풍토적 특색을 요체적으로 파악해 주는 예는 드물 것이다. 말하자면, 소재와 그 소재에 어울리는 마티에르와 표현이 이처럼 뛰어나게 구현된 예도 흔치 않을 것이다."24)

생존(生存) | 캔버스에 유채 | 45.2×53cm | 1991 | 개인 소장

　제주시절의 변시지의 작업은 유채라는 질료를 사용하고 있기는 하지만 유화가 지니는 마티에르와 광택과 또 그것들이 이루어 놓은 구조는 장판지에 먹으로 그린 동양화를 연상시킨다. 변시지는 동양화와 서양화의 '접목' 운운에 대해 부정적인 견해를 가지고 있지만, 모든 대상이 하나의 전체로서 요약, 종합해 들어오는 특유한 종합의 구도는 분명히 동양화의 직관적인 접근방식에 닿아 있다. 그는 사물을 분석하고 구성하는 것이 아니라 원시와 현세를 넘나드는 구도를 구현한다.[25] 이런 의미에서 그의 작업은 재현이 아닌 표현이라고 해야 옳다. 그 자신도 "재현은 현상적 사물의 자연스런 묘사에 따르지만, 본래는 이데아를 반영하려는 노력이었고 필연적으로 신적인 초월자를 지향하는 의미가 있었다.

---

24) 오광수, 「변시지의 근작 — 격랑의 구도」, 『우성 변시지의 삶과 예술』, p. 114.
25) 서종택, 앞의 책, p. 78.

이어도 | 캔버스에 유채 | 17.5 × 29.5㎝ | 1980 | 개인 소장

'표현'의 경우는 자연과 우주라는 대상에 표현 주체인 화가 자신의 삶의 이념이나 가치 또는 정서를 주관화하여 주체적으로 자신의 모습을 투영한다."[26]고 주장한 바 있다.

변시지의 그림에 등장하는 바람·바다·말·까마귀·소나무·나그네 등은 생태상징의 매개물들이다. 그 매개물들은 그의 작품에서 무엇인가를 상징하는 데에 그치지 않고 그림을 감상하는 사람으로 하여금 그것의 근원을 일깨운다. 특히 그에게 있어서 바람의 의미는 각별하다. 그 점은 다음 글에서 확인된다.

나는 예술로서의 창작이라는 것은 역시 자연 속에서 얻어지는 충동에서 출발한다고 본다. 그렇다고 해서 자연 그대로의 재현이나 모방이 아니라 대자연 속에서 얻어진 심상의 것이어야 한다는 것이다. 그러한 심상을 캔버스에 옮기는 과정에서 누구나 공감할 수 있는 예술로 순환

---

26) 변시지, 「예술과 풍토」, 서종택, 앞의 책, pp. 134 f.

시켜 가는 과정, 그것이 곧 나의 삶이라고 할 수 있다. ·····그런데 유
독 내게는 바람을 소재로 한 그림들이 많다. 그것은 바람 부는 제주가
나에게 많은 것을 생각하게끔 하기 때문이다. 고독, 인내, 불안, 恨, 그
리고 기다림 등이 내가 자주 다루는 소재이다. 어떻게 보면 제주도는
바람으로부터 역사가 시작되었다고 생각해 본다.[27]

보들레르는 「나의 프란시스카의 찬가」에서 '죄악의 폭풍'이라고 한
바가 있지만, 「폭풍」에서의 폭풍은 그런 점과는 무관한 것으로 보인다.
거세게 불고 있는 바람이 크게 강조되고 있을 뿐이다. 폭풍을 우리의 삶
에 비유해서 말하면, 우리의 삶은 결코 평온할 수 없고 어디론가 끝없이
돌진하면서 살아가야 하는 숙명을 지니고 있다. 그것은 「생존」에 이르
러 더 구체화된다. 폭풍이 몰아치는 날의 바다의 의미는 폭풍의 의미를
강화한다. 바다의 의미만이 그런 것은 아니다. 산·말·사내 등의 의미
가 모두 그러하다. 이런 의미에서 「폭풍」의 산·말·사내 등과, 「생존」
의 바다·까마귀 등은 화가의 섬세한 붓질에 힘입어 우리의 삶의 양태
를 그대로 상징하는 매개물의 역할을 수행한다.

원래, 까마귀의 상징적 의미는 검은 색깔로 인하여 발생하는 '시초'의
관념과 결부된다. 모든 시초는 천지창조에서 보듯 어둠과 관련되기 때
문이다. 그런데 「말과 까마귀」에서의 까마귀는—비상을 전제로 할 때—
메신저의 역할을 담당한다. 이 그림에서의 까마귀는 미래를 예견하는 능
력을 소유한 새로 인식되는 것이다. 그렇다면 말은 당연히 메신저와 소
통하는 수신자의 위치를 차지한다. 「이어도」의 까마귀 또한 '이어도'라
는 환상 속 공간의 한 부분을 차지하면서 인간세계와의 원초적인 소통
을 가능하게 하는 생태상징의 매개물로 자리 잡는다. 소통에 필요한 도구

---

27) 『제민일보』, 1993. 9. 1.

말과 까마귀 |
캔버스에 유채 |
39.4 X 31.8 ㎝ | 1990 |
개인 소장

인 '배'가 까마귀 앞에 놓여 있는 것이 그 점을 확인시켜 준다.

「나그네」의 나그네는 혼자이다. 그것은 고독할 수밖에 없는 숙명을 지니는 이유이기도 하다. 그러나 나그네는 무엇인가를 끊임없이 추구한다. 만일, 그렇지 않은데도, 나그네로 명명된다면 그것은 매우 부자연스럽다. 나그네가 가는 길은 결코 평탄하지 않다. 그 길은 끝없이 펼쳐진 길이 아니라 힘겹게 올라가야 하는 거친 산길이며, 나그네가 커다란 산이나 바위와 마주칠 때 느끼는 것은 공포가 아니라 죽음과도 같은 외로움이다. 이 그림의 전면에 깔린 황토색은 나그네의 외로운 심사를 잘 드러내는 배경으로서의 역할을 맡는다. 이에 비해 「몽향(夢鄕)」의 나그네는 소나무에 기대어 휴식을 취한다. 초가집도 있고 그 옆에 말도 있지만 그 어느 것도 나그네의 외로움을 없애주지는 못한다. 변시지의 나그네는 보통의 나그네가 아니다. 그의 나그네는 '꿈속의 고향'이라는 제목에서 드

나그네 | 캔버스에 유채 | 72.8×91㎝ | 1982 | 개인 소장

몽향(夢鄕) |
캔버스에 유채 |
72.8×91㎝ | 1982 |
개인 소장

러나듯 고향과 밀접하게 관련되는 나그네이다. 어쩌면 나그네는 화가 자신일 수도 있다.

변시지는, 자신이 그동안 제주도의 그 독특한 서정을 표현하려 무던히 애써 온 것은, 그래서 그것을 통해 그가 진정으로 "꿈꾸고 추구하는 것은 아이러니컬하게도 '제주도'라는 형식을 벗어난 곳에 있다"[28]고 말한다. 전후맥락으로 볼 때, 인간은 누구나 존재의 고독과 이상향을 향한 그리움의 정서를 가지고 있으므로 자신의 작품을 감상하는 사람들이 그런 정서를 공유하면서 위안 받기를 희망하는 데에, 그 말의 의도가 있음은 물론이다.

---

28) 서종택, 앞의 책, p. 99.

■ 인 명

[ㄱ]

┌찾아보기┐

■ 논저·작품

[ㅇ]

김병택(金炳澤)

제주대학교 인문대학 국어국문학과 교수, 문학평론가.

저서로 『바벨탑의 언어』, 『한국근대시론 연구』, 『한국현대시인론』, 『한국현대시론의 탐색과 비평』, 『한국문학과 풍토』, 『한국현대시인의 현실인식』, 『현대시론의 새로운 이해』(편저), 『제주현대문학사』 등이 있음.

현대시의 예술 수용

지은이 김병택

인쇄일 초판1쇄 2009년 10월 26일
발행일 초판1쇄 2009년 10월 29일
펴낸이 정진이
　총괄 박지연
　편집 강정수
디자인 김숙희 이솔잎
마케팅 정찬용
　관리 한미애
펴낸곳 새미

　　등록일 2005 03 15 제17-423호
　　서울시 강동구 성내동 447-11 현영빌딩 2층
　　Tel 442-4623 Fax 442-4625
　　www.kookhak.co.kr
　　kookhak2001@hanmail.net

ISBN 978-89-5628-315-9 *03800

가격 21,000원

＊ 저자와의 협의하에 인지는 생략합니다.
새미는 국학자료원 의 자회사입니다.
잘못된 책은 구입하신 곳에서 교환하여 드립니다.